EINE STADT ERZÄHLT

Große Reihe Band 7

JOHANNES KOREN

GRAZ

FUNKELNDER TALISMAN

PAUL ZSOLNAY VERLAG
WIEN · HAMBURG

Umschlag und Einband: Doris Byer
Gesamtherstellung: Wiener Verlag, Wien
Printed in Austria
ISBN 3-552-02914-1

CIP-Kurztitelaufnahme der Deutschen Bibliothek
Koren, Johannes
Graz: Funkelnder Talisman. – Wien, Hamburg: Zsolnay, 1977.
(Eine Stadt erzählt: Große Reihe: Bd. 7).
ISBN 3-552-02914-1

Für Eva

Die Erkenntnis, daß es nur möglich war, auf den Werken großer Historiker aufbauend dieses Buch zu schreiben, war eigentlich eine Selbstverständlichkeit. Die unverhohlen ausgedrückte Liebe zu Graz, die aus allen diesen Werken sprach, setzte auch ihr Einverständnis voraus, das von ihnen Erarbeitete, umgesetzt in die Sprache unserer Zeit, einem möglichst großen Kreis von Menschen zugänglich zu machen, um deren Liebe zu Graz zu gewinnen.
Wenn ich den Mut habe, dieses Buch der Öffentlichkeit vorzulegen, so nur, indem ich den Dank an sie alle vorausschicke. Mein ganz besonderer Dank gilt Dr. Paul Kaufmann, dessen Vorschläge und dessen Rat mir sehr wertvoll waren.

J. K.

Inhalt

Bilderverzeichnis

Bildnachweis:
Alle Fotos, außer 12 unten und 14 links, die von Eugen Hauber stammen, sind von Stefan Amsüss. Die Darstellungen 3 oben und unten, 4 oben und unten, 5 oben und unten sowie 6 oben und unten stammen aus der sogenannten „Neuen Kaisersuite", einer Reihe von Lithographien, die ein unbekannter Künstler nach Vorlagen Conrad Kreutzers schuf und die bei Kaiser in Graz (1850) gedruckt wurden.

Graz oder Gräz

Grätz oder Graz, was liegt schon an dem Namen?
Weil nur die Stadt so lieb dem Auge lacht.
Ein reizend Bild im sonnenhellen Rahmen,
vom Frieden Gottes freundlich überwacht!
JOHANN GABRIEL SEIDL

Graz oder Gräz? Diese Frage, die heute nur noch Staunen auszulösen vermag, war vor etwas mehr als hundert Jahren von brennender Aktualität: zu dieser Zeit gab es einen vehement geführten Streit, wie denn die steirische Landeshauptstadt wirklich zu benennen sei. Heute sind sich die Gelehrten darüber einig, daß der Name Graz aus dem Slawischen kommt, und zwar vom Wort Grad, das soviel wie Burg bedeutet (Gradec ist die Verkleinerungsform von Grad). Der Name weist darauf hin, daß Graz eine Burgstadt mit wichtigen Verteidigungsaufgaben war.
Um den Namen der Stadt hatte es schon vorher Streit gegeben: Im Jahr 1674 wollte ihn ein gewisser Martin Zeiler von dem slawischen Wort für „Grenze“ ableiten. Gegen diese Theorie gab es aber erbitterten Widerspruch, unter anderem von dem berühmten Prediger Abraham a Santa Clara. Der „Elementarstreit“ jedoch entbrannte, wie schon erwähnt, im 19. Jahrhundert, als sich die Gelehrten darüber in die Haare gerieten, ob die Stadt Graz oder Gräz zu heißen habe. Es lohnt sich, auf diesen Streit, der sogar in den Witzblättern seinen Niederschlag fand, ein wenig einzugehen.
Begonnen hatte es schon zu Ende des 18. Jahrhunderts: Im Jahr 1780 verfaßte der steirische Geograph Karl Kindermann eine Abhandlung, in der er sich dafür aussprach, die Stadt Gräz zu nennen. Damit geriet er – allerdings erst einige Zeit später – in

Konflikt mit dem Orientalisten Hammer-Purgstall. Dieser große Gelehrte, dem wir unter anderem die Kenntnis wichtiger Werke türkischer Historiker über Graz und die Steiermark verdanken, und der Goethe durch seine Übersetzung des „Diwan des Hafis" zum „Westöstlichen Diwan" inspirierte, verteidigte nämlich vehement den Namen Graz. Er gewann so prominente Bundesgenossen wie den ständischen Archivar Joseph Wartinger, der schon im ersten Drittel des 19. Jahrhunderts die Bedeutung der Heimatkunde erkannt und eine eigene Stiftung zur Förderung der Heimatwissenschaften ins Leben gerufen hatte. Noch heute werden in der Steiermark an die besten Schüler in „Steirischer Landeskunde" jährlich Joseph-Wartinger-Medaillen vergeben. Neben Wartinger gehörte auch Franz Grillparzer zu den Befürwortern dieser Schreibung. Zu den Gegnern Hammer-Purgstalls zählten Dr. Gustav Schreiner, der verdienstvolle Verfasser des Buches „Gräz", das im Jahr 1847 erschien und einen tiefen Einblick in das Leben und Treiben der steirischen Landeshauptstadt gibt, sowie der Germanist Diemer.

Schließlich bemächtigten sich sogar die „Münchner Fliegenden Blätter" des Streits und veröffentlichten eine Karikatur: Der Orientalist Hammer-Purgstall geht mit einem Hammer auf Professor Schreiner los, der sich – wie beziehungsvoll – mit einem Hobel zu verteidigen sucht. Die Auseinandersetzung zog sich durch die vierziger Jahre des 19. Jahrhunderts und endete erst 1848, als die Revolution alle anderen Konflikte verdrängte.

Aber schon in früheren Jahrhunderten hatte es verschiedene Schreibweisen für Graz gegeben. So nannte oder schrieb man die Stadt im 12. Jahrhundert Gracz, Gräz, Graze, Graci und im 13. Jahrhundert Graeze und Greze. Der türkische Geschichtsschreiber Bedschewi nennt im Jahr 1532 die Stadt sogar Gradschas; um diese Zeit findet man neben den Formen Graz und Grez auch die Bezeichnung Graiz. Von der Stadt Graiz schreibt auch Goethe, ob er damit aber unsere Stadt gemeint hat, ist zweifelhaft. Der Ordnung halber sei angeführt, daß vom 13. bis zum 15. Jahrhundert manchmal auch der Name Bayrisch-Gräz verwendet wurde, vor allem wohl, um eine Verwechslung mit Windisch-Gräz zu vermeiden.

Die urbane Entwicklung ist auf Grund der hervorragenden bildlichen Darstellungen, die bis ins 15. Jahrhundert zurückreichen, ziemlich klar zu erkennen. Die wohl erste umfassende Darstellung der Stadt findet sich auf dem Land- oder Gottesplagenbild an der Außenseite der Domkirche, das aus dem Jahr 1480 stammt. Schade, daß gerade dieses wertvolle Fresko durch Wind und Wetter gelitten hat und nur noch sehr schlecht erhalten ist, obwohl sich die Restauratoren verschiedener Epochen größte Mühe gegeben haben. Besonders wichtige Aufschlüsse über das Aussehen der Stadt zu jener Zeit gibt der mittlere Teil des unteren Bildrandes.

In der Mitte sieht man einen ausladenden Torturm, der zweifellos das heutige „Burgtor" (neben dem Mausoleum und der Burg) darstellt. Außerdem ist der sogenannte alte Schreibhof, ein zweistöckiges Gebäude nahe der Stadtmauer, das heute nicht mehr existiert, deutlich zu erkennen. Die Domkirche ist einschiffig, mit einem Turm abgebildet, über dem Dach des Schiffes lugt ein zweiter Turm hervor, der die Pauluskirche, die heutige Stiegenkirche, anzeigt.

Eine andere Darstellung der Stadt ist heute noch im Laubengang des Palazzo Vecchio in Florenz zu sehen, die Graz im Jahr 1565 zeigt. Dieses Bild stammt aus einer Reihe von vierzehn Darstellungen österreichischer Städte, die Francesco Medici malen ließ, um seiner Gemahlin Johanna, einer Tochter Kaiser Ferdinands I., Freude zu bereiten. Da es offenbar Sinn und Zweck dieses Bildes war, die Festung besonders gut zu zeigen, ist die Darstellung der Stadt selbst etwas in den Hintergrund getreten.

Interessant ist die Entstehungsgeschichte dieses Bildes, das von der Hand Giorgio Vasaris stammt. Der in Graz als Hausbesitzer erwähnte Maler Cäsar Pampstl soll nämlich 1551 von Kaiser Ferdinand I. den Auftrag erhalten haben, eine Zeichnung der bereits bestehenden Befestigungsmauern der Stadt und auch jener Teile der Festung, die noch errichtet werden sollten, anzufertigen. Außerdem wurde dem Tischler Leonhard Lorenz der Auftrag erteilt, zwei Modelle herzustellen, und zwar eines vom Schloßberg und eines vom Schloßberg und der Stadt. Beide Modelle wurden dem Kaiser gezeigt, und dieser dürfte nach den Modellen jenes Bild in Auftrag gegeben haben, das Vasari als Grundlage für sein Florentiner Gemälde diente.

Eine der interessantesten alten Darstellungen ist jene des Münchner Kupferstechers Georg Peham, der die Stadt erstmals nicht aus der Vogelperspektive, sondern aus der Richtung der heutigen Rechbauerstraße (vom Standpunkt des Beschauers aus) darstellte. Dadurch erscheinen die Mauern der Bastionen sehr hoch und verdecken fast die dahinterliegende Stadt. Über die Mauern ragen nur vereinzelte Turmspitzen, dafür erkennt man im Vordergrund Bewohner von Graz.

Auch der Grazer Festungsbaumeister Laurentius van der Sype fertigte einen Stich von der Stadt an, den er im Jahr 1626 den Landständen überreichte. Als er von der Hofkammer, die sich die Sache immerhin 300 Gulden kosten ließ, aufgefordert wurde, einen weiteren, noch größeren Stich vorzulegen, ging er daran, ihn auf zwei Blättern auszuarbeiten. Van der Sype konnte jedoch nur die linke Hälfte des Blattes fertigstellen: er wurde während der Arbeit vom Tod ereilt. Seine Witwe – vielleicht eine traditionsbewußte, vielleicht auch eine geschäftstüchtige Frau – ließ die zweite Hälfte von dem bekannten, in England lebenden, Prager Kupferstecher Wenzel Hollar fertigstellen, was zu einigen Ungenauigkeiten führte, weil Hollar Graz niemals gesehen hatte. Diese von ihm vollendete Stadtansicht, die Graz vom Süden her zeigt, wurde erst von den Darstellungen Georg Matthäus Vischers und Andreas Trosts übertroffen.

Von Georg Matthäus Vischer stammen eine Totalansicht (vom rechten Murufer aus) sowie zwei kleinere Ansichten (von der Nordseite und von der Südseite aus). Außerdem hat er viele

Details aus dem „Innenleben“ der Stadt, wie die Burg und etliche Schlösser, festgehalten.

Nach Vischer beschäftigten sich vor allem die Kartenzeichner mit der Stadt, die Maler traten etwas in den Hintergrund. Erst im Jahr 1682 gab Kaiser Leopold I. dem Hofmaler Volbert van Allen-Alten, einem Holländer, den Auftrag zu einer Darstellung von Graz. Das hervorragende Werk van Allens, das Graz von der Ostseite her zeigt und auf dem alle Gassen und Plätze sehr klar gegliedert zu sehen sind, ist leider verlorengegangen. Die einzige Kopie des Werkes befindet sich heute im Besitz einer bekannten Grazer Kaufmannsfamilie.

Die große Zeit des Andreas Trost folgt, der zuerst als Mitarbeiter an den Werken Georg Matthäus Vischers aufscheint. Trosts Ansichten von der Ostseite und Westseite der Stadt sind wohl die besten Darstellungen von Graz, die vor dem 19. Jahrhundert geschaffen wurden. Trost befaßte sich aber auch mit Details. So existieren von ihm eindrucksvolle Bilder vom Hauptplatz, von der Burg, vom Mausoleum, vom Schloß Karlau und vom Rathaus.

Nach Trost schwand die Lust, Gesamtansichten anzufertigen, wohl auch deshalb, weil Graz nach der Zeit Maria Theresias eine Ausdehnung erreichte, die es immer schwieriger machte, die Stadt von einem Blickpunkt zu erfassen. Aber bis hinauf in die neuere und die neueste Zeit gab es immer wieder Maler und Graphiker, die sich den Reizen der Stadt nicht entziehen konnten. Mögen sie Conrad oder Vinzenz Kreutzer heißen, Josef Kuwasseg – der im 19. Jahrhundert zahlreiche Aquarelle von verschiedenen Plätzen der Stadt geschaffen hat –, O'Lynch of Town, Thöny, Hönel oder Pamberger. Heute ist es vor allem einer, der mit unermüdlichem Eifer und sicherem Stift als Stadtchronist wirkt und von so manchem als der „Utrillo von Graz“ bezeichnet wird: der Zeichner, Maler und Schriftsteller Elek Vajda, der mit viel Liebe und Einfühlungsvermögen immer wieder die Winkel des „Innenlebens“ von Graz aufzeigt, den Spuren der Vergangenheit nachgeht und versucht, mit dem Kohlestift oder im Aquarell seine Ein-

drücke festzuhalten. Nicht unerwähnt dürfen auch die vielen fotografischen Dokumente bleiben, um die sich zahlreiche hervorragende Künstler bemüht haben und bemühen.
Über Graz und seine vielen Namen, über die bildliche Darstellung der Stadt wäre nun manches, wenn auch bei weitem nicht alles gesagt, so daß es jetzt angebracht scheint, auf die Geschichte der steirischen Landeshauptstadt einzugehen.
Das ist – nicht nur wegen der gebotenen Kürze – gar nicht so einfach. Erzählende Quellen, so etwa eine Stadtchronik, sind nicht vorhanden, und mit dem Stadtarchiv ist das so eine Sache. Als nämlich Anfang des 19. Jahrhunderts das Grazer Rathaus umgebaut wurde, wanderten alle Akten des Stadtarchivs in einen Keller der heutigen Färbergasse. Und was geschah dort? Das Material begann in der Feuchtigkeit zu modern, und nach Fertigstellung des Rathauses wurden die Papiere kurzerhand in die Mur geworfen. So schwamm der Stadt Graz im wahrsten Sinn des Wortes ein Teil ihrer Geschichte davon. Wäre nicht vieles davon im Steiermärkischen Landesarchiv aufbewahrt worden, und hätten nicht die Grazer Klöster eine rege Archivtätigkeit entfaltet, stünden wir überhaupt mit leeren Händen da. Diese Aufzeichnungen sind allerdings zu einem guten Teil in der Zeit der Gegenreformation entstanden und deshalb nicht frei von Tendenzen.
Wir wollen bei den Anfängen beginnen, nicht ohne vorher jene Männer zu nennen, denen wir es verdanken, daß wir uns trotz spärlicher Überlieferung so intensiv mit der Geschichte von Graz auseinandersetzen können. Es sind dies der erst vor wenigen Jahren verstorbene Professor Fritz Popelka, der nicht nur ein profunder Kenner der Geschichte, sondern auch eine der Stadt in Liebe zugetane Persönlichkeit war. Es sind dies Männer wie Kumar, Dr. Polsterer, Dr. Schreiner, Dr. Schlossar und Dr. Walter von Semetkowski, Exponenten einer großen Schar von Gelehrten, die sich mit der Geschichte von Graz befaßten und auf deren Werken alles beruhen muß, was heute „neu" über Graz geschrieben werden kann.

Als Fundgrube erwies sich außerdem ein Preisausschreiben, das eine Grazer Tageszeitung unter dem Motto „Graz – eine Stadt sucht ihre Geschichte“ veranstaltete. Das Ergebnis dieser Aktion übertraf alle Erwartungen. Zahlreiche Grazerinnen und Grazer haben aus ihrem persönlichen Besitz Fotografien, Dokumente, Briefe, Aufzeichnungen und sonstiges Wissenswertes über die Geschichte von Graz zur Verfügung gestellt. Auf diese Weise ist viel verloren geglaubtes Material, vor allem aus der jüngeren Geschichte der Stadt, wieder an das Licht der Öffentlichkeit gekommen.

Doch nun zur Geschichte von Graz! Der Boden, auf dem die Stadt liegt, ist altes Siedlungsgebiet. Es gilt als sicher, daß bereits in der Jüngeren Steinzeit in der Umgebung der heutigen Stadt mehrere kleine Ortschaften entstanden sind, die jedoch niemals Bedeutung erlangten. Erst nach dem Ende der Römerherrschaft haben Slowenen, die sich hier angesiedelt hatten, nach Bodenerhebungen gesucht, um sich besser verteidigen zu können.

So errichteten sie auch im Grazer Feld mehrere Burgen. Eine davon nannten sie Gradec; eben jene kleine Burg, von der sich der Stadtname Graz ableitet. Im 11. Jahrhundert war die Mittelsteiermark zum Tummelplatz magyarischer Horden geworden, und das war wohl der Grund, warum man auf der Strecke zwischen Friedberg und Voitsberg die Burg von Graz besonders gut ausbaute.

Urkundlich wird die Stadt zwar erst im Jahr 1140 erwähnt, aber schon vorher war etwas geschehen, das mit gutem Grund im Jahr 1978 die 850-Jahr-Feier von Graz zuläßt und anderseits dafür spricht, daß auch Geschichtsgelehrte so etwas wie Wortwitz besitzen. Einer von ihnen weiß nämlich zu berichten, daß Graz in einem etwas „verunechteten“ Schenkungsbrief des Markgrafen Leopold aufscheine, einer Schenkung, die in das Jahr 1128 anzusetzen sei.

Die älteste bekannte Platzanlage in Graz ist ein gegen Norden sich verjüngendes Viereck, das dem schmalen Gelände zwischen

Schloßberg und Mur angepaßt war. Von den Ecken des Platzes führten Straßen weg. Dieser heutige Hauptplatz war in jener Zeit mindestens doppelt so groß, weil der Häuserblock bis zur Landhausgasse noch fehlte. Erst in der Mitte des 16. Jahrhunderts wurde zum ersten Mal ein kleineres Rathaus errichtet.

Seit dem Jahr 1174 steht auf dem östlich der Mur sich erhebenden Talboden die jetzige Domkirche, die damals den Namen ihres Patrons Ägidius erhalten hatte. Aus dieser Benennung – der hl. Ägidius ist der Schutzherr der Kaufleute – kann man schließen, daß Graz schon in früher Zeit ein Zentrum des Handels war. Jedenfalls scheint schon damals ein reger Warenverkehr mit dem Südosten geherrscht zu haben, worauf nicht zuletzt Funde von byzantinischen Goldmünzen in der Umgebung der Stadt hindeuten.

Im 12. Jahrhundert walteten in der Burg auf dem Schloßberg mehrere Ministerialengeschlechter der steirischen Markgrafen; einer dieser Ministerialen hieß Dietmar.

Die erste große Zeit der Stadt begann, als zwei bedeutende Geschlechter in der Steiermark an die Macht kamen: die Traungauer und die Babenberger. Zunächst rückte Graz unter Herzog Ottokar II., dem letzten Traungauer (1164–1192), zur Hauptstadt des Landes auf. Sein Nachfolger, Herzog Leopold V. von Österreich, mit dem Ottokar, der ohne männliche Erben war, 1186 den Georgenberger Erbfolgevertrag abgeschlossen hatte, betrachtete Graz ebenfalls als seinen Hauptsitz und liebte es, hier seine Hoftage abzuhalten. Unter Leopold VI. und Friedrich II. gewann die Stadt immer mehr Freiheiten, die sich vermutlich in erster Linie auf die Abhaltung von Jahrmärkten und Wochenmärkten bezogen. Nach dem Tod Herzog Friedrichs II. im Jahr 1246 begann man die Stadt mit Mauern zu umgeben. Damals kam es zu einem ähnlichen Phänomen wie heute, wenn auch aus anderen Gründen: zur Landflucht. Die ländliche Bevölkerung zog in die Stadt, suchte aber dort nicht in erster Linie bessere Verdienstmöglichkeiten, sondern vielmehr den Schutz der Stadtmauern.

Um die Mitte des 13. Jahrhunderts besaß Graz die wichtigsten Merkmale einer Stadt: einen eigenen Gerichtsbezirk, eine Ummauerung und, was für den Händler besonders wichtig war, die Marktrechte. Das bekundet auch die Tatsache, daß die kirchlichen Stellen begannen, ihre Höfe nach Graz zu verlegen. So erwarben der Erzbischof von Salzburg im Jahr 1243, das Bistum Seckau im Jahr 1254 und das Stift Admont um 1280 Höfe in Graz. Etwas außerhalb der Stadtgrenzen ließen sich die Deutschordensritter am Lech nieder und erbauten die St.-Kunigunden-Kapelle. In der Nähe der Stadtmauer, an der heutigen Hauptbrücke, erbauten die Minoriten im Jahr 1240 ein Kloster, das heute die Franziskaner beherbergt und dessen prachtvoller Kreuzgang noch aus der Gründungszeit des Klosters stammt.
Auf den Höhen des Schloßberges herrschte in der Zeit zwischen 1254 und 1260 ein Statthalter des Ungarnkönigs Bela mit seinen Dienstmannen. Nach der Vertreibung der Ungarn wurden deren Burggrafen von den Tschechen des Königs Ottokar II. von Böhmen abgelöst. Dieser König Ottokar und seine Herrschaft waren bei den Grazer Bürgern sehr beliebt. So beliebt, daß die Grazer nach seiner Niederlage im Jahr 1276 die Burggrafen des deutschen Königs Rudolf I. nur mit Widerwillen aufnahmen.
In der Zeit des Interregnums verstanden es die Grazer Bürger, den landesfürstlichen Besitz in der Umgebung an sich zu reißen und die Ausbildung eines Stadtdirektoriums anzubahnen. Das damals übermächtige Geschlecht der Volkmare, das nicht zuletzt für die Finanzierung der Lechkirche außerhalb der Stadtmauern sorgte, erlosch zu Beginn des 14. Jahrhunderts. In den letzten Jahrzehnten des 13. Jahrhunderts und in den ersten des 14. Jahrhunderts gibt es die ersten Anhaltspunkte dafür, daß es bereits einen Rat der Stadt Graz gegeben hat, der die Stadtgeschäfte leitete. Im Jahr 1294 muß der Rat jedenfalls mitsamt dem Stadtrichter zwölf Mitglieder gehabt haben. Dezidiert erwähnt werden dann für das Jahr 1301 ein Stadtschreiber, ein Nachtwächter und ein Torschließer.
König Rudolf I. wollte die Stadt von Anfang an sich binden und

erteilte ihr das Privileg der Marktbegünstigungen und das Recht der „Niederlage". Aber dann hob sein Urenkel, Herzog Rudolf, im Jahre 1302 die Mautfreiheiten wieder auf, offenkundig in der Absicht, dem Wiener Handel einen Vorsprung vor allen übrigen österreichischen Städten und Märkten zu sichern. Vielleicht gehen die noch heute da und dort bestehenden Vorbehalte der Steirer gegenüber der Zentrale Wien auf diese Zeit zurück, weil man derartige Bevorzugungen offensichtlich auch damals nicht liebte.

Das ganze 14. Jahrhundert war für Graz, was seine Wirkung nach außen anlangte, eine eher traurige Angelegenheit. Dafür spielte sich innerhalb der Mauern einiges an prunkvollen Festlichkeiten ab. Besonders hervorgehoben sei die Vermählung des Markgrafen Hermann von Brandenburg mit Anna, der Tochter Herzog Albrechts I., die mit großartigen Feierlichkeiten verbunden war. Farbenprächtige Turniere, vor allem die feierliche Huldigung für Herzog Rudolf im Januar 1360, waren grandiose Ereignisse.

Dann kamen böse Zeiten. Die wirtschaftliche Situation der Bürger und der Adeligen verschlechterte sich. Aus dem Jahr 1379 wird berichtet, daß viele Häuser in der Bürgerstraße – die heutige Herrengasse – in den „Händen jüdischer Gläubiger befindlich waren". Die Bürger hatten Schwierigkeiten, das nötige Geld aufzubringen, um die umfangreichen Wehrbauten zu finanzieren. Viele von ihnen kehrten damals die Landflucht in ihr Gegenteil um: Sie verließen die Stadt und hofften so ihrer Steuerpflicht zu entgehen – mit wenig Erfolg. Im Jahr 1364 wurden sie ausdrücklich dazu verhalten, ihre in der Stadt zurückgelassenen Häuser auch weiterhin zu versteuern.

Bald aber gab es wieder große Zeiten für Graz. Zuerst entschied sich Herzog Ernst, der erste habsburgische Herrscher aus der Leopoldinischen Linie, hier ständigen Aufenthalt zu nehmen. An ihn waren nach Herzog Wilhelms Tod die innerösterreichischen Länder gefallen, über die er bis zu seinem Tod im Jahr 1424 herrschte. Aber die eigentliche große Epoche kam zur Regierungszeit seines Sohnes, des Herzogs Friedrich V., den man besser als Kaiser Friedrich III. kennt. Aus dieser Zeit stammen auch die ersten Stimmen von ausländischen Reiseschriftstellern, die interessante Schlaglichter auf den Stand und Ruf der Stadt werfen. So schrieb 1442 Äneas Silvius Piccolomini, der bekannte Humanist und spätere Papst Pius II., dessen Traktat über die Sitten und Gebräuche in Deutschland grundlegend für die Volkskunde jener Zeit war, über Graz:

„In Steiermark ist ein Fluß, Mur genannt, der aus den Alpen hervorströmt, in die Drau sich ergießt und mit dieser in die Donau, welche in das Schwarze Meer fließt. Am Ufer dieser Mur liegt eine hübsche Stadt, Graz genannt. Hier strebt mitten aus der Ebene ein ungemein hoher Berg auf, der allenthalben felsig abfällt. Auf seiner Spitze ist ein Schloß, sowohl durch die natürliche Lage fest als durch Menschenwerk befestigt, so daß der Kaiser darauf stolz sein kann."

Etwa zwanzig Jahre später beschrieb der Reisebegleiter des tschechoslowakischen Ritters Leo von Rožmital – sein Name war Schaschek – Graz wie folgt: „Dieses ist eine umfangreiche Stadt mit einem Schlosse, das durch zwei Vorwerke geschützt ist. Auf der einen Seite der Stadt sind Berge, auf der andern ist eine Ebene, und sie liegt an der Mur, über welche eine hölzerne Brücke führt. So weit dieser Fluß geht, heißt man das Land Steiermark. In Graz sahen wir den Kaiser, den Markgrafen von Meißen und den Herzog Albrecht von Sachsen, alle mit den Vorbereitungen für Ritterspiele beschäftigt, in welchen je zehn gegen zehn kämpften. Dort war auch Johann Kolowrat, der mit einem Deutschen, namens Reimberger, tjostierte, welcher für ganz besonders stark und gewandt galt. Herzog Albrecht lieh Johann sein Pferd, und waren Zuseher der Kaiser, Herzog Albrecht und sehr viele Barone und Edle. Als der Kampf anging, ritt zwar der Deutsche des Herzogs Pferd an, wurde jedoch von seinem eigenen Pferde abgeworfen, während – und das gefiel dem Kaiser sehr – Johann fest auf seinem Rosse blieb. Am vierten Tage unseres Aufenthaltes bat Herr von Rožmital unter Führung Herzog Albrechts und des Bischofs von Passau, der Kaiser möge Schaschek die ritterlichen Insignien verleihen, was auch in Gnaden geschah. Auf dem Schlosse zu Graz hält sich der Kaiser häufig auf, doch nimmt er dahin gewöhnlich nur wenig Dienerschaft mit und läßt die übrigen in der Stadt. Eben auf dem Schlosse, heißt es, sind auch die Schätze des Kaisers verwahrt; man zeigte sie uns aber nicht, wie anderwärts Könige es getan, außer einen Mantel von rotem Damast, dessen Saum handbreit in mäandrischer Form mit Goldhaften und Edelsteinen besetzt ist. Die Räte des Kaisers sagten uns, wenn derselbe Geld nötig hätte, brauchte er nur diesen Mantel zu verpfänden, und er bekäme leicht 500.000 Dukaten dafür."

Es klingt zwar paradox, aber es war gerade die Unsicherheit Friedrichs III., die Graz, das zu jener Zeit als Zentrum Innerösterreichs einen wesentlichen Aufschwung nahm, zum Vorteil gereichte. Der Kaiser war nämlich darauf angewiesen, sich die Treue der Grazer Bürger durch zahllose Zusagen und Zugeständnisse zu erhalten. Durch Begünstigungen suchte er Anhänger zu gewinnen, vor allem unter den reichen Bürgern der Stadt, die sich als seine Geldgeber etablierten.

Friedrich III. war es auch, der entscheidende Bestimmungen über die Zusammensetzung des inneren und äußeren Rates von Graz sowie über die Führung des Stadtsiegels erließ. Zu Ende des Jahres 1445 erhielten die Bürger das Recht, einen Bürgermeister zu wählen. Sechs Jahre vorher war es hier wie in vielen anderen Städten zu Judenverfolgungen gekommen; Friedrich III. hob das Grazer Judenviertel auf und ließ die Häuser der Juden an die Bürger verkaufen. Auf diese Weise gelang es der Bürgerschaft, in den Besitz eines Hauses im Getto zu gelangen, das im Jahr 1448 feierlich zum Rathaus erhoben und mit vielen Freiheiten ausgestattet wurde.

Im Jahr 1450 gab Friedrich III., der sich oft lange Zeit in Graz aufhielt, Auftrag zur Errichtung der Burg. Der Kaiser, obwohl mystischen Spekulationen zugetan, muß wie seine Vorfahren ein sehr nüchtern denkender Mensch gewesen sein. Die Grazer Burg wurde nämlich nicht als Prunk-, sondern als solider Zweckbau errichtet. Etwa zur selben Zeit ließ er die der Burg nahe gelegene Ägidikirche in den außen ebenfalls schmucklosen, innen aber sehr kunstvoll gegliederten Dom umgestalten. In diese Periode fallen auch größere Veränderungen der gesamten Stadtanlage.

Professor Popelka schreibt in der „Geschichte der Stadt Graz“: „Seit dem 13. Jahrhundert lief die mittelalterliche Stadtmauer vom Stadtturm auf dem St.-Pauls-Berg (heute Uhrturm auf dem Schloßberg) längs des Schloßbergsteiges, wo noch Mauerreste sichtbar sind, zum Palais Attems in die Sackstraße. Sie führte, den Admonter Hof außerhalb lassend, längs der Mur zur Franziskanerkirche, wandte sich schräg von der Mur ab und bog dann an der Stelle des heutigen Städtischen Amtshauses in der Schmiedgasse nach Osten um. Sie übersetzte in der Nähe der heutigen Stadtpfarrkirche die Herrengasse, hielt sich längs der Hans-Sachs-Gasse, ging etwa längs der Burggasse zur Burg und wandte sich dann in einem fast rechten Winkel entlang der Ballhausgasse zum Palais Saurau in der Sporgasse, von wo sie in gerader Richtung den Schloßberg erklomm und wiederum am Uhrturm endete. Die mittelalterliche Mauer hatte im Osten nur zwei Tore, das innere Paulustor in der Sporgasse beim Palais Saurau und das Tor ‚gegen Gräz‘, das im Jahr 1479 wegen des Baues der benachbarten Burg gesperrt wurde.“

In der Zeit Friedrichs III. wuchs auch die Murvorstadt auf dem rechten Murufer und wurde mit Befestigungsanlagen ausgestattet, um gegen die drohenden Einfälle der Türken gefeit zu sein. Die Wehranlagen der Stadt selbst wurden ebenfalls ausgebaut und die mittelalterliche Festung auf dem Schloßberg wurde entscheidend verstärkt. Die Grazer Bürger, unter denen beträchtlicher Wohlstand herrschte, machten glänzende Geschäfte mit den Ungarn und Kroaten und bereicherten sich ständig, unter anderem durch Münzverschlechterungen. Besonders tüchtige Geschäftsleute waren die aus Radkersburg eingewanderten Eggenberger, von deren prachtvollem Schloß im Westen von Graz noch an anderer Stelle die Rede sein wird. Balthasar der Eggenberger war lange Zeit Münzmeister Kaiser Friedrichs III. Er war offensichtlich ein kaufmännisches und politisches Genie, kannte sich in sämtlichen Geschäften aus und finanzierte zahlreiche kriegerische Unternehmungen des Kaisers. Sein Nachfolger und Schwiegersohn Jörg Gossenbrot wurde dann zum mächtigsten Finanzmann Kaiser Maximilians I. und leitete – mit dem Vermögen der Eggenberger als Grundlage – die Finanzen des Deutschen Reiches. Im Gegensatz zu seinem Schwiegervater zog er es aber vor, politisch wenig in Erscheinung zu treten.

Die letzten Jahrzehnte der Regierungszeit Friedrichs III. waren für Graz wenig erfreulich. Zuerst gab es Schwierigkeiten mit dem Söldnerführer Andreas Baumkircher (dessen dramatische Hinrichtung an anderer Stelle behandelt werden wird). Dann kamen die Türken – in den Jahren 1478 und 1480 –, die Graz zwar nicht unmittelbar berannten, aber im Land großes Unheil anrichteten. Die nächsten Heimsuchungen waren die Pest und die Heuschrecken.

An diese schweren Zeiten erinnert das Votivbild an der Südseite des Doms, das von Bürgern gestiftet wurde und von dem schon Anfang des Kapitels die Rede war.

Nach 1480 bedrohte König Matthias von Ungarn die Stadt; er soll sogar versucht haben, die Kaisertochter Kunigunde, die man aus Sicherheitsgründen auf den Schloßberg gebracht hatte, von dort entführen zu lassen, was durch die Wachsamkeit eines kleinen Hundes, an den heute noch ein Denkmal aus Stein auf dem Schloßberg erinnert, verhindert wurde.

Als Friedrich III. am 19. August 1493 starb, folgte ihm sein Sohn Maximilian auf den Thron. Der junge Kaiser weilte aber nur selten in Graz. Einen seiner Aufenthalte im Jahr 1506 benutzte er, um an der Burg einen Zubau errichten zu lassen. Dem Beispiel seines Vaters folgend, gewann auch Maximilian I. einen reichen Bürger als Geldgeber. Es war dies Thomas Ordentlich, genannt Poschenhauer, dessen Vermögen dann die aufstrebende Grazer Familie Stürgkh erbte, die heute noch in der Südsteiermark Güter besitzt. Einen Teil des Poschenhauerschen Erbes erhielten allerdings – wahrscheinlich zur Beruhigung des Gewissens des Erblassers – geistliche Orden und die Kirche.

Es war eine Zeit des allgemeinen Sittenverfalls, von dem selbst der Klerus nicht ausgenommen war. Die Mißstände erreichten schließlich ein solches Ausmaß, daß die Minoriten aus ihrem Kloster am Murtor vertrieben wurden, in das dann die Franziskaner einzogen.

Langsam verbreitete sich auch in Graz die Lehre Martin Luthers. Bald zählte ein Großteil des Bürgertums und des Adels zu den Anhängern des Reformators; die Zahl der Katholiken wurde verschwindend klein. Außenpolitische Schwierigkeiten machten Ferdinand I., dem Enkel Maximilians I., der sich mit seinem Bruder, Karl V., das Erbe teilte, ein Eingreifen zugunsten der Katholiken unmöglich.

In der Zwischenzeit war das benachbarte Ungarn zum Großteil in die Hand der Türken gefallen. Im Jahr 1529 fand die erste Belagerung Wiens durch Sultan Suleiman statt. Im Jahr 1532 drohte Graz dann das gleiche Schicksal, aber die Türken zogen zum Glück vorbei, nur die Artillerie auf dem Schloßberg mußte in Aktion treten.

Aus diesen Jahren sind uns auch die Schriften zweier türkischer Geschichtsschreiber überliefert.

Bedschewi schreibt über Graz: „Am 11. September 1532 lagerte man vor der unvergleichlichen Stadt Gradschas. Wenn es im Lande der Ungläubigen eine ihr gleiche Stadt gibt, so ist es nur die Residenz des Königs [Wien]. Der Statthalter des Kaisers in diesen Ländern ist entweder sein Sohn oder sein Bruder, wenn der Kaiser und König gestorben ist, so wird der hiesige Statthalter König von Wien, nach ihren alten festgesetzten Gebräuchen."

Und Szolaksade: „Am 11. September passierte man durch den Paß des Laithgebirges und kam zur großen Stadt Gradschasch, der alten Residenz des mißglücklichen Königs, welche mit Weinbergen und Wäldern, mit Gärten und Feldern die Wahrheit des Ausspruches [Mohammeds] bewies: Die Welt sei der Ungläubigen Paradies. Durch den hohen Mut des länder-erobernden Padischah wurde demselben auch die Eroberung dieser Stadt beschert und ihre Bewohner dem Schwert zum Fraße gewährt."

Dieses Zitat beweist, daß nicht alle Geschichtsschreiber die reine Wahrheit berichtet haben: Graz wurde niemals von den Türken eingenommen.

Durch die Ausdehnung des Machtbereiches der Türken bis nahe an die Grenzen der Steiermark hatten die Grazer Bürger natürlich schwer zu leiden. Die Mittel aus den Abgaben wurden in der Hauptsache dazu verwendet, die Festungswerke weiter auszubauen und die Stadt zu einem Bollwerk gegen den Feind aus der Türkei zu machen. Für künstlerische Architektur blieb da relativ wenig übrig. Trotz der enormen Lasten, die es zu tragen galt, hatten die Landstände dennoch im Jahr 1531 mit dem Bau des Landhauses begonnen, dessen Hauptbau allerdings erst im Jahr 1563 abgeschlossen werden konnte. (Auch darüber ausführlich an anderer Stelle.) Eine der Hauptgründungen Kaiser Ferdinands I. in dieser Zeit war die Errichtung eines Spitals neben der Kirche „Zum heiligen Blut" in der Herrengasse, der heutigen Stadtpfarrkirche.

Nach dem Tod Ferdinands I. im Jahr 1564 trat sein Sohn Erzherzog Karl, der als Brautwerber Maria Stuarts vorgesehen war, die Herrschaft in den innerösterreichischen Ländern mit dem Sitz in Graz an.

Es begann eine neue Zeit für die Stadt. Die wirtschaftlichen Verhältnisse besserten sich, anderseits aber wurden die Bürger gezwungen, die aus allen Teilen des Landes zugewanderten Beamten zu billigem Zins in ihre Häuser aufzunehmen.

Eines der großen Ereignisse dieser Zeit waren die Feierlichkeiten zur Vermählung Erzherzog Karls mit der bayerischen Prinzessin Maria im Jahr 1571. Die Prinzessin wurde zur Vorkämpferin der

Gegenreformation. Die Protestanten wurden immer mehr zurückgedrängt, die katholische Gegenbewegung versuchte ihnen vor allem auf geistigem Gebiet den Rang abzulaufen. Erzherzog Karl, nicht zuletzt durch seine Frau bewogen, berief die Jesuiten nach Graz und schenkte ihnen ein Haus gegenüber der Domkirche als Residenz. Dort gründete der Orden ein Gymnasium, das sich später zu einer Universität entwickelte, die im Jahr 1586 feierlich eröffnet werden konnte.

In den Jahren 1572 und 1578 gelang es dem steirischen Adel, die bedrängte Situation Erzherzog Karls im Kampf gegen die Türken auszunützen, um Zugeständnisse zugunsten der Protestanten zu erreichen. Aber schon 1582 fühlte sich der Erzherzog wieder stark genug, um gegen das Grazer protestantische Bürgertum aufzutreten.

Die steirischen Glaubenskämpfe – kein Mittel, auch nicht ein Fußfall der Bürger, hatte Erfolg – wurden zum Vorbild für die Verfolgung der Protestanten in ganz Österreich. Die Auseinandersetzungen führten gegen Ende der achtziger Jahre zu immer größeren Spannungen. Damals ließ Karl zu seinem Schutz einen geheimen Gang entlang der mittelalterlichen Stadtmauer von der Burg auf den Schloßberg bauen. Nach seinem Tod im Jahr 1590 beruhigte sich die Lage. Aber schon wenig später setzte sein Sohn Ferdinand Maßnahmen, die viele Zusagen an die Protestanten widerriefen. Zahlreiche Grazer verließen damals aus religiöser Überzeugung ihre Heimat.

Am 8. August 1600 wurden auf jenem Platz, auf dem später die Antoniuskirche (Paulustorgasse) errichtet werden sollte, Tausende von lutherischen Büchern verbrannt.

Eben dieser Erzherzog Ferdinand war es dann auch, der Graz zur Residenzstadt erhob. Aber schon 1619 endete diese wichtige Epoche: Ferdinand wurde Kaiser des Reiches. Die pompösen Feiern zur Krönung in Graz bildeten den Abschluß eines historisch bedeutsamen Zeitabschnittes. Der Hof verließ die Stadt, nur die Regierungsbehörden Innerösterreichs blieben in Graz.

Aus diesem Jahr stammt die folgende lebendige Schilderung des Reiseschriftstellers Martin Zeiller aus Ranten in der Obersteiermark: „Sie – die Stadt Graz – ist zwar nicht groß, aber schön und wolerbaut und hat schöne und große Vorstädte und hat schönes wolerbautes Land herum. An den Wasser Muer ligt sie nach der Länge und eben hernach ziehet sie sich etwas gegen dem Berge. Ist ziemlich fest und mit einem Wall und Bollwerken, auch schönen festen Thoren, versehen. Sonderlich aber wird das obere Schloß, so hochliget, fast für unüberwindlich gehalten: weilen solche Vestung auf einem Berg, so um und um frey, und felsicht ist, und dem gantzen Land herum gebieten kann. Und ist diese Stadt heutiges Tags die Hauptstadt in ganz Steyer, allda auch die Landschaft ihr Land- Haus- und Einnehmer Ampt hat, und die Landtäge alhier angestellet werden. So ist auch da die Inner-Österreichische Regierung, dahin alle Apellationes auß Steyer, Kärnden, Crain, Windischen Marck, und Görtz gehen: Dahero stets ein großer Adel da wohnet, auch jährlich zween fürnehme Märckte, oder Messen, zu Mittfasten, und S. Aegidii, deren jeder vierzehen Tage währet, alhie gehalten werden. Der Wein- Wachs und Getreidebau ist noch hierum so stattlich nicht, dieweil sich erst die Berge oberhalb anheben voneinander zu thun, darunter dann der Schökkel, oder Desacus, der höchste ist. Und wird unter der Stadt das Feld, so man von der Stadt das Grätzer-Feld nennet, je länger je weiter."

Nachdem zum Glück im Jahr 1625 mit dem Bau des äußeren Paulustores und des dritten Sacktores die Befestigungsanlagen fertiggestellt worden waren, tauchten in den Jahren 1663, 1664 und 1683 die Türken neuerlich an den Grenzen der Steiermark auf und versetzten die Grazer in Angst.

Großes Unglück brachte die Pest nach Graz, die hier einige Male wütete. Sie war es, die im Jahr 1663 eine Erweiterung des kaiserlichen Spitals nötig machte und die auch zur Errichtung der Dreifaltigkeitssäule auf dem Hauptplatz führte; heute ist die Säule auf dem Karmeliterplatz aufgestellt. Bei ihrer Weihe im Jahr 1685 hielt Abraham a Santa Clara seine berühmte Pestpredigt, in der er unter anderem die Umbenennung von Graz in Gracia vorschlug. Die letzte Bedrohung auf längere Sicht gab es im Jahr 1704 durch die Kuruzzen. Graz selbst wurde allerdings nicht mehr angegriffen, und so ist es erklärlich, daß die Einwohnerzahl langsam, aber sicher wuchs und gegen Ende des 17. Jahrhunderts etwa 15.000 erreichte. Damals entwickelten sich auch die ersten Vorstädte: an der Mur das Lendviertel, im Norden und Osten der Stadt das Graben- und Leonhardviertel. Die Stadt selbst war zu einer stillen Landstadt abgesunken, und die Festung auf dem Schloßberg diente in erster Linie als Aufenthaltsort für prominente Kriegsgefangene und politische Verbrecher.

Ein wenig Abwechslung in das relativ ruhige Dasein brachten in dieser Zeit lediglich die Festlichkeiten anläßlich von Herrscherbesuchen. So feierte man im Jahr 1660 die Erbhuldigung der steirischen Stände für Kaiser Leopold I., und dreizehn Jahre später die Hochzeit des Kaisers mit Claudia Felicitas, der Tochter Erzherzog Karls von Tirol.

Die letzte Erbhuldigung bot Kaiser Karl VI. den Grazern. Sie fand im Jahr 1728 statt und war insofern von besonderer Bedeutung für die Stadt, als aus diesem Anlaß zum ersten Mal eine allgemeine Stadtbeleuchtung installiert wurde.

Über diese Zeit gibt es eine anschauliche Schilderung des Bildhauergesellen Franz Ferdinand Ertinger aus dem Salzburgischen, der ein bemerkenswertes Tagebuch führte: „... auff windischer Sprach der Nahmen Graz beygelegt worden, welches so viel als eine Stadt haist. Solche ligt an dem Fluß Mur, ist an sich selbst zwahr nicht übrig groß, ist aber schen, lustig und wohl gebaut, auch ziemlich fest mit einem gemauerten Wahl und Bohlwerkh, auch vesten Tohren, deren an der Zahl 5, als da ist das Murdohr, Neudor, Eisendor, Paulusdor und dann das Sackhdor wohl versehen. Die Stadt zieht sich in die Runde an einem freien felsigen Berge herumb und ligt auf erwehntem Berg ein vor menschlichen Augen unüberwindliches Schloß und man nur auf einem einzigen

Wege in das Schloß kommen kann, welches der Statt zum Schutz gedeihen kann, und ist vohrmals, ehe solches also befestiget worden, der Türckh ein ganzes Jahr darvor gelegen, doch ohnverrichter Sachen mit Spott davon abziehen müssen. Ich bin dreimahl in solche Reallvestung eingelassen worden, ist mit meinem kaisserlichen Comendanten und Besatzung belegt, geht ein verborgener Gang nach der Stadt herunder in die landtsfürstliche Burg, darinen unser allerdurchlauchtigster, glorwürdigster, höchst löblich regierenter römischer Kaisser Leopoldus Magnus, welcher den 9. Junius a. 1640 zu Wien aus Muetterleib geschnitten worden, sein anderes Beylager mit Claudia Felicitas Erzherzogin aus Österreich den 15. October a. 1673 gehalten, welche hernach den 8. April 1676 in Wien ein seliges End genohmen. Ohnfern der Burg steht das landtsfürstliche Zeughaus, wie auch das Münzhaus, dann in der Herrengassen ist zu sehen das Landschaft Zeughaus, daran außerhalb Mars Gott des Kriegs und die Göttin Pallas weit überlebensgroß und eine von den besten Statuen in Graz. Gleich daran ist das Landthaus, allwo ein Präsident, Landtshauptmann und Marschall nebst anderen Landtherrn und gräffliche Standtspersonen consulieren und Rath halten. Dann auf dem großen Platz, allwo man zu Ehren der allerhayligsten Dreyfaltigkeit eine Säule sambt den allerhayligsten Personen in Feur vergult, dann unden herumb auf einer Gallerie die Statt- und Pestpatronen von Sandstein zu sehen hat, steht das Rathhaus, darin die vorgesetzte Rathsherren und Burgermaister ihre Zusammenkunfft und Rath halten, jedoch wird allzeit ein Graff als Statthalter über sie gesetzt.“

Graz von der Westseite her gesehen, nach einer „wahren Abbildung“ von Andreas Trost aus dem Jahr 1695. Auf der großen freien Fläche außerhalb der Stadtmauern befindet sich heute der Stadtpark.

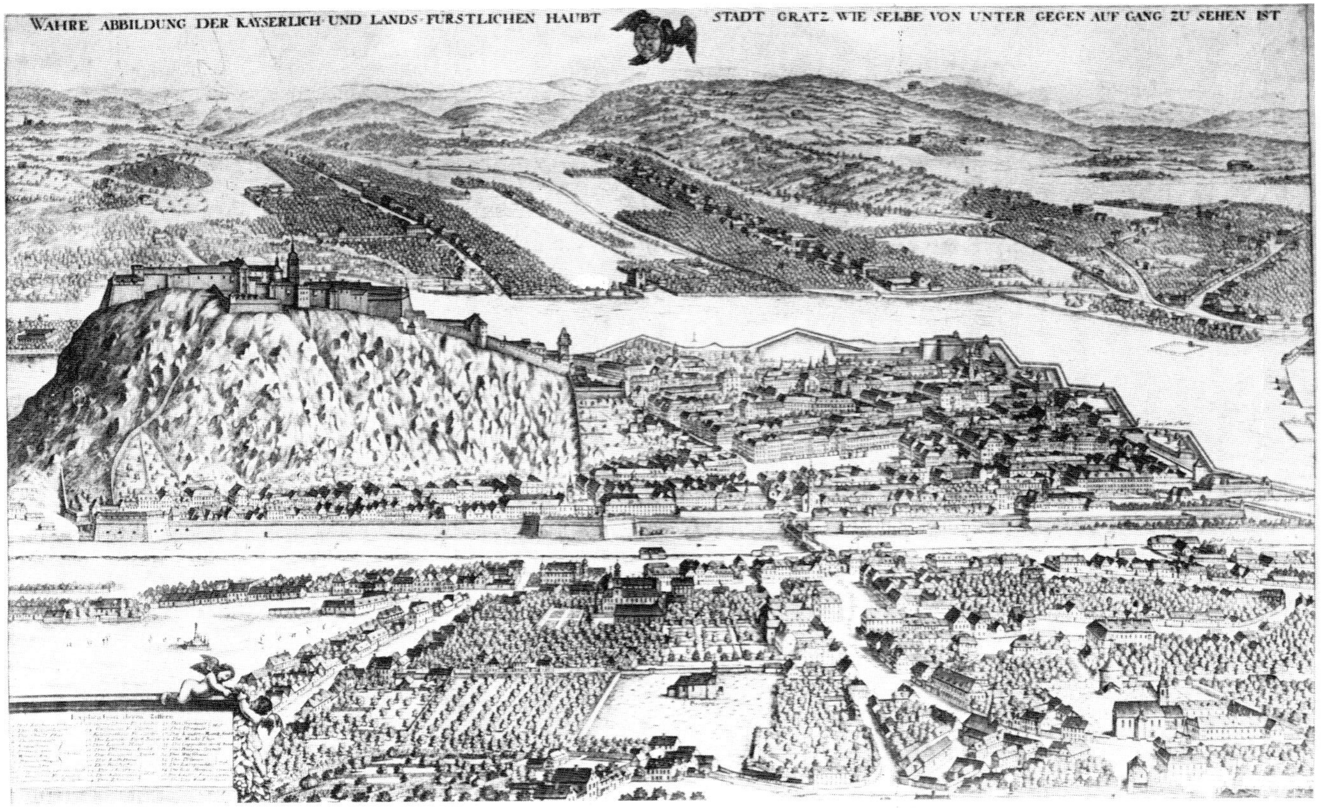
WAHRE ABBILDUNG DER KAYSERLICH UND LANDS-FÜRSTLICHEN HAUBT STADT GRATZ WIE SELBE VON UNTER GEGEN AUF GANG ZU SEHEN IST

Ware abcontrafactur der furstlichen Haubt Statt Grätz in Steyr

Wesentliche Veränderungen brachte dann die Zeit Maria Theresias und Josefs II. Der sehr eigenständige Magistrat der Stadt wurde in seinen Befugnissen stark eingeschränkt. Dieser Magistrat bestand seit 1749 aus einem Bürgermeister, der vom Landesfürsten ernannt wurde, aus dem Stadtrichter und aus sieben Räten, unter denen sich ein Gelehrter, und zwar ein rechtsgelehrter Stadtsyndikus, befinden mußte. Die alten innerösterreichischen Regierungsbehörden, die hier angesiedelt waren, wurden ebenfalls aufgelöst.
Ein für die innere Organisation der Stadt besonders wichtiges Datum ist das Jahr 1770, in dem die Häuser zum ersten Mal mit fortlaufenden Nummern versehen wurden.
Drei Jahre später, 1773, wurden die Jesuiten aus Graz vertrieben, was zu einer vollkommenen Umstrukturierung des geistigen Lebens führte. Kaiser Josef, der einige Male in Graz weilte, ging außerdem daran, die Pfarren neu einzuteilen und die Verlegung der Friedhöfe hinter die Stadtgrenzen in die Wege zu leiten.
Zur Steigerung des Bildungsstandards der Grazer Bürger wurde im Jahr 1785 als erstes lokales Presseorgan die „Gräzer Zeitung" gegründet. Auch auf kulturellem Gebiet hatte man Aktivitäten gesetzt: Die italienische Oper, die schon zu Zeiten Kaiser Karls VI. auf dem Tummelplatz etabliert worden war, wurde umgebaut, und die steirischen Landstände errichteten 1774 als zweites Theater das heutige Schauspielhaus neben der Burg, das allerdings in der Christnacht 1823 abbrannte und 1825 von Peter de Nobile neu erbaut wurde.
Eine entscheidende Umgestaltung des Stadtbildes vollzog sich im Jahr 1784 durch die Aufhebung der Festungswerke. Im Süden der

Oben: Dieser Stich aus dem Jahr 1730 zeigt Graz etwa vom heutigen Südtiroler-Platz aus. Im Vordergrund zwei kämpfende Reiter, einige Häuser der Murvorstadt und die jetzige Hauptbrücke. Zeichner und Stecher dieses Bildes sind unbekannt.

Unten: Georg Peham schuf etwa 1594 diesen Stich von Graz, der die Stadt vom heutigen Glacis her darstellt. Besonders interessant das erstmalige Abgehen von der Vogelperspektive.

Stadt legte der unternehmungslustige Kaspar Andreas von Jakomini den nach ihm benannten Platz an; die Wälle auf dem Glacis vor den Stadtbastionen wurden vom Stadtbauinspektor Formentini im Jahr 1787 mit Bäumen bepflanzt.

Die Schilderung des jungen deutschen Tagesschriftstellers Johann Casper Riesbeck über das „geistige" Leben in Graz entwirft allerdings ein etwas anderes Bild: „Grätz ist sehr schön und der daselbst wohnende zahlreiche Adel lebt prächtig. Es sind einige Häuser dort von 20 bis 40tausend Gulden Einkünften. Im Punkt des Wohllebens übertrifft das dortige gemeine Volk noch das hiesige [Wien]. Man hält gewöhnlich des Tages vier ordentliche Mahlzeiten; Morgens, Mittags, Abends und zu Nacht. Hahnen, Enten, Kapaunen u. dgl. m. sind das Essen des gemeinen Bürgers, und kommen auch außer den Sonn- und Feyertagen öfters auf seinen Tisch. Ich erschrack, wie ich die Wänste den ganzen Tag wie angenagelt an dem Tisch sitzen, und mir mit ihren ungeheuren Zurüstungen von Braten, Torten, Pasteten, Schinken, Würsten u.s.w. so ernstlich zu Leibe gehen sah, um mich mit aller Gewalt auf ein paar Wochen krank zu machen. Ihre Köpfe machen wirklich einen Theil ihrer Wänste aus, und sind wie diese mit nichts als Schinken, Würsten u. dgl. immer angefüllt. Man redet von nichts, als was in die Küche und Keller gehört, einige Digressionen aufs Theater ausgenommen, und in wenig anderen Dingen als der studierten Zubereitung ihrer Speisen, unterscheiden sich die gemeinen Leute von den Orangoutangs. Ich hab nicht nöthig, dir zu sagen, daß du den Adel und die Offiziers von diesen zweybeinigten Thieren ohne Federn ausnehmen mußt. Diese halten zwar auch nach Landesgebrauch öfters gute Tafel; allein sie suchen dabey auch ihren Geist, wiewohl blos mit dem, was man sonst bey Seelenmahlzeiten als Dessert aufzusetzen pflegt, zu nähren. Trotz der Strenge des Bücherverbothes könnte man hier ohne sonderliche Mühe des Umfragens Voltäres und Bolingbrokes Werke, den Gevatter Matthies, und ähnliche Schriften vierzig und fünfzigmal zusammenbringen. Von Grätz aus wird auch mit dieser

Kontrebande ein starker Schleichhandel nach Wien, Preßburg und durch ganz Hungarn getrieben. Nebst dieser Art Schriften machen die Komödien den wichtigsten Theil der Lectüre des dasigen feineren Publicums aus.“

Trotz dieser gewiß übertriebenen Behauptungen waren es positive und gute Entwicklungen, die sich in Graz anbahnten. Daß es vielfach nur bei Anbahnungen blieb, lag an den Franzosen.

Am 10. April 1797 erschien Napoleon höchstselbst in der Stadt, und seine Truppen zogen mehr als zwei Wochen lang durch Graz. Noch länger und unangenehmer war die französische Besatzung im Jahr 1805, die den Bürgern schwerste Opfer abverlangte. Die Besetzung dauerte vom 11. November 1805 bis zum 12. November 1806.

Als sich Österreich im Jahr 1809 neuerlich zu einem Waffengang gegen den Korsen rüstete, war die Begeisterung unter der Bevölkerung groß, vor allem in Graz. Der junge Grazer Kajetan Sweet, dessen Vater in der Sporgasse wohnte, machte sich als Adjutant Andreas Hofers seinen Namen. In den Mai- und Juni-Tagen des Jahres 1809 erlebte die Schloßbergfestung ihre eigentliche Bewährungsprobe, als sie unter Major Hackher – an den heute noch der Hackher-Löwe auf dem Schloßberg erinnert – dem Angriff der Franzosen standhielt. Nach den Vertragsbestimmungen des Wiener Friedens mußte die Festung auf dem Schloßberg dann allerdings geschleift werden.

Graz blieb von den weiteren Ereignissen der Napoleonischen Kriege unberührt, und das Leben floß bis zu den Revolutionsjahren 1848/49 ruhig dahin. In dieser Zeit wurden auf kulturellem Gebiet wichtige Taten gesetzt. Das war nicht zuletzt das Verdienst Erzherzog Johanns, des steirischen Prinzen, dessen Gründungen heute noch das geistige Antlitz der Stadt Graz und der ganzen Steiermark entscheidend prägen.

Nach den Revolutionsjahren erhielt Graz im Jahr 1850 ein neues Gemeindestatut, das die Selbstverwaltung der städtischen Angelegenheiten durch einen gewählten Gemeinderat vorsah. Dem

Gemeinderat wiederum oblag es, das Stadtoberhaupt, den Bürgermeister, zu wählen.

In den folgenden sechzig Jahren entwickelte sich Graz zu einem geistigen Zentrum im Südosten des deutschen Sprachraumes. Peter Rosegger, Robert Hamerling, Ottokar Kernstock, Rudolf Hans Bartsch, Wilhelm Kienzl, Josef Marx und viele andere Künstler wurden durch das geistige Klima der Stadt inspiriert und fanden hier ihre Wirkungsstätte.

Nachdem im Jahr 1860 die meisten Reste der alten Stadtbastionen entfernt worden waren, erlebte die Stadt auch einen wirtschaftlichen Aufstieg. Moderne Stadtteile entstanden, vor allem südlich des Jakominiplatzes. Die Industriehalle wurde erbaut und als damals jüngste Pfarre jene zu St. Josef in der Schönau gegründet. Im Osten der Stadt, auf dem Ruckerlberg und Rosenhain, entwickelten sich Villenviertel; die Herz-Jesu-Kirche bildete das Zentrum dieses neuen Stadtteils.

Nach dem Ersten Weltkrieg und dem Zusammenbruch der österreichisch-ungarischen Monarchie im Jahr 1918 wurde Graz von der Binnenstadt eines Großstaates zur Grenzstadt eines Kleinstaates degradiert.

Graz geriet wirtschaftlich in eine Sackgasse. Was blieb, war die Bezeichnung „Pensionopolis“, ein Titel, den die Stadt schon in der Monarchie als Alterssitz hoher Offiziere, Beamter und sonstiger Würdenträger geführt hatte. Trotzdem wuchs Graz weiter, bis der Zweite Weltkrieg über die „Stadt der Volkserhebung“ hereinbrach und zahlreiche Häuser und öffentliche Gebäude im Bombenhagel vernichtet wurden. Zum Glück blieb die Altstadt – eines der größten geschlossenen Altstadtgebiete Europas – so gut wie verschont. Nach Kriegsende begann sich die Stadt durch den Fleiß ihrer Bürger bald von den Wunden, die ihr geschlagen worden waren, zu erholen. Ein neuer Aufschwung begann. Graz wurde größer und schöner. Die Wirtschaft entwickelte sich, neue Industrien wurden gegründet. Auf dem Gebiet der Kultur wurde aus der einstigen Kaiserstadt und der Stadt der Volkserhebung die

Stadt des Steirischen Herbstes und die Stadt des TRIGON, die Stadt des einzigen universellen Avantgardefestivals Europas.
Rund um die gut erhaltene und revitalisierte Altstadt leben heute an die 250.000 Menschen in modernen Stadtteilen und Siedlungen, zum guten Teil mitten im Grünen. Und das Wachstum der Stadt, die ihre Lebensfähigkeit über die Jahrhunderte hinweg allen Stürmen und Schicksalsschlägen zum Trotz immer wieder bewiesen hat, scheint noch lange nicht abgeschlossen.

Funkelnder Talisman

Wo liegt das Geheimnis, das den Reiz von Graz ausmacht? Wo ist der Grund dafür zu suchen, daß dieser südöstlichsten deutschen Großstadt Attribute wie „Funkelnder Talisman“, „Perle des Südostens“ oder „Feengebiet in einem Zauberkessel“ zugesprochen wurden? Ist es jene seltsame Mischung aus einer deutschen Stadt und dem bereits spürbaren Zauber des Südens? Liegt es an der Einbettung des urbanen Bereiches in einen Kranz von Wäldern und Bergen? Liegt es an den noch immer sicht- und spürbaren Zeichen der großen Vergangenheit einer einstigen Kaiserstadt, Zeichen, die in einer der größten erhaltenen Altstädte Europas bewahrt wurden? Ist es der offene Geist, der die Bürger dieser Stadt seit jeher ausgezeichnet hat? Ist es die Harmonie zwischen den Mauern der Stadt und dem Geist, der in ihnen beheimatet ist und der Denkern, Dichtern, Komponisten, Architekten, Malern und Bildhauern zu allen Zeiten Flügel lieh und sie zu großen Leistungen anspornte? Oder sind es die Menschen, die hier in diesem Sammelbecken des ehemaligen Innerösterreich dem Fremden das Gefühl vermitteln, nicht Fremder, sondern gerngesehener Gast zu sein.

Was auch immer der Grund sein mag, die Anziehungskraft der Stadt hat stets ihre Wirkung getan. Das beweisen fernab von der großen Geschichte viele kleine Geschichten von bedeutenden Persönlichkeiten, die Graz wie ein Magnet angezogen hat.

Beginnen wir mit einem Spaziergang in die Grabenstraße zum Haus mit der Nummer 90 C. Dort steht etwas erhöht auf einer Hügelkuppe eine Villa, die heute als städtisches Knabenheim „Am Graben“ dient. Sie soll einmal Wohnsitz der Familie Washington gewesen sein. Die durch Umbauten leider veränderte Villa wurde im Jahr 1785 im englischen Landhausstil von einem Vetter des amerikanischen Präsidenten George Washington erbaut. Dieser John Washington war durch die Ereignisse gezwungen worden, alle seine Güter in England zu verkaufen. Er begab sich daraufhin auf die Reise durch Europa, um einen ruhigen Platz zu suchen, wo er sich niederlassen konnte. Nachdem er einige Jahre hindurch Spanien, Frankreich und Italien bereist hatte, kam er schließlich an einem strahlenden Sonnentag in Graz an, und die Entscheidung, hier sein Domizil aufzuschlagen, war sofort gefallen. Er ließ sich inmitten der damals noch grünen Wiesen- und Felderlandschaft auf der Hügelkuppe in der Grabenstraße eine Villa bauen, von der aus man einen schönen Blick über die Stadt bis zum Schloßberg hat. Seine Familie, deren Grabmonument sich auf dem Evangelischen St.-Peter-Stadtfriedhof befindet, blieb in Graz. Auch der letzte männliche Sproß der Familie, der 1929 starb, hieß wie der amerikanische Präsident George Washington. Die Familie erlosch im Jahr 1941 mit dem Tod der dreiundneunzigjährigen Viktoria Washington. Die Washingtons können allerdings, wenn man der Überlieferung traut, nur etwas mehr als ein halbes Jahrhundert in der Grabenstraße gewohnt haben, weil bereits 1852 von einem Militärauditor Lenk auf derselben Parzelle gebaut oder umgebaut worden ist. Ein weiterer Umbau erfolgte dann unter einem Grafen Auersperg. Später erwarb die Stadtgemeinde Graz das Haus, und Oberbürgermeister Dr. Kaspar ließ einen totalen Umbau durchführen. In der „Bürgermeistervilla" ist so manche politische Größe unseres Jahrhunderts aus und ein gegangen.

Eine andere prominente Familie ließ sich im Palais Welsersheimb „Am Eisernen Tor", an der Ecke zur Hans-Sachs-Gasse, nieder. Hier wohnte Napoleons Bruder Louis Bonaparte, ein sehr gewissenhafter und musisch veranlagter Mann. Er hatte als König von Holland abgedankt, weil er sich nicht zum Handlanger der Franzosen in Holland machen lassen wollte. Dieser Prinz Louis Bonaparte, der 1828 in Florenz starb, war mit Hortense Beauharnais, der Tochter Kaiserin Josephines, der ersten Gattin Napole-

ons, verheiratet. Der Sohn aus der Ehe Louis Bonapartes mit Hortense war der spätere Napoleon III. Louis Bonaparte hatte sich allerdings, noch bevor er nach Graz kam, von der lebenslustigen Hortense scheiden lassen. Wie sehr diese Trennung den eher sentimentalen Louis traf, geht aus einem wehmütigen Gedicht hervor, das noch heute auf einer Säule vor der Kirche zu Maria Grün festgehalten ist, die Louis des öfteren aufgesucht hat.
Louis, der in Graz als „Graf von Saint-Leu" lebte, übersiedelte bald aus dem Palais Welsersheimb in die Herdergasse 3, an den Fuß des Herderberges, wo heute die Herdergasse in die Heinrichstraße mündet. Interessant ist, daß sein einstiges Wohnhaus heute ebenfalls als Schülerheim verwendet wird. Damals war es allerdings noch ein schönes Landgut, das an den Botanischen Garten anschloß. Neben dem Gut wurde im Jahre 1824 die größte Zuckerraffinerie Österreichs errichtet. Louis gab seinen Besitz in der Herdergasse an den jüngsten Bruder Napoleons, Jérôme, weiter, der als König von Westfalen mit dem Spitznamen „König Lustig" in die Geschichte einging. Jérôme, der sich später „Graf von Montfort" nannte, war mit Prinzessin Katharina von Württemberg verheiratet und hatte mit ihr einen Sohn, der, 1874 in Graz geboren, den Namen Jérôme Napoléon Charles erhielt und wie sein Vater den Inkognitonamen Montfort benützte.
Überquert man den Herderberg, kommt man auf der anderen Seite in die Schubertstraße und ungefähr an jene Stelle, wo die Hartenaugasse einmündet. Folgt man der Hartenaugasse bis zur Ecke Leechgasse, trifft man auf die prachtvolle Villa Leechgasse 50, die Villa Hartenau, in der sich seinerzeit ebenfalls eine prominente Familie auf der Suche nach Ruhe niedergelassen hatte.
Alexander Battenberg war es, der nach einem wechselvollen Leben im Jahr 1890 in Graz eintraf und hier dieses Haus erwarb. Sein älterer Bruder Ludwig wurde britischer Admiral und begründete das englische Geschlecht der Mountbatten. Der derzeitige Prinzgemahl Philipp ist sein Enkel. Alexander und Ludwig Battenberg stammten aus der morganatischen Ehe des Prinzen Alexander von

Hessen mit Gräfin Julie Hanke, einer Hofdame des Zaren, die dann von ihrem Schwiegervater, dem Großherzog Ludwig II. von Hessen, zur Prinzessin von Battenberg erhoben wurde.
Zur Welt kam Alexander Battenberg 1857 in Verona, wohin sein Vater unter Feldmarschall Radetzky befohlen worden war. Radetzky bot sich als Taufpate für den jungen Alexander an.
Später trat Alexander Battenberg in die preußische Armee ein. Er war der Lieblingsneffe der Zarin aller Reußen. Als Leutnant machte er an der Seite seines Onkels, des Zaren Alexander II., im Jahr 1877 den Feldzug gegen die Türken mit und zeichnete sich als Soldat durch besondere Leistungen aus.
Als später auf dem Berliner Kongreß die Frage auftauchte, wer den Thron des neugeschaffenen Fürstentums Bulgarien besteigen solle, fiel die Wahl auf Alexander Battenberg. Im Juli 1879 leistete der erst Zweiundzwanzigjährige den Eid auf die bulgarische Verfassung. Seine eigenwillige Vorgangsweise und sein Streben nach Unabhängigkeit für Bulgarien erregten aber bald den Zorn seines Onkels. Ein europäisches Intrigenspiel begann, an dessen Ende Alexander am 21. August 1886 durch eine Offiziersrevolte gestürzt, zum Donauhafen Reni entführt und den Russen ausgeliefert wurde. Er war gezwungen, dem Zaren seine Abdankung bekanntzugeben. Seine siebenjährige Regierungszeit war zu Ende. Alexander führte dann in der Nähe von Darmstadt ein völlig zurückgezogenes Leben. Er hatte auch nicht mehr den Mut, sich um Prinzessin Viktoria von Preußen zu bewerben, obwohl diese sich schon viele Jahre vorher in ihn verliebt hatte. Eines Tages lernte er in der Oper die junge Sängerin Johanna Loisinger kennen. Sie kam vom Landestheater Linz und war für vier Jahre in Darmstadt engagiert. Es war Liebe auf den ersten Blick. Alexander war fest entschlossen, Johanna Loisinger zu heiraten. Zu Beginn des Jahres 1889 gestattete ihm der Großherzog von Hessen, seinen Titel und den Namen Battenberg abzulegen, und sich nach einer hessischen Besitzung „Graf Hartenau" zu nennen.
Kurz darauf reiste „Graf Hartenau" mit seiner Johanna nach

Nizza, wo man sich ohne Aufgebot trauen lassen konnte. Am 6. Februar 1889 fand die Eheschließung im evangelischen Kirchlein von Nizza statt. Alexander bewarb sich dann um eine Offiziersstelle in der österreichischen Armee und wurde von Kaiser Franz Joseph im Jahr 1890 als Oberst nach Graz beordert. Hier kaufte Hartenau die Villa in der Leechgasse, in der er aber nur noch vier Jahre verbringen konnte. Sie waren von einem alten Leiden überschattet, das sich so sehr verschlimmerte, daß er nicht einmal mehr zur Taufe seiner zweitgeborenen Tochter ausfahren konnte; die Taufe mußte an seinem Totenbett abgehalten werden. Alexander Battenberg-Hartenau starb, erst 36 Jahre alt, am 17. November 1893 und wurde zunächst auf dem evangelischen Friedhof in Graz beerdigt. Einem Wunsch des bulgarischen Volkes folgend, wurde er später nach Sofia übergeführt und im Neuen Mausoleum zur letzten Ruhe gebettet. Seine Witwe war dann als Klaviervirtuosin tätig. Sie wirkte im Jahr 1908 bei der feierlichen Eröffnung des ausgebauten Stefaniensaales in Graz mit. Erst im Jahr 1951 folgte sie ihrem Mann in den Tod und wurde auf dem Grazer Leonhardfriedhof bestattet.

Damit ist aber die Reihe der großen Familien, die nach Graz kamen, noch nicht abgeschlossen: Don Alfonso von Bourbon erwarb in der Humboldtstraße 47 eine große Villa, die später lange Zeit der Invalidenentschädigungskommission als Amtsgebäude diente. Don Alfonso kam mit seiner Gattin, der Infantin Bianca Maria de Las Nieves, die dann Taufpatin der jüngeren Tochter Hartenaus wurde, und einem großen Gefolge, darunter einem jungen Neger, im Jahr 1875 nach Graz.

Die spanische Familie hatte keine gute Presse. Don Alfonso war als Bruder des Thronprätendenten Don Carlos in die Kämpfe der Carlisten um die rechtmäßige Thronfolge in Spanien verwickelt gewesen. In den Jahren 1873 und 1874 hatte der Bürgerkrieg seinen Höhepunkt erreicht, und die siegreiche liberale Seite verfehlte nicht, dem Infanten Alfonso Bluttaten und Plünderungen nachzusagen. Schließlich zerstritt sich der Infant mit seinem

Bruder Don Carlos und verließ Spanien. Er trat in österreichische Dienste und erhielt die Genehmigung, sich in Graz niederzulassen. Hatte Don Alfonso erwartet, sich im stillen Graz von seiner kriegerischen Vergangenheit erholen zu können, so wurde diese Hoffnung bald enttäuscht. Die liberalen Grazer Bürger zeigten nämlich den Gästen aus Spanien laut und deutlich ihre Abneigung. Nach der 10-Uhr-Messe pflegte sich eine lärmende Schar vor dem Dom zu versammeln, um gegen die Anwesenheit Don Alfonsos zu protestieren. Das herausfordernde Benehmen des Spaniers, der den Protestierenden mit dem Zylinder ironisch zuwinkte, brachte die Grazer immer mehr in Rage.

Die Menge, die gegen Don Alfonso auftrat, wuchs, und er wurde schließlich bis zu seiner Villa verfolgt, wo nur noch der Einsatz von Infanterie und einer halben Division Kavallerie das Ärgste verhindern konnte.

Am nächsten Morgen mußten neuerlich Truppen ausrücken. Der Bürgermeister erließ einen Aufruf und mahnte zur Ruhe. Der Statthalter, Baron Kübeck, erlitt vor Aufregung einen Schlaganfall. Don Alfonso verlegte nun seine Kirchenbesuche vom Dom in die nahegelegene Grabenkirche. Aber auch hier verursachte sein Erscheinen in Begleitung des orientalisch gekleideten Mohren Aufsehen.

Der Infant, der nie mehr nach Spanien zurückkehrte, verließ schließlich mit seiner Gattin im Jahr 1917 Graz und zog sich nach Ebenzweier bei Gmunden zurück. Im Jahr 1936 fand der Neunundachtzigjährige bei einem Aufenthalt in Wien einen damals noch ungewöhnlichen Tod: Er wurde mit seiner Gemahlin in der Prinz-Eugen-Straße von einem Auto niedergestoßen und starb trotz rasch herbeigeholter Hilfe.

Friedlicher vollzogen sich die letzten Jahre Johann Nestroys, der sich ebenfalls nach Graz zurückgezogen hatte, wo er schließlich im Haus Elisabethstraße 14 starb. Als letzter sei in diesem – selbstverständlich nur beispielhaften – Reigen der Dichter Franz Nabl genannt, der am Fuß des Schloßbergs, in der Laimburggasse, eine

Heimat fand. Von diesem Haus aus, in dem er auch seine große Bibliothek untergebracht hatte, knüpfte er immer engere Bande zur jüngeren Garde der Dichter des Grazer Kreises, zu Alois Hergouth, Peter Handke, Wolfgang Bauer, Alfred Kolleritsch und Gerhard Roth. Mit der Nennung dieser Namen schließt sich ein Kreis auf unerwartete Weise: Es hat sicherlich seinen guten Grund, daß dieses Graz, das so vielen Großen als Stätte der zumindest ersehnten Ruhe erschien, auch eine Heimstätte der modernen deutschen Literatur wurde.

Zwischen Burg und Mausoleum: Der Dom

Will man das Ambiente der Grazer Stadtkrone mit Burg, Dom und Mausoleum ganz auskosten, so tut man das am besten vom Einfahrtstor der Burg aus. Von dort hat man den besten Blick auf eines der sicherlich schönsten Altstadt-Ensembles. Das Burgtor zur Linken wurde errichtet, als hier noch die Babenberger-Herzöge regierten. Das Tor stand und steht in einem innigen Zusammenhang mit der Burg, mit der es durch später über dem Tor angebrachte Gänge verbunden wurde. Der alte Spitzbogen des Burgtores ist unverändert erhalten geblieben; in früheren Zeiten erhob sich darüber ein wuchtiger Turm. Lange Zeit, nämlich von 1479 bis 1787, blieb das Tor wegen der drohenden Türkeneinfälle geschlossen. Erst später wurde es wieder geöffnet und eine über den tiefen Stadtgraben führende Brücke errichtet, die schließlich im Jahr 1823 durch einen festen Damm ersetzt wurde. Als Material für diesen Damm dienten die Reste des im selben Jahr abgebrannten Schauspielhauses. Besondere Verdienste um die Neuanlage des Tores, das eines der beiden noch erhaltenen Stadttore von Graz ist, hat sich vor allem der Gouverneur der Steiermark, Konstantin Graf von Wickenburg, erworben.

Durch das Burgtor kann man einen Blick auf eine breite, im Sommer wohltuend schattenspendende Kastanien-Allee tun, die den Namen des steirischen Prinzen Erzherzog Johann trägt und hinaus ins Leonhard-Viertel führt. Gleich zu Beginn dieser Allee, neben dem Eingang in den öffentlich zugänglichen Burggarten, lädt das „Café Promenade“ zur Rast, ein historisierendes Bauwerk mit dorischen Säulen. Dieses Café mit dem freundlichen Gastgarten wurde im Jahr 1837 als Torwachhaus errichtet.

Wendet man den Blick geradeaus, sieht man zunächst die Ecke des

Dompfarrhofes (Burggasse 3), in dem früher das Marchfutteramt untergebracht war, und wo über einem Blumensalon in der Höhe des ersten Stockwerkes Christus als Schmerzensmann und eine Madonna aus dem Jahr 1716 angebracht sind. Vorbei am Dompfarrhof schweift der Blick hinunter „in die Tiefe" der Burggasse, deren optischen Abschluß die Grazer Oper bildet.
Zwischen den Jahren 1836 und 1856 bildete das Franzenstor den Abschluß der Burggasse. Dieses Tor bestand aus einem einfachen Rustika-Torbogen und verband die beiden Häuser, die heute die Ecken der Burggasse zum Opernring bilden. Das Franzenstor, zu Ehren von Kaiser Franz errichtet, wurde nach dem Fall der angrenzenden Basteien demoliert, als man daranging, die heutige Ringstraße anzulegen.
Die Häuser Burggasse 11 und 13, 1870 als Lehrerbildungsanstalt erbaut, beherbergten bis zum Jahr 1976 die steirische Handelskammer. Vorher stand an dieser Stelle, an der Ecke zur Einspinnergasse, der Marchturm. Überquert man nach dem Haus Nr. 13 die Einspinnergasse, so gelangt man zum Haus Burggasse Nr. 15, wo im Jahr 1736 Mignotti die erste Grazer Oper erbaut haben soll. Im Haus Burggasse 16, schräg gegenüber, lebte lange Zeit Peter Rosegger, der von hier aus unter anderem seine Spaziergänge zum Wetterhäuschen im Stadtpark unternahm.
Schaut man von unserem Standplatz schräg nach rechts, so hat man sowohl das Mausoleum mit seinen grünen Kuppeln vor sich, als auch den Beginn des romantischen, schmalen Durchganges zwischen Dom und Mausoleum, der mit seiner alten Laterne vor allem an verschneiten Winterabenden von besonderem Reiz ist. Dann

Oben: Blick von der Schloßbergstiege. Im Vordergrund links das Palais Attems und die Dreifaltigkeitskirche. Jenseits der Mur die Mariahilfer-Kirche.

Unten: Der Franzens-Platz – heute Freiheitsplatz – in seiner schönen geschlossenen Gestalt in einer Darstellung aus dem Jahr 1850.

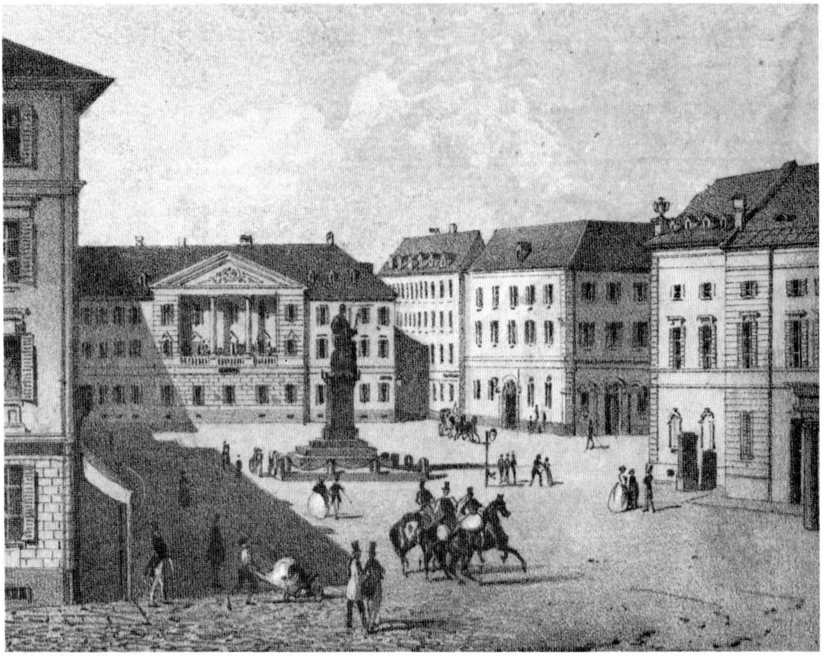

gleitet der Blick rechts an der fast schmucklosen Außenfront des Domes entlang und bleibt an der farbenfrohen Fassade der ehemaligen Jesuiten-Universität und des Jesuiten-Gymnasiums hängen, wo heute das Landesarchiv seinen Platz gefunden hat. Dort prangen auch die monumentalen Wappen Ferdinands II. und seiner Gattin Maria Anna.

Die alte Grazer Universität, die in diesem Gebäude untergebracht war, stellte eine Gründung Erzherzog Karls dar. Sie diente, seinen Worten zufolge, „zur Hebung und Pflanzung guter freier Künste, der Jugend auch gemeinem Wesen zum besten eine Gelegenheit, all da in unseren Erblanden anzurichten, wodurch auch übriger Unkosten so etwa auf die Jugend in Verschickung derselben auf die fremden Universitäten und Studia aufläuft, erspart werden möchte".

Darin äußerte sich ein sehr praktischer Gedanke. Es ging um die Schaffung einer innerösterreichischen Hochschule, die, wie ihre Matrikel beweist, auch mit einem bedeutenden Kontingent kroatischer, ungarischer und küstenländischer Studenten rechnen konnte. Die feierliche Eröffnung der Universität fand am 14. April 1586 mit großer Prachtentfaltung statt. In das Matrikelbuch ließ Erzherzog Karl seinen Erstgeborenen Ferdinand, den späteren Römischen Kaiser, als ersten Hörer eintragen. Ferdinand unterzog sich auch dem alten Brauch der akademischen „Deposition": dem Inskribenten wurden angeheftete Hörner als Symbol seiner bisherigen Unwissenheit abgesägt.

Zunächst bestand die neugegründete Universität aus der theologischen und philosophischen Fakultät, wozu dann das bereits 1573

Oben: Burgtor, Mausoleum und Dom sind auf diesem Stich aus dem Jahr 1845 festgehalten. An der Stelle des Stadtgrabens parken heute in einer Tiefgarage die Autos, rechts sieht man das als Wächterhäuschen errichtete Café Promenade.

Unten: Die Domkirche von Graz mit der der Burg zugewandten Seite. Dom und Burg sind noch durch einen direkten Gang verbunden. Rechts im Bild die ehemalige Jesuiten-Universität.

gegründete Gymnasium als Sprachenfakultät kam. Eine juridische und eine medizinische Fakultät fehlten noch. Mit einer zweiten Stiftungsurkunde vom 1. Januar 1602 schenkte Erzherzog Ferdinand II. dem Jesuitenkollegium das Haus. In dieser Stiftungsurkunde wird der Universität auch das Recht der vollen akademischen Gerichtsbarkeit verliehen. Hierzu gesellten sich speziell dem Jesuitenkollegium eingeräumte Privilegien. Schließlich wurde auch die Schenkung zweier Höfe, einer Mühle, zweier Weingärten und zweier steuerfrei gemachter Häuser in der Färbergasse – das spätere Ferdinandeum – ausgesprochen, und zwar zu dem Zweck, daselbst ein Alumnat für bedürftige Studierende zu errichten. „Elf selige Märtyrer des Grazer Jesuitenkollegs" sind im Speisesaal des Priesterhauses, das sich heute in den Räumlichkeiten der ehemaligen Jesuitenuniversität befindet, abgebildet. Einer dieser elf Seligen, nämlich John Ogilvie, wurde, was der breiten Öffentlichkeit entgangen ist, am 17. Oktober 1976 sogar heiliggesprochen.
Als am 6. Oktober 1773 die Aufhebung der Gesellschaft Jesu ausgesprochen wurde, übernahm der Staat Universität und Gymnasium mit freier Besetzung der Lehrkanzeln, obwohl noch einige Zeit Exjesuiten als unentbehrliche Lehrkräfte in Verwendung blieben. Am 4. November 1782 erfolgte die kaiserliche Aufhebung der Grazer Hochschule als Universität und ihre Verwandlung in ein Lyzeum. Die kaiserliche Restauration der Grazer Universität am 26. Januar 1827 wurde als Wiedergeburt des Hochschullebens begrüßt.
Kehrt man in unsere Tage zurück, so kann man sich zwar angesichts des Verkehrsstromes vorstellen, wie zweckmäßig auch heute noch ein direkter Verbindungsgang zwischen Burg und Dom wäre, nicht aber, daß gerade an dieser Stelle etwa der prunkvolle Einzug Kaiser Karls VI. mit dem ganzen Hofstaat, mit Hatschieren (Leibgardisten) und Trabanten (Leibwächtern) oder eine große Parade zu Ehren Kaiser Franz' I. stattfand, dessen Standbild im Zentrum des Freiheitsplatzes errichtet ist.
An der ehemaligen Jesuitenuniversität vorbei sieht man in die

Hofgasse, die von der Pauluskirche, auch Stiegenkirche genannt, optisch abgeschlossen wird. Die Kirche überragt mit ihrem roten Zwiebelturm und einem hl. Paulus als „Wetterfahne“ die Dächer der Altstadt. Am Ende der Hofgasse, auf der linken Seite nach dem Haus Nr. 10, steht der sogenannte Taubenkogl, das Internat des ehemaligen Jesuitengymnasiums, ein schmales, vielstöckiges Renaissancehaus, das in den Jahren 1618 und 1619 erbaut wurde.

Ihm folgt bald, ebenfalls auf der linken Seite, die erstmals 1569 erwähnte Hofbäckerei Edegger-Tax mit einem Holzportal, das teils geschnitzt, teils intarsiert gearbeitet ist. Bereits vor 1850 hatte hier ein Moritz Mader seine Bäckerei eingerichtet, die als „Bestandsbäckerei“, das heißt als Bäckerei in Pacht, geführt wurde. Mader baute schon nach neun Jahren den Betrieb aus und nannte sich daraufhin „bürgerlicher Luxusbäcker“. Franz Tax, der in der Sporgasse 15 eine Bäckerei betrieb, heiratete in die Familie ein und teilte am 24. Januar 1880 dem Magistrat der Stadt Graz mit, daß er den Betrieb in der Sporgasse schließen wolle und beabsichtige, die Luxusbäckerei seiner zukünftigen Schwiegereltern in der Hofgasse 6 weiterzuführen. Unter seiner Leitung nahm die Bäckerei einen steilen Aufstieg. So prominente Leute wie Don Alfonso von Bourbon, Graf Gleispach, Graf Hartenau, die Grafen Kottulinsky und Lamberg, Statthalter Baron Kübeck, der Bürgermeister Dr. Portugall und der Präsident der Handelskammer, Schreiner, waren zu ihren Kunden zu zählen.

Im Jahr 1883 suchte Franz Tax, nachdem er anläßlich der Anwesenheit von Kaiser Franz Joseph in Graz das Gebäck geliefert hatte, um die Verleihung des Titels Hofbäcker an. Das Ansuchen wurde jedoch, wie man auf gut österreichisch sagt, „verwurstelt“. Vier Jahre später lieferte Franz Tax anläßlich der Anwesenheit des Kronprinzenpaares und des Erzherzogs Leopold Salvator wieder das Gebäck für die Hoftafel und legte am 26. April 1888 neuerlich ein Gesuch vor, worauf er ein Dekret erhielt, das ihn berechtigte, den Titel eines k. k. Hofbäckers zu führen. In dem

Dekret heißt es wörtlich: „Diesen Titel behalten Sie solange, als Sie Ihr Geschäft aufrecht und persönlich betreiben, kraft dessen steht Ihnen das Recht zu, bei Ihrer Firma den k. k. Adler zu führen, jedoch dürfen Sie sich des kaiserlichen Wappens im Siegel nicht bedienen."

Im Jahr 1921 übernahm Herta, die Enkelin des verstorbenen Franz Tax, mit ihrem Bruder die Führung des Betriebes, nunmehr einer „Offenen Handelsgesellschaft", da ihr Ehemann, Franz Edegger, zwar Kaufmann, aber noch nicht Bäckermeister war. Nach den Wirren des Zweiten Weltkrieges führte Herta Edegger gemeinsam mit ihrem Bruder den Betrieb weiter. Da der Bruder aber kein besonderes Interesse an dem Unternehmen zeigte und als Diplom-Ingenieur eine Laufbahn im öffentlichen Dienst anstrebte, wurde er vom Ehepaar Edegger abgefertigt. Unter Franz Edegger nahm die Bäckerei nicht nur einen weiteren wirtschaftlichen Aufschwung, es wurde auch sehr viel für die Erhaltung des Hauses getan. Der 30. Oktober 1950 steht als besonders wichtiges Datum in der Hauschronik: An diesem Tag wurde das Haus unter Denkmalschutz gestellt. In der Begründung heißt es: „Die straßenseitige Giebelfront des Hauses zeigt eine schöne, in Putzflächen gegliederte Fassade aus dem Ende des 17. Jahrhunderts. Im zweiten Geschoß befindet sich ein Außenfresko in der Größe von 160×90 Zentimeter, auf welchem die Muttergottes, ein Ansicht von Graz und ein Wappen abgebildet sind. Das schopfwalmgekrönte Dachgeschoß ist durch eine kräftige Gesimsstufe vom übrigen Bauwerk getrennt. Das Blutgassl hat als mittelalterlicher Verbindungsweg eine besondere Bedeutung."

Als Franz Edegger am Anfang einer politischen Karriere im Alter von zweiundfünfzig Jahren aus dem Leben gerissen wurde, mußte sein Sohn Erich, damals einundzwanzigjährig, den Betrieb übernehmen. Er unterbrach sein Studium, legte die Meisterprüfung ab und hat seither am Aufbau des Unternehmens ganz wesentlich gearbeitet. Zudem verschlug es ihn in die Politik, und ihm als dem für die Stadtplanung verantwortlichen Stadtrat, ist es zu danken, daß im Jahre 1976 in Graz der Bau von Hochhäusern radikal eingeschränkt wurde.

Genau gegenüber der Hofbäckerei Edegger-Tax befindet sich das Haus Hofgasse 3, das ebenfalls eine bedeutende geschichtliche Vergangenheit hat. Über zweihundert Jahre lang war dieses Haus, von dem ein Geheimgang zum inneren Paulustor hinaufführte, die Münzstätte Innerösterreichs, bevor diese in die Sackstraße übersiedelte. In der Hofgasse 3 befindet sich noch heute eine Tabak-Trafik, die im Jahr 1894 einer Militärkapellmeisterswitwe zugesprochen wurde. Zu ihren Stammkunden gehörte neben Direktor Julius Grevenberg vom Schauspielhaus, der hier seine Lieblingszigarren kaufte, auch der spätere Burgschauspieler Raoul Aslan. Aslan hatte eine besondere Vorliebe für selbstgestopfte Zigaretten. Die Trafik blieb täglich von 6 Uhr morgens bis 22 Uhr nachts geöffnet. Sollte auch am Sonntag offengehalten werden, so war darum beim Finanzamt mit einem Gesuch „vorstellig zu werden", das mit einer Kronen-Marke gestempelt werden mußte.

Auf der rechten Seite der Hofgasse sehen wir die schlichte klassizistische Fassade des Schauspielhauses, das in der Zeit zwischen 1823 und 1825 nach den Plänen des Wiener Hofbaumeisters Peter de Nobile erbaut wurde, nachdem in der Christnacht des Jahres 1823 das alte Theater aus dem Jahr 1776 abgebrannt war. Das alte Theater war von dem bekannten Barockbaumeister Josef Hueber erbaut und am 9. September 1776 als „Erstes deutsches Nationaltheater in Graz" eröffnet worden, nachdem Kaiserin Maria Theresia durch ein Hofdekret den steirischen Landständen den Vizedomgarten, nahe der Burg, als Bauplatz gewidmet hatte. Hier wurden alle Gattungen der dramatischen Kunst von der Oper über das Schauspiel bis hin zum Ballett gepflegt. Hier hat auch Johann Nestroy seine Karriere als Komiker und Bühnenautor begonnen, um nach seinem großen Erfolg in Wien wiederum Graz als Alterssitz zu wählen.

Das Grazer Schauspielhaus gilt, wie es sich heute nach seiner Wiederherstellung im Jahr 1964 zeigt (1952 war es baufällig geworden und mußte geschlossen werden), mit Recht als eines der schönsten und besterhaltenen Logentheater im deutschen Sprachraum. Auf seinen Brettern hat Nestroy nicht weniger als 269 verschiedene Rollen gespielt. In Graz wurde sein erstes Stück „Der Zettelträger Papp" uraufgeführt. Die unruhigen Märztage des Jahres 1848 machten dann das Schauspielhaus zum Ort einer sensationellen Proklamation. Während einer Vorstellung verkündete Graf Wickenburg von seiner Loge aus die Abschaffung der Zensur, die Pressefreiheit und die Konstitution. Ebenfalls von diesem Theater aus, und zwar von dem Balkon, der auf den Freiheitsplatz hinausgeht, wurde das Ende der österreichisch-ungarischen-Monarchie bekanntgegeben und die Republik ausgerufen.

Damals wurde der Franzensplatz, wie er früher hieß, in Freiheitsplatz umbenannt. Noch im Jahr 1822 machte dieser Platz, den das Vizedomhaus und das Zeughaus der Grazer Burg säumten, einen vernachlässigten Eindruck und gereichte der Stadt keineswegs zur Ehre. Erst nach dem Theaterbrand im Dezember 1823 entwickelte er sich zu einem der schönsten und geschlossensten Ensembles der Stadt. Die Stände entschlossen sich, für seine Erweiterung und Ausgestaltung bedeutende Opfer zu bringen und die benötigten Gründe abzulösen. In der Mitte des Platzes wurde das Denkmal für Kaiser Franz I. errichtet und in Gegenwart Kaiser Ferdinands I. und seiner Gattin Maria Anna im Jahr 1841 vom Landesgouverneur Graf Hartig enthüllt. Die Statue, die den Kaiser in der Ordenskleidung des Goldenen Vlieses darstellt, ist ein Werk des Mailänder Bildhauers Marchesi.

Der Platz wird im Norden durch den von Georg Hauberisser d. Ä. errichteten Lambrechterhof abgeschlossen. Auf dem Giebel des Hauses ist ein Mann dargestellt, der mit mehreren Wölfen kämpft. Hauberisser wollte damit seinen und seines Sohnes Georg Kampf mit dem Wiener Architekten Wolf ein bleibendes Denkmal setzen.

Dem Schauspielhaus und dem Freiheitsplatz hat Benno Reifenberg, der seinerzeitige Herausgeber der „Frankfurter Allgemeinen

Zeitung", ein Denkmal in Worten gesetzt, das hier zitiert sei: „Dieses Theater hat Schubert gesehen. Als es errichtet wurde, war das Quartett mit den Variationen über ‚Der Tod und das Mädchen' noch nicht auf die Erde gekommen. Wenige Jahre später war Schubert zu Besuch in Graz, September 1827. Vermutlich ist damals schon, wie heute abend, das Publikum in der Pause über den Platz hin und her gewandelt, der neben dem Schauspielhaus sanft in Richtung zum Schloßberg ansteigt. Es wandelt sich angenehm in diesem offenen Saal. Seine Wände im Viereck haben sich seit Schuberts Zeiten schwerlich geändert: die Pilaster, die den flachen Giebel anmutig tragen, die maßvolle Dekoration, diese überschaubare Weiträumigkeit. Es dämmert, aber ich nehme noch deutlich drüben die cremefarbenen Läden und den salmrosa Verputz wahr. Wo der Abend leuchtet, ziehen mit tieferen Schwärzen die Dachfirste einen Goldrand aus dem Himmel. Die Spaziergänger sprechen gedämpft, zuweilen bricht ein Gelächter sich an den verschlossenen Läden, die Kleider der Damen schweben jetzt als blasse Schattenblumen vorüber, Zigaretten glühen aus dem Dunkel des Portals."

Just hinter dem Dach des Schauspielhauses versteckt sich der Uhrturm, wenn der Betrachter beim Burgtor steht, und wird sofort sichtbar, wenn man ein paar Schritte über die Straße zum Dom hinübergeht. Von diesem neuen Standort ist auch die Fassade des Schauspielhauses besser zu sehen, ebenso der Hof der Burg, der links von der nach dem Zweiten Weltkrieg errichteten „Tintenburg" und rechts von dem sogenannten Karls-Bau begrenzt wird, der seine Akzente von zahlreichen Renaissance-Schornsteinen erhält und etwa 1570 unter der Regierung Erzherzog Karls errichtet wurde. In diesem Teil der Burg residiert auch heute noch im obersten Geschoß der Landeshauptmann, während sich im ersten Stock, erreichbar über die erst 1850 gebaute neue Hauptstiege, der Weiße Saal und andere Repräsentationsräume der Landesregierung befinden.

Die Grazer Burg hat eine große Geschichte, deren Anfänge ganz trefflich von V. Thiel in seinem Buch „Die landesfürstliche Burg und ihre Geschichte“ aus dem Jahr 1927 geschildert werden. „Die ältere Grazer Geschichtsschreibung nimmt an“, so schreibt Thiel, „daß die von Friedrich III. erbaute Burg eine Vorgängerin in einer aus der Traungauer- oder Babenbergerzeit stammenden Anlage gehabt habe. Während der zunächst der Kirche befindliche Hauptbau zweifellos als Palas (Wohngebäude) der Burganlage aufzufassen ist, kommt dem höher gelegenen kastellartigen Bau, für welchen später die Bezeichnung ‚Friedrichsburg‘ aufkam, der Charakter des Bergfrieds zu. Die Jahreszahlen 1438 und 1451, welche sich an diesem Gebäude befanden, lassen seine Bauzeit erkennen. Es lehnte sich unmittelbar an die Stadtmauer an, längs deren der Wehrgang auf den Schloßberg führte. Es ist gewiß kein Zufall, daß sich in den drei Hauptteilen der Burganlage: Palas, Bergfried und Kirche, die Jahreszahl 1438 feststellen ließ. Sicherlich bestand schon zur Zeit Kaiser Friedrichs eine bauliche, im ursprünglichen Bauprojekt vorgesehene Verbindung zwischen diesen drei Hauptteilen. Obwohl anfangs zur eigentlichen Burganlage gehörig, erlangte die sogenannte ‚alte Friedrichsburg‘ durch die aus ihrer besonderen Bestimmung sich ergebende allmähliche Verwendung und Einrichtung als landesfürstliches Zeughaus einen gewissen selbständigen Charakter. Kaiser Friedrich III. versah alle wichtigen landesfürstlichen Burgen mit ‚Rüstzeug‘, welches freilich bald wieder in Abgang kam. So richtete er in Wiener-Neustadt unmittelbar bei der Burg ein ‚Harnischhaus‘ ein, welches er 1466 vergrößerte. In Graz war es eben der Bergfried der Burg, welcher das Rüstzeug aufnahm. Die Grazer Ansicht von Desipi-Hollar (vor 1630) zeigt das Zeughaus als einen massiven turmartigen Bau, an welchen sich östlich mittels eines Schwibbogens ein einstöckiges Haus, westlich aber ein niedriger Seitenflügel anschloß, als ‚hinterer stock des hofzeughauses‘ bezeichnet. Von hier aus konnte man zu dem geheimen Gange gelangen, welcher von der Burg auf den Schloßberg führte. Die Schlüssel zur Tür in den Gang verwahrte der Hofburggraf. Im Hinterhaus waren zur Zeit der

Hofhaltung die Edelknaben untergebracht, welche unter der Aufsicht des Oberstallmeisters standen, während der ‚vordere stock seit unvordenklichen zeiten' vom Zeugwart und seinem Personal bewohnt war. Als nach der Abreise des Hofes nach Wien (1620) der ‚hintere stock des hofzeughauses' frei wurde, erhielt in ihm 1627 der steirische Vizedom Sigmund Kuglman Unterkunft. Seither verstand es das Vizedomamt, sich im Zeughaus, wenn auch unter wechselnden Verhältnissen, zu erhalten und immer mehr an Raum zu gewinnen. Noch 1660 erscheint das alte Zeughaus sowohl vom Vizedom als vom Zeugwart benützt, doch bald darauf dürfte das Gebäude zur Gänze an den Vizedom übergegangen sein, während das Hofzeugamt in dem der Universität benachbarten Hause Sitz nahm, welches schon mehrere Jahrzehnte vorher für Zwecke des Hofzeugwesens herangezogen worden sein dürfte. So war denn nunmehr die alte Friedrichsburg zum Amtshause des steirischen Vizedoms geworden."

Wenn man heute den Burghof betritt, geht man an dem schon erwähnten Karlsbau entlang und kommt zum Maximilianbau und Friedrichsbau, die in einem rechten Winkel zum Karlsbau stehen und an die neue „Tintenburg" anschließen. Die nordöstliche Ecke dieses Teiles bildet ein Turm, in dem sich die berühmte gotische Doppelwendeltreppe befindet, die 1499 bis 1500 angelegt wurde und zu den seltenen aus jener Zeit erhaltenen Treppen zählt. An der Verbindungswand zum Karlsbau ist auch ein Stein mit Kaiser Friedrichs Devise AEIOU – „Austria erit in orbe ultima" – zu sehen. Sie lautet in der gebräuchlichsten Übersetzung: „Österreich wird im Erdkreis am längsten bestehen."

Im Jahr 1608 kam es an dieser gotischen Doppelwendeltreppe zu einem dramatischen Vorfall. Zu dieser Zeit weilten – auf Einladung der Jesuiten – englische Schauspieler in Graz, um den Hof und seine Gäste zu ergötzen. Wie Erzherzogin Maria Magdalena, eines der fünfzehn Kinder Erzherzog Karls, in einem Brief schildert, begab sich nach den Aufzeichnungen der Schriftstellerin Colette Hocheneder folgendes: Am Faschingsdienstag hatten die Komödianten gespielt und anschließend ihren Erfolg in einem nahe gelegenen Gasthaus gefeiert. Bei dieser Gelegenheit machte ein rothaariger Engländer der Wirtin den Hof und erhielt von ihr einen Freundschaftsring. Auch zwei Franzosen, Jean und Louis, nahmen an der Abendunterhaltung teil. Als der Engländer am Morgen des Aschermittwoch seinen Rausch ausschlief, hämmerten die beiden Franzosen plötzlich an seiner Tür und begehrten den Ring der Wirtin zurück. Doch der Engländer verweigerte die Herausgabe und erklärte, er werde den Ring der Wirtin selber bringen, was er am Abend auch tatsächlich tat. Im Gasthaus angelangt, überlegte er es sich aber anders. Daraufhin forderte die Frau in ihrem Zorn die beiden Franzosen auf, dem Engländer den Ring mit Gewalt zu entreißen; es begann eine wilde Verfolgungsjagd vom Gasthaus bis hin zur Doppelwendeltreppe in der Burg. Atemlos rannte der Engländer die Treppe hinauf, bis er schließlich ausglitt, herunterkollerte, einen Franzosen umstieß und mit ihm im Schnee landete. Nun entspann sich ein wilder Kampf mit Rapier und Dolch, in dessen Verlauf der Engländer dem Franzosen Louis durchs linke Auge tief in den Schädel stach. Der andere Franzose fiel voll Wut über den Engländer her, stieß ihm seinen Dolch in die rechte Brust und ließ ihn im Schnee liegen. Der Engländer vermochte sich schließlich das Eisen aus der Brust zu ziehen und ließ sich bei den Barbieren verarzten. Louis hingegen erlag um die Mittagszeit seinen Verletzungen.

Geht man nach solch blutiger Reminiszenz weiter durch das Tor und unter dem Verbindungsbau zwischen dem Treppenturm und dem Karlstrakt hindurch, so gelangt man in den zweiten Burghof und findet hier außer den Resten der Kammerkapelle, wenn man sich nach links in Richtung Schauspielhaus wendet, eine Einrichtung neueren Datums. Mitten im Grünen steht hier die „Steirische Ehrengalerie", die vom jetzigen Landtagspräsidenten Univ.-Prof. Dr. Koren ins Leben gerufen wurde und deren Ziel die Schaffung der Büsten großer Steirer durch Künstler der Gegenwart ist. Bisher sind in dieser Ehrengalerie Ulrich von Liechtenstein, Fischer von

Erlach, Alexander Girardi, Viktor Kaplan, Johann Josef Fux, Hugo Wolf, Peter Rosegger, der Erfinder der Zeitlupe, August Musger, und der Pionier der Montanwissenschaften, Peter Tunner, zu sehen. Den dritten Burghof schließt der bis ans Schauspielhaus reichende, unter Ferdinand II. errichtete und nach ihm benannte Ferdinandsbau ab.

Wer nun die Burg wieder verläßt und sich dem Mausoleum und dem Dom zuwendet, dem sei empfohlen, diesen nicht durch das allgemein als Haupteingang bezeichnete Tor zu betreten, neben dem ein großes Ölbergrelief des Bildhauers Peter Neuböck aus dem Jahr 1923 zu sehen ist, und durch das – alten Darstellungen zufolge – die großen Festzüge schritten, sondern durch den Nebeneingang bei der neuen Sakristei an der Südseite des Chors, eine der schönsten Barocksakristeien der Welt. Sämtliche Intarsienarbeiten wurden von den Jesuitenfratres selbst hergestellt. Hier findet man sich der Hast des Tages schlagartig entledigt; in einem kühlen dunklen Vorraum schafft ein rotes „Ewiges Licht“ vor einem Bildnis der „Mutter vom guten Rat“ eine anheimelnde Atmosphäre. Durchschreitet man diesen kleinen Raum und betritt den Dom, so beeindrucken vor allem an Sonnentagen die drei hohen, hellen gotischen Kirchenschiffe, die barocke Orgel, die jetzt zeitgemäß erneuert werden soll, ohne daß die wertvollsten Details der alten Orgel verlorengehen, die reichgeschnitzte Kanzel aus dem Jahr 1710, die Kirchenbänke und die Beichtstühle.

Hier im Dom fand am 23. April 1600 die Vermählung des Erzherzogs Ferdinand II. mit der bayerischen Prinzessin Anna durch den Kardinal Franz von Dietrichstein statt, wobei die Herzöge Maximilian, Ferdinand und Albert von Bayern, die bayerischen Prinzessinnen Maximiliana und Magdalena, ferner Erzherzog Matthäus als Vertreter Kaiser Rudolfs II., die Gesandten von Spanien, Polen, Venedig, der Pfalz, Mantua und viele andere Große anwesend waren.

Die Vermählung der Erzherzogin Magdalena mit dem Großherzog von Toscana in Gegenwart des päpstlichen Nuntius Selvago war

ein weiterer Höhepunkt unter den Feierlichkeiten, für die der Dom Schauplatz war.
Zu einem grandiosen Fest, an dem nicht nur der Adel, sondern auch die gesamte Bevölkerung von Graz regen Anteil nahm, gestaltete sich die Huldigung für Kaiser Leopold am 5. Juli 1660.
Aber nicht nur an die Feste einer vergangenen Zeit erinnert man sich. Auch in unseren Tagen war der Grazer Dom Mittelpunkt vor allem großer Trauerfeierlichkeiten, wie etwa jener für Landeshauptmann Josef Krainer, dem „Vater aller Steirer", von dem an einem kalten Frühwintertag des Jahres 1971 nach der Aufbahrung im Weißen Saal der Burg die höchsten Würdenträger der Kirche, des Staates und des Landes, aber auch die Bevölkerung hier Abschied nahmen.
Wendet man sich nach diesem Rückblick dann dem Inneren des Domes zu, der 1174 erstmals in einer Schenkungsurkunde des Markgrafen Otakar von Steiermark für das Kloster Seckau als St.-Ägidius-Kirche Erwähnung findet, so wird man wohl am besten mit dem Hauptaltar beginnen. Vorher sollte man aber doch wissen, daß 1181 erstmals die Nennung eines Pfarrherrn von Graz erfolgte und daß 1483 die Barbara-Kapelle erbaut wurde, über der nach der Erwählung zur Hofkirche Friedrich III. ein Oratorium errichten ließ, auf dem wieder das Zeichen AEIOU, die Devise des Kaisers, zu sehen ist. 1554 wurde von Domenico dell'Allio ein zweites Hoforatorium errichtet. Karl II. von Innerösterreich übergab die Kirche dann 1577 den Jesuiten, an die heute nur noch ein einziger Jesuitenpater erinnert, der als Beichtvater in Graz zurückgelassen wurde, als die Jesuiten 1957, diesmal wegen Nachwuchsmangels, die Stadt verließen. Sein Vorgänger war Pater Lamprecht – von 1925 bis 1965 in Graz, davon sieben Jahre lang Superior der Jesuiten an der Stiegenkirche –, dessen gebückte, taubenfütternde Gestalt mit dem breiten Schlapphut Generationen von Grazern in Erinnerung geblieben ist. Nur 1939 hatte er Graz für ein Jahr verlassen, als Haus und Kirche der Jesuiten von der Gestapo beschlagnahmt wurden.

Erst 1582 wurde dem Dom ein Dachreiter aufgesetzt, der 1653 erneuert wurde. Im Jahr 1786 wurde die Kirche zur Kathedrale der Seckauer Bischöfe, zum Dom also, nachdem sie seit 1773, nach der Aufhebung des Jesuitenordens, öffentlich verwaltet worden war. 1831 errichtete man an Stelle der Friedhofsmauer eine Balustrade um die Kirche, die, im Jahr 1973 kunstvoll erneuert, gegen die Bürgergasse hin noch vorhanden ist. In den Jahren 1962 und 1963 wurde die Domkirche unter großem Aufwand nicht nur finanzieller Mittel renoviert.

Nach diesem Ausflug in die Geschichte nun zu den Kunstwerken des Domes. Der Hochaltar der spätgotischen Kirche mit ihren drei Schiffen, die von je vier Pfeilern getragen werden und in Netzgewölben auslaufen, ist ein wahres barockes Fest für das Auge. Der Altar ist aus farbigem und weißem Marmor gestaltet. Über der Darstellung des Namenspatrons Ägidius von J. F. Flurer sieht man eine Krönung Mariens aus weißem Marmor. Reich mit Marmorintarsien geschmückt sind auch der Altartisch und die beiden seitlichen Portale, die von Doppelgruppen jesuitischer Heiliger gekrönt werden. Des weiteren wären die Balkone des Hoforatoriums aus der Zeit Karls II. und das Chorgestühl mit geschnitzten und vergoldeten Bekrönungen aus den Jahren 1737 und 1738 zu nennen. Ein besonderes Merkmal des Hauptaltars ist das große Votivbild Erzherzog Karls und seiner Familie, das sich an der Südseite befindet und in den Jahren 1591 und 1593 von Jacopo del Monte im Auftrag der Erzherzogin Maria gemalt wurde. Seit dem Zweiten Vatikanum steht unmittelbar über den Stufen, die zum Hauptaltar führen, ein neuer Altartisch, auf dem die Messe versus populum gelesen wird.

Bevor man die Stufen zum Hauptaltar emporschreitet, sollte man den prachtvollen Reliquienschreinen links und rechts von der Treppe sein Augenmerk schenken. Über sie gibt es eine abenteuerliche Geschichte, die von der Grazer Schriftstellerin Colette Hocheneder erzählt wird.

Colette Hocheneder schreibt über diese Schreine, die ursprünglich

Brauttruhen waren, über fünfhundert Jahre alt sind und dem sechsten Kind des Markgrafenpaares von Mantua, der Madonnina Paola di Gonzaga gehörten: „Inmitten dieser angesehenen Familie wuchs ein stilles, unscheinbares Mädchen heran, Paola, das Nesthäkchen. Paola studierte Latein und Griechisch, schmökerte in klassischen Skripten, war klug und voll Herzensgüte. Aber sie schleppte einen Höcker durchs Leben: sie litt an Knochen-Tbc und quälenden Herzbeschwerden. Der Vater jedoch glaubte zu wissen, wie man den Buckel seiner heiratsfähigen Töchter verbergen konnte, denn auch zwei ältere Töchter litten darunter, mit blankem Gold, einem Hügel von Dukaten. Dorothea und Susanne, die beiden Schwestern Paolas, wurden dennoch abgelehnt. Aber das sollte der sehr empörten Mutter nicht noch einmal begegnen. Voll Leidenschaft widmete sie sich der Suche nach einem willfährigen Ehemann für Paola. Er mußte nicht reich sein, das waren die Gonzagas selbst, aber doch aus edlem Geblüt. Er konnte der Sohn eines verarmten Geschlechtes und verschuldet sein, versippt jedenfalls mit dynastischer Familie. Die Mutter, schon gichtgeplagt, war derart von blindem Eifer besessen, daß sie die Mitgift nach Heller und Pfennig ausposaunte und sich damit beinahe zum Gespött adeliger Familien machte. Diese Kunde drang bis Graz, zu Kaiser Friedrich III., der sich schon einmal als weitblickender Vermittler bewährt hatte. Man denke an seinen Sohn Maximilian und Maria von Burgund. Des Habsburgers Blick fiel auf den Grafen von Görz und auf die Besitzungen der Görzer. Gab es doch einen Erbvertrag (von 1394) zwischen den Herzögen von Österreich und den Grafen von Görz, der vorsieht, daß jene Linie, die ohne Leibeserben ausstirbt, ihre Ländereien verliert. Österreich könnte also den Zugang zur Adria kampflos bekommen, wenn der Graf von Görz kinderlos bleiben würde. Dem Grafen Leonhard, dem letzten Sproß der Görzer, würde mit Paola eine schwerreiche, unheilbar kranke Ehefrau zufallen, von der keine Kinder zu erwarten waren. Der um zweiundzwanzig Jahre ältere Junggeselle Leonhard gab erst nach längerem Zögern sein Jawort. Er bezog mit seiner jungen Frau die Burg Bruck bei Lienz in Osttirol, wo sich der Playboy, wie man heute sagen würde, allerdings nur selten aufhielt. Erst 30 Jahre alt, starb Paola kinderlos, wie erwartet, und vermachte ihrem Gemahl auf dem Totenbett die beiden Elfenbeintruhen samt ihrem kostbaren Inhalt von Juwelen, Gold, perlengestickten Brokat- und Pelzmänteln. Ihr Grab ist unbekannt, kein Stein verkündet ihre Ruhestätte, nur ein grobgehauenes Denkmal lehnt bescheiden an Leonhards Grabstein im Görzer Dom. Einige Jahre nach ihrem Tod ritt ein erwachsener Neffe, Piero Gonzaga, ins Schloß Bruck bei Lienz, um von Leonhard die kostbaren Brauttruhen seiner Tante Paola herauszufordern. Dieser aber hatte sie schon dem Georgsritterorden in Millstatt geschenkt und abgeliefert und den Inhalt zur Tilgung seiner Schulden verschleudert.

Inzwischen waren schwere Stürme über die deutschen Lande dahingebraust, Reformation und Gegenreformation hatten viel Unglück über Graz und die Steiermark gebracht. Viele Abtrünnige flüchteten nach Norden, verließen Burg und Hof, um sich den Protestanten anzuschließen. Erst dem Habsburger Kaiser Ferdinand II. gelang es, die Gegenreformation zu Ende zu führen. Am 26. Juli 1598 erhielt das neugegründete Jesuitenkolleg in Graz von Erzherzog Ferdinand das Stift Millstatt, und somit kam der Gonzaga-Nachlaß in dessen Hände. 1617 beschenkte Papst Paul V. die Habsburger aus Dankbarkeit für die Rekatholisierung der Steiermark mit römischen Reliquien, für die man ein würdiges Behältnis suchte.

Man entsann sich der schönen Brauttruhen, brachte sie aus Millstatt in den Grazer Dom, der damals Hofkirche der innerösterreichischen Habsburger sowie Konventskirche der Jesuiten war. Beim Anblick der Brauttruhen der kindlichen Madonnina Paola, der letzten Gräfin von Görz, fühlt der Beschauer, daß sie von einem Mysterium umrankt sind, das auch dem unentwegten Forscherdrang einer Journalistin verborgen bleiben wird. Dieses Kapitel der Historie hat sich nur am Rand der Weltgeschichte

abgespielt, dennoch ins sprühende Leben gegriffen, ist einer Flamme gleich aufgelodert, verglommen und still verlöscht."
Den Rundgang zur Besichtigung der Nebenaltäre und Seitenkapellen beginnt man zweckmäßigerweise beim Haupteingangstor, das zur Hofgasse führt. Dort findet man, bevor man zum Sakramentenaltar beim linken Seitenaltar kommt, zwei barocke Kapellenanbauten, und zwar die 1659 erbaute Xaverius-Kapelle (darüber ein riesiges Fresko des heiligen Christophorus) und eine weitere Kapelle, die den Pestheiligen Rochus und Sebastian geweiht ist. Beide Kapellen sind mit Fresken und vergoldeten Stukkaturen geschmückt und besitzen wunderschöne Abschlußgitter gegen den Kirchenraum hin. Besonders schön ist der Sakramentsaltar an der Ostwand, mit einem Marmortabernakel des bekannten Bildhauers Veit Königer. Über dem Altar wurde ein gotisches Fresko des Meisters von Villach freigelegt, das eine Madonna im Ährenkleid zeigt. Hier befindet sich auch das Grabdenkmal für den 1681 verstorbenen Sigismund Grafen Trautmannsdorff mit symbolischen Darstellungen. Geht man am Hauptaltar vorbei, kommt man zum Ignatius-Altar, der dem Sakramentenaltar im Aufbau völlig gleich ist und als Hauptbild die Vision des heiligen Ignatius darstellt; ein Bild, das 1614 von Pietro de Pomis gemalt wurde. Auch hier befinden sich zwei reich ausgestattete Kapellen, die durch schmiedeeiserne Gitter vom Kirchenschiff getrennt sind. Die eine Kapelle mit einem Marmoraltar aus dem Jahr 1742 ist der Schmerzhaften Mutter Gottes geweiht, die andere, mit einem Kreuzaltar aus dem Jahr 1667, weist eine charakteristische schwarzgoldene Fassung auf.
In den Kirchenschiffen findet man an den beiden vordersten Pfeilern kleine barocke Marmoraltäre mit Steinintarsien.
Hat man den Rundgang durch den Dom abgeschlossen, empfiehlt es sich, die Kirche nunmehr durch das hofgassenseitige Tor zu verlassen und an der dem Priesterseminar zugewandten Seite um den Dom herumzugehen.
Auf diese Weise kommt man an dem gotischen Westportal, das mit

dem Wappen des Deutschen Reiches, Österreichs, der Steiermark und Portugals geschmückt ist und die Jahreszahl 1456 sowie die Inschrift AEIOU trägt, vorbei.

Biegt man dann, an der bereits erwähnten Balustrade entlanggehend, zum Mausoleum ein, steht man vor dem Landplagenbild, dem wohl berühmtesten Werk der gotischen Wandmalerei in der Steiermark. Es stellt nicht nur die drei Gottesplagen – die Türken, die Pest und die Heuschrecken – dar, sondern weist auch, wie früher bereits erwähnt, die älteste Darstellung von Graz auf.

An den Friedhof, der einmal rund um die Kirche angelegt war, erinnern noch einige Grabdenkmäler an der Außenwand des Domes, so z. B. die Grabdenkmäler für den Hofkanzler Wolfgang Schranz von Schranzenegg, für den Bildhauer Hans Brandstetter und für den 1899 verstorbenen Dompfarrer und Prälaten Alois Hebenstreit.

Wendet man sich vom Landplagenbild nach rechts, steht man tief beeindruckt vor der reichgegliederten Front des Mausoleums Kaiser Ferdinands II. Man wird gut daran tun, sich durch den Mesner Einlaß zu verschaffen, um sich auch dieses großartige Bauwerk, dessen Inneneinrichtung von Fischer von Erlach stammt, anzusehen.

Das Mausoleum steht auf dem Platz der etwa um 1325 erbauten Katharinen-Kapelle. Der Bau wurde nach den Plänen des am Grazer Hof tätigen Malers und Bildhauers Giovanni Pietro de Pomis begonnen und nach dessen Tode im Jahr 1633 von Peter Valnegro fortgesetzt. Das Mausoleum besteht aus einer einschiffigen Kirche über einem kreuzförmigen Grundriß mit einer Vierungskuppel und aus dem am südlichen Kreuzarm anstoßenden zweigeschossigen Mausoleumsbau. Neben dem Gebäude erhebt sich ein von Valnegro 1635 vollendeter Rundturm, der im Entwurf von de Pomis noch nicht enthalten war. Dazu kommen zwei grünpatinierte, mit Kupfer gedeckte Kuppeln, die mit dem Rundturm für die Grazer Altstadt charakteristisch sind. Der Schmuck der Hauptkuppel mit Atlanten und Büsten römisch-deutscher

Kaiser aus dem Hause Habsburg stammt von Johann Bernhard Fischer von Erlach, der in Graz geboren wurde. Die eigentliche Kaisergruft ist doppelgeschossig angelegt. Im oberen Geschoß ist ein prunkvolles Schaugerüst des Heiligen Grabes zu sehen. In der eigentlichen Gruft wird die Mitte vom großen Sarkophag aus rotem Salzburger Marmor eingenommen, auf dem Erzherzog Karl II. und seine Gemahlin Maria liegend dargestellt sind. Links vom Altar befindet sich das Grab Kaiser Ferdinands II., gekennzeichnet durch zwei schwarze Marmorplatten mit Inschriften. Auch seine erste Gattin, die 1616 verstorbene Maria Anna von Bayern, ist hier bestattet. Silbergefäße in einer vergitterten Wandnische enthalten die gesondert beigesetzten Herzen der Toten.

Wer das Mausoleum in seiner Gesamtheit auf sich wirken lassen will, steigt anschließend die erst im Jahr 1831 nach dem Abbruch des Verbindungsbogens zum Jesuitenkollegium errichtete Doppeltreppe zur Bürgergasse hinunter. Bei dieser Gelegenheit sollte man auch einen Blick auf den Eingang und in den Hof des Domherrenhofes werfen. Die Barockfassade dieses Hauses weist ein besonders prunkvolles Portal mit dem Reliefbildnis Karls II. und den Allegorien von Religion und Wissenschaft auf, ein Werk des Bildhauers Veit Königer. Von ihm stammt auch der Heraklesbrunnen im Hof. Ein barockes Schmuckstück besonderer Art stellt die Hauskapelle im Erdgeschoß des Hauses dar.

Geht man schließlich die Bürgergasse wieder hinauf und biegt links um die Ecke zum Haus Nummer 2 ein, so schließt sich der Kreis: man steht vor der alten Universität mit ihrem mehrgeschossigen Pfeilerarkadenhof, der Prunkstiege, dem Refektoriumssaal und der von Rudolf Szyszkowitz ausgestalteten Hauskapelle.

Ausflug in den Süden

Wer für die Reize des Südens empfänglich ist und von ihnen kosten möchte, braucht nicht gleich eine Reise nach Istrien oder in die Städte Norditaliens anzutreten. Es genügt, nach Graz zu fahren. Spätestens nach einem Besuch des Grazer Hauptplatzes und einem Spaziergang ins sogenannte „Kälberne Viertel" sowie durch die alten Gassen der „Neuen Welt" wird einem klar, wie wahr diese Behauptung ist. Kaum eine andere Stadt des deutschen Sprachraumes strahlt in solcher Dichte eine südliche Atmosphäre aus wie dieses kleine Geviert der Grazer Altstadt. Allein diese Tatsache würde die Bezeichnung „Juwel des Südostens" rechtfertigen.

Und das sei an Ort und Stelle bewiesen. Man braucht sich nur auf dem Hauptplatz vor dem Erzherzog-Johann-Denkmal aufzustellen, das in der Mitte des Platzes zwischen zahlreichen Obst- und Gemüseständen steht. Doch bevor man den Blick in die Runde schweifen läßt, scheint es angebracht, jenes Mannes zu gedenken, dessen Denkmal das Zentrum dieses Platzes bildet. Vor allem gilt es, sich die Werke Erzherzog Johanns in Erinnerung zu rufen, die noch heute das Antlitz der steirischen Landeshauptstadt und des Landes Steiermark entscheidend mitprägen.

Dazu muß man zunächst einmal das Bild des Erzherzogs von dem Klischee befreien, das Sentimentalität und Verharmlosung gebildet haben. Der „gute Erzherzog Johann" war nämlich nicht nur ein lustiger Tänzer, ein guter Gesellschafter, ein flotter Jäger und schlichter Landmann im Lodenrock, der eine Postmeisterstochter ehelichte, sondern in erster Linie ein unablässig forschender Mensch, der das erworbene Wissen an sein Volk weitergeben wollte. Der Grundsatz „Man ist auf der Welt, um zu forschen, sich

auszubilden und zu nutzen“ wurde ein Leben lang von ihm nicht nur gesprochen, sondern in die Tat umgesetzt.
Geboren wurde Erzherzog Johann im Jahr 1782 in Florenz als Sohn des Großherzogs von Toscana, des späteren Kaisers Leopold. Er schlug zunächst die militärische Laufbahn ein, doch ist er als Feldherr nie vom Kriegsglück begünstigt gewesen. Schon in jungen Jahren wandte sich sein Tatendrang der Wissenschaft und dem Bildungswesen zu. Mit seiner im Jahr 1809 nach Graz gebrachten Mineraliensammlung und der alle wesentlichen Werke der Naturwissenschaft und Geschichte umfassenden Bibliothek gründete er hier im Jahr 1811 das Joanneum, im Jahr 1819 die Landwirtschaftsgesellschaft. 1829 heiratete er die Postmeisterstochter Anna Plochl aus Bad Aussee. 1839 wurde sein Sohn Franz geboren. 1849 von der Frankfurter Nationalversammlung zum deutschen Reichsverweser gewählt, resignierte Erzherzog Johann später und wurde der erste Bürgermeister von Stainz in der Weststeiermark. Im Jahr 1859 starb er in seinem Haus in Graz, im Palais Meran in der Leonhardstraße (von dem noch an anderer Stelle die Rede sein wird). Zehn Jahre später wurde sein Leichnam in das für ihn errichtete Mausoleum nach Schenna bei Meran gebracht.
Neben dem bereits erwähnten Joanneum banden den Erzherzog seine Besitzungen an die Steiermark. Seit 1818 besaß er in der Mariazeller Gegend den Brandhof, den er als landwirtschaftliches Mustergut führte. Wenig später richtete er das heute auf jugoslawischem Staatsgebiet liegende Weingut Pickern ebenfalls als Mustergut ein. Gleichzeitig erwarb Johann das Radwerk II in Vordernberg und beteiligte sich damit unmittelbar an der frühindustriellen Entwicklung. Auch auf sozialem Gebiet wirkte er vorbildlich, indem er eine Bruderlade gründete, die als eine erste Form der Sozialversicherung angesprochen werden kann. Im Jahr 1840 schließlich kaufte der „steirische Prinz“ das aufgehobene Chorherrenstift Stainz, um auch von hier aus als Lehrmeister einer fortschrittlichen Landwirtschaft tätig zu sein.

Das von ihm gegründete Joanneum ist mit der Wissenschaftspflege des 19. Jahrhunderts untrennbar verbunden. Von Beginn an sollte das Joanneum eine Lehrmittelsammlung für einige Fächer am Lyzeum sein, dem „Überbleibsel" der von Josef II. aufgehobenen und auf Johanns Betreiben wiedererrichteten Universität. Andererseits sollte das Institut mit klarer Eigenständigkeit ein naturhistorisches und geschichtliches Museum mit den Funktionen einer Unterrichtsanstalt werden. Das Joanneum wurde so auf- und ausgebaut, daß man ohne Mühe verfolgen kann, wie schließlich jene Grundlagen geschaffen wurden, die zur Gründung der Montanistischen Hochschule in Leoben und zur Gründung der Technischen Hochschule in Graz führten. Die Technische Hochschule in Graz führt im übrigen seit dem Jahr 1977 den stolzen Namen „Erzherzog-Johann-Universität".

„Es erhebt sich die Frage", so meinte der Präsident des Steiermärkischen Landtages und langjährige Kulturreferent der Landesregierung, Univ.-Prof. Dr. Hanns Koren, einmal in einem Vortrag, „ob es die Erfordernisse der Zeit oder der Zeitgeist waren, die den Erzherzog drängten, seinen Arbeitswillen, seinen Fleiß, seine beträchtlichen finanziellen Zuschüsse ausgerechnet einer Lehranstalt zuzuwenden. Es hätte auch viele andere Möglichkeiten gegeben, für einen, der im Land Gutes zu stiften gesonnen war. Daß er sich für eine Stätte der Bildung entschloß, kam nach der Einsicht in die Bedürfnisse seiner Zeit aus der Anlage seines Wesens, aus seiner musisch-humanistischen Gemütsart, die in so glücklicher Weise mit einer grundsätzlichen Wertschätzung wissenschaftlichen Denkens und wissenschaftlich untermauerter Erkenntnisse verbunden war. Und so steht Erzherzog Johann als ehernes Denkmal, als ‚ein Gelehrter, Naturfreund und tiefer Forscher', der immer nur für seine Steirer und für die Menschen, für die er lebte, da sein wollte, unter eben diesen Menschen, die zu Tausenden täglich auf den Hauptplatz kommen."

Und damit wären wir wieder dort, von wo wir ausgegangen sind: auf dem Hauptplatz.

Dieser Platz wurde bereits im Jahr 1700 von dem Jesuiten Dr. Johann Macher in dessen lateinisch abgefaßtem Werk „Graz, die Hauptstadt des berühmten Herzogtums Steiermark" wie folgt beschrieben: „Der weite Platz, auf dem die wichtigsten Gebäude beisammenstehen, ist der Hauptplatz. Er ist großzügig angelegt und nach Art königlicher Residenzstädte kunstreich ausgestaltet. Platz des Volkes könnte man ihn nennen, in so großer Zahl strömen die Bewohner der Stadt hier zusammen. Wie die himmlische Asträa ihr Armband, so hat er einen prächtigen Gürtel, der aus hohen, schönen und prunkvollen Gebäuden besteht. Nichts ist hier unedel, nichts häßlich, alles ist von schönstem Ebenmaß und prächtigem Aussehen. Anfang und Endpunkt dieses Platzes bieten einen erhabenen Anblick. Hier wird er vom Rathaus begrenzt [Macher konnte das heutige Rathaus noch nicht kennen] – der Garten der Hesperiden besitzt keine trefflichere Einfriedung – dort von einer Säule, die dem dreieinigen Gott geweiht ist, um die gesamte Nachwelt die Frömmigkeit zu lehren. So wird dieser Platz gleichsam von zwei Polen umschlossen, von den göttlichen und den bürgerlichen Gesetzen. Die zwei Längsseiten des Hauptplatzes verlaufen leicht gekrümmt und ihr Abstand voneinander beträgt ein Drittel der Länge. Sie sind voll von Läden, in denen man alles nach Gewicht, Zahl und Maß kaufen kann. Woll- und Linnenzeug, Leder, Seide, gold- und silberdurchwirkte Stoffe, Spezereien, Südfrüchte, jegliche Sorte von Wein und Fischen. Außerdem stehen da noch die Tische der Wechsler. Zwei Zeiten gibt es, bei deren Nahen dieser Platz von geschäftigem Treiben erfüllt ist: im Frühling zur Fastenzeit und am St.-Ägydius-Tag. Da blühen dann Handel und Geschäft. Der Zustrom von Fremden und Leuten, die ihr Glück versuchen, ist zu diesen Zeiten gewaltig. Sie kommen aus Italien, aus Österreich, dem Deutschen Reich, Salzburg und mitunter sogar aus Holland. Mit ihnen gelangt eine bunte Fülle von Waren her zu uns. Man sollte diesen Platz gleichermaßen ergötzlich nennen. Wenn der Winter reichlich Schnee bringt, fährt hier der hochansehnliche Adel mit Schlitten auf, feiert den Karneval und zeigt in fröhlicher Maskerade geistvollen Einfallsreichtum. Man wähnt sich in einem römischen Zirkus, in dem golden- und silberblinkende Zwei- und Vierspänner über die Sandbahn rasten, ähnlich dem Umlauf des Sternenhimmels."

Vieles davon ist geblieben. Sieht man heute vom Erzherzog-Johann-Denkmal in Richtung Rathaus, so erblickt man rechts davon das sogenannte „Weißsche Haus", das, von einem reichen Geldwechsler um 1700 errichtet, eines der ersten großen Mietshäuser der Stadt war. Daran schließt sich, durch die Neue-Welt-Gasse getrennt, das Haus der Adler-Apotheke, die zu den vier ältesten Apotheken von Graz zählt. Das Haus wirkt wie ein Zwerg neben dem „Weißschen Haus". In diese Apotheke sollte man schon deshalb eintreten, um die alte, aus edlen Hölzern gefertigte Einrichtung bewundern zu können. Besonders bemerkenswert an diesem Haus ist auch der von schönen, guterhaltenen Säulen gestützte Renaissanceerker.

Dann folgt das Haus „Zum Christoph" oder zur „Blauen Kugel", wobei die Benennungen einerseits auf das große Fresko an der Stirnfront des Hauses zurückgehen, das den heiligen Christophorus darstellt, und anderseits auf die große blaue Kugel, die noch heute über dem Geschäft der Familie Kroath hängt, der das Haus gehört. Das Geschäft läßt sich bereits im Jahr 1676 nachweisen. Bis zum Jahr 1696 erscheint als Geschäftsinhaber ein Georg Krauth, von 1696 bis 1704 gehörte es einem Johann Baptist Mayer und von 1704 bis 1729 jenem Geldwechsler Johann Adam Weiß, der das „Weißsche Haus", das wir bereits kennengelernt haben, errichtete. Seit dem Jahr 1862 ist es im Besitz der Familie Kroath, die sich immer bemüht hat, es in seiner originellen Eigenart mit dem typischen Alt-Grazer-Dachgiebel und den beiden Erkern unverändert zu erhalten. Franz Kroath, der die Familienreihe eröffnete, gab dem Geschäft die Firmenbezeichnung „Zur blauen Kugel", und unter dieser Bezeichnung ist es auch heute noch weithin bekannt. Aber auch um den äußeren Schmuck des Hauses war die Familie

Kroath immer bemüht. Als beispielsweise das ältere Freskogemälde des heiligen Christophorus Wind und Wetter zum Opfer gefallen war, ließ Kommerzialrat Kroath das Bild von Paul Scholz in seiner heutigen Form neu malen.

Auch über das nächste Haus ist eine interessante Geschichte zu erzählen. Seit dem Jahr 1524 wurde hier, im Haus Hauptplatz 9, eine Lebzelterei, Wachszieherei und Met-Erzeugung betrieben. Im Jahr 1823 ist ein Johann Mandl als Inhaber dieses Geschäftes erwähnt, der die Werkstätten für die Wachserzeugung, Wachszieherei und Met-Erzeugung und die Backstuben für die Lebzelten in die Feuerbachgasse 34, 36 und 38 verlegte. Auf Johann Mandl folgte sein Sohn Wilhelm, der ohne Erben starb, worauf die Liegenschaft mit dem Geschäft im Jahr 1916 in die Hände seines Neffen Wilhelm Inngruber kam, der Medizin studierte. Er führte das Geschäft bis zum Jahr 1938 und ging nach Auflösung des Betriebes als praktischer Arzt nach Villach. Die leerstehenden Räume wurden zu einem Restaurant ausgebaut, das als „Gasthof zum Rosenstöckl" unzähligen Grazern in Erinnerung ist.

Nun schweift der Blick weiter bis zum Eingang der Sackstraße, an deren Beginn früher einmal die Dreifaltigkeitssäule stand, die heute auf dem Karmeliterplatz steht. Wer kann sich in dem heutigen Verkehrsgewühl noch vorstellen, daß hier einmal die Fiaker auf ihre Kundschaft gewartet haben? Und dann bleibt der Blick unweigerlich an einem nicht wegzudenkenden Bestandteil im Gesamtbild des Grazer Hauptplatzes hängen, dem massigen Eckhaus Sporgasse–Sackstraße, das im I. Stock das seit Generationen bekannte Café „Nordstern" beherbergt, eines der wenigen erhaltenen Grazer Kaffeehäuser. Vor langer Zeit hieß es „Zum Polarstern" und war eines der ersten Cafés von Graz.

Den wohl bestechendsten Bau des Grazer Hauptplatzes bildet das Haus „Am Luegg". Vor diesem Haus stellte sich noch bis in die zwanziger Jahre an jedem Samstag und jedem Montag jene Wäscherkolonne auf, die am damals noch reinen Murfluß etwas außerhalb von Graz die Wäsche der feinen Grazer Gesellschaft reinigte. Das Luegg mit seinen gemauerten Lauben im Erdgeschoß besteht eigentlich aus zwei sich sehr deutlich unterscheidenden Teilen.

Das eigentliche Luegghaus, dessen Kern im frühen 16. Jahrhundert errichtet wurde und das hinein in die Sporgasse reicht, ist erst im Verlauf des 17. Jahrhunderts mit reichem Schmuck versehen worden, während das zweite, eng anschließende Haus im Jahr 1690 gebaut wurde; es weist eine weitaus zartere Musterung mit Stuckdekoration auf. Ans Luegg, unter dessen Arkaden sich mehrere vorzügliche Geschäfte befinden und wo heute immer öfter junge Musikanten und Straßenmaler ihr Publikum finden, schließt sich in einem mittelalterlichen Bau das Uhrenhaus Weikhard an, vor dem sich eine nüchterne Normaluhr befindet, die vielen Tausenden Grazerinnen und Grazern als Rendevous-Platz gedient hat und dient.

Es folgt ein Haus, das früher dem Wiener Bankverein gehörte. Es wurde nach den Plänen der Wiener Architekten Gotthilf und Neumann errichtet und fügt sich stilistisch kaum, wohl aber durch seine guten Abmessungen ins Platzbild ein.

Das Haus Hauptplatz 15 mit einer schönen Barockmadonna in der Höhe des ersten Geschosses liefert wie kaum ein anderes Gebäude in Graz den Beweis dafür, daß in vielen Geschäftsstraßen die Kultur im I. Stock beginnt.

Gleich darauf zweigt die düstere Pomeranzengasse, die im Mittelalter dem Verbrechertransport diente, zum Färberplatz ab. Dann steht man vor dem ehemaligen Stadthof des Stiftes St. Lambrecht, der durch seinen freundlichen barocken Stuckzierat und ein großes Medaillon mit einer Madonna mit Kind im ersten Geschoß beeindruckt.

Den Schluß dieser „Sightseeing-Tour" bildet der Blick auf die Südfront des Platzes, auf das Rathaus, das wohl am wenigsten Geschichten erzählen kann, dafür aber als jüngstes Kind dieses Ensembles am meisten Geschichten gemacht hat. Es ist ein massiger Fremdkörper, und Rudolf Hans Bartsch nannte es einmal

„von Schandbürgern verbaut“ und „in teures Protzenbackwerk eingehüllt“.

Am Anfang war der Platz etwa doppelt so groß wie heute und reichte bis zur Landhausgasse, ehe das erste Grazer Rathaus im Renaissancestil errichtet wurde. Vor diesem Rathaus gab es nicht nur am Mittwoch, am Tag des Wochenmarktes, etwas zu sehen. Hier waren auch die Schandsäule, der hölzerne Esel und der Narrenkotter aufgestellt, die zur Belustigung des Volkes auf der einen und zur Bestrafung von Gaunern auf der anderen Seite bestimmt waren. An der Schandsäule wurden z. B. Strolche und Verbrecher angekettet, bevor sie in den Kerker auf dem Schloßberg gebracht wurden. Hier wurden sie öffentlich an den Pranger gestellt, von den Leuten verspottet und auch handgreiflich beleidigt. Auf den hölzernen Esel wiederum kamen Handwerksleute, die ihre Kunden betrogen hatten; sie mußten sich, rücklings auf dem Schandesel sitzend, von den Leuten auslachen lassen. Der Narrenkotter diente der öffentlichen Ausstellung von Betrunkenen oder von Leuten, die einander in die Haare geraten waren.

Erst im Jahr 1807 wurde nach den Plänen Christoph Stadlers an der Stelle des heutigen Rathauses ein neuer kleinerer Rathausbau errichtet, der den Renaissancebau ersetzte und der schließlich im Jahr 1880 nach der Schmiedgasse hin fortgesetzt wurde. Seine heutige Form, die nicht nur den Hauptplatz, sondern auch durch das aufwendig gestaltete Dach das gesamte Stadtbild nicht unbedingt günstig beeinflußt, erhielt der Bau 1888 bis 1893 durch die Architekten Wielemans und Reutter aus Wien. Im Jahr 1923 entwarf dann der kunstsinnige Stadtbaudirektor Kloß Pläne für eine Vereinfachung der Schauseite des Rathauses, die auch verwirklicht wurden. Die letzte Episode ist aus dem Jahr 1966 zu berichten. Damals war es notwendig geworden, die Fassade des Hauses zu renovieren, die Frage war nur: wie. Einige meinten, man solle sich wieder auf die ursprüngliche Form besinnen, damit sich das Rathaus besser ins Gesamtbild einfüge. So kam es, daß der Grazer Architekt Wilhelm Jonser einen Entwurf, der die

ursprünglichen Elemente des Rathauses stärker betonte, aus der Mappe holte, in der er schon lange lag.
Dieser Entwurf und die alte Fassade waren dann wegen der „übergroßen Entscheidungsfreude" der Grazer Stadtväter die Basis für einen Volksentscheid. Die Grazer Bürger sollten selbst zwischen dem Status quo und dem sogenannten Jonser-Entwurf wählen. Nicht weniger als 133.747 der offensichtlich demokratiebewußten Grazer – 181.736 Stimmzettel waren ausgeschickt worden, das waren 86,9 Prozent – sprachen sich für die Restaurierung der alten Fassade aus. Der Rathausmann konnte aufatmen, weil er unter der riesigen Kuppel in seiner luftigen Höhe verbleiben konnte.
An dieser Stelle soll auch der Name jenes Mannes genannt werden, der als zuständiger Referent im Stadtsenat mit nahezu fanatischem Eifer die Erhaltung und Belebung der Grazer Altstadt betrieben hat: Josef Stöffler. Er hatte zunächst die Altstadt im wahrsten Sinne des Wortes aufzeichnen lassen und sodann für die Erstellung eines Färbelungsplanes gesorgt. Schließlich brachte er es auch noch zuwege, daß all jene, die ihre Häuser nach diesem Färbelungsplan restaurieren ließen, einen entsprechenden Zuschuß aus der Stadtkasse erhielten. Und so ist es bis heute geblieben.
Aber nun wieder in den „sonnigen Süden", hinüber ins Kälberne Viertel! Dieses Gebiet mit dem nahrhaften Namen erstreckt sich heute rund um die Franziskanerkirche. Früher, bis 1620, dehnte es sich, noch außerhalb der Stadtmauer gelegen, vom Murtor die Mur entlang bis hinunter zum Andreas-Hofer-Platz, wo es durch das Neutor abgeschlossen wurde. Es müssen nicht die ruhigsten und hygienischsten Verhältnisse gewesen sein, die damals herrschten. Auf der einen Seite gingen von den Häusern an der Mur, die von jener Art waren wie die heute noch unmittelbar neben der Franziskanerkirche in der Neutorgasse erhaltenen Häuschen, Schlachtbrücken hinaus ins Wasser, von denen die Abfälle in die Mur geworfen wurden. Auch die Abortschläuche der murseitigen Holzhäuschen gingen direkt ins Wasser. Anderseits scheinen die

hier ansässigen Fleischer recht durstige und lebenslustige Gesellen gewesen zu sein, die bis tief in die Nacht hinein in den drei Gaststätten des Viertels dem Weine zusprachen. All das führte zu harten Auseinandersetzungen mit den Franziskaner-Mönchen, die sich in ihrer klösterlichen Ruhe und Beschaulichkeit gestört fühlten und schließlich 1636 bei der Regierung den Abbruch eines Teiles des Kälbernen Viertels durchsetzten. Die letzten murseitigen Häuser fielen übrigens erst 1965 der Spitzhacke zum Opfer, als die neue Hauptbrücke mit Unterführung errichtet wurde; an ihrer Stelle entstand der „Minipark" gegenüber der Franziskanerkirche. Etwa an dieser Stelle dürfte auch das Bäckerschupfen stattgefunden haben. Bäcker, so wird berichtet, die dabei ertappt wurden, daß sie das Brot zu gering auswogen, sperrte man in einen hölzernen Käfig, der unter dem Gejohle der Leute in die Fluten der Mur getaucht und immer wieder hochgezogen wurde. Groß war der Schrecken, als die Bäckergesellen eines Tages nach dem ersten Eintauchen den Käfig leer aus den Fluten der Mur zogen. Doch der verschwundene Meister Heinrich, so hatte der Eingesperrte geheißen, den alle schon im Reich des Todes wähnten, bot wenige Tage später wieder hinter seinem Ladentisch das Brot feil. Er war nämlich aus dem Käfig entwichen, unter Wasser die Mur hinuntergeschwommen und hatte auf einer der damaligen Inseln die Nacht abgewartet, um auf leisen Sohlen nach Hause zu schleichen.

Ins Kälberne Viertel nimmt man am besten den Weg durch das Franziskanergäßchen, das sich auch irgendwo in der Innenstadt von Udine, Padua oder Venedig befinden könnte. Links und rechts des schmalen Gäßchens sind die Kisten der Obst- und Gemüsehändler aufgestellt, in den offenen Geschäftsportalen werden Textilien, Tiere, Fleisch und andere nützliche Dinge angeboten. Ständig herrscht hier munteres Gedränge, durch das man sich auf den Franziskanerplatz schlängeln muß, an dessen Ecke im I. Stock ein wunderschöner Barock-Christus mit Dornenkrone zu sehen ist. Man wäre wohl kaum erstaunt, stünde auf dem Schild, das den

Platz kennzeichnet, an Stelle von Franziskanerplatz die Aufschrift „Piazza San Francesco“. Auf diesem Platz haben Fleischhauer und Würstelfrauen ihre Buden aufgestellt. Gleich rechts um die Ecke können wir einen Blick auf den Kapaunplatz tun, der früher einmal „Holzplatzl“ oder „Altes Fisch-Platzl“ hieß und seinen jetzigen Namen im Jahr 1792 erhielt. Von dieser Zeit an verkauften nämlich die Wildbret- und Geflügelhändler dort ihre Waren. Bemerkenswert an dem Plätzchen – hier gab es auch einige Brauereien – ist das Haus Nummer 2, das im I. Stock eine Madonna mit handgeschmiedeter Laterne aufweist.
Hat man den Franziskanerplatz überquert, sollte man vor dem Besuch der Franziskanerkirche die paar Schritte hinüber zur Hauptbrücke machen.
Die Brücke wird 1361 zum ersten Mal erwähnt und war bis zum Ausgang des Mittelalters der einzige feste Übergang über die Mur zwischen Frohnleiten und Landscha. Sie war aus Holz, wurde wiederholt vom Hochwasser zerstört und mehrmals durch eine Schiffbrücke ersetzt. Schließlich beschloß der Magistrat einen Neubau, der im Jahr 1743 vollendet wurde. Aber bereits 1813 riß das Hochwasser neuerlich die Hälfte der Brücke weg. Die daraufhin errichtete Brücke war gedeckt und wies auf beiden Seiten Kramläden sowie in der Mitte Fenster auf. Doch auch diese Brücke wurde im Oktober 1827 vom Hochwasser zerstört. Nach ihr diente eine Hängebrücke dem Verkehr über die Mur. Im Jahr 1843 begann man schließlich mit dem Bau einer Kettenbrücke, die am 25. November 1845 ihrer Bestimmung übergeben werden konnte. Diese Kettenbrücke hatte eine 8,4 m breite Fahrbahn und auf beiden Seiten Fußsteige. Die Pfeiler waren aus Quadern gefügt, und ihr Bau verlangte die Abtragung einiger Häuser an beiden Ufern. Aber man schien mit der Brücke nicht recht zufrieden gewesen zu sein, da schon im Jahr 1872 Untersuchungen über ihren Bauzustand stattfanden, wobei festgestellt wurde, daß die verdeckten und unzugänglichen Teile der Kette eine stete und wachsende Bedrohung darstellten. Es wurde daher im Dezember

1873 beschlossen, eine hölzerne Notbrücke mit einer stärkeren Konstruktion zu bauen, die dann später durch eine neue, bleibende Brücke ersetzt werden sollte. Doch die Errichtung der Notbrücke scheiterte am Widerstand der Bevölkerung. Nach einer neuerlichen Überprüfung wurde schließlich 1889 die Errichtung einer Eisenbrücke mit einem Mittelpfeiler beschlossen und die Österreichische Alpine Montan Gesellschaft mit der Ausarbeitung des Projektes beauftragt. Nach einer Bauzeit von nicht ganz sieben Monaten konnte Bürgermeister Dr. Portugal die Brücke am 20. Dezember 1890 dem Verkehr übergeben; um 1/212 Uhr rollte der erste Tramwaywagen über die Brücke, die dem größten Teil der Grazer Bevölkerung sicher noch in Erinnerung ist. Unvergeßlich der architektonische Schmuck, der vom Professor der Staatsgewerbeschule, Bakalovits, im Jahr 1891 angebracht wurde; die Figuren der Styria und Austria stammten von dem Bildhauer Hans Brandstetter. Sie haben nach dem abermaligen Neubau der Hauptbrücke ihren endgültigen Aufstellungsplatz im Grazer Stadtpark in der Nähe des Springbrunnens gefunden.

Von der Hauptbrücke hat man einen schönen Blick auf den Schloßberg mit seinen Basteien und dem Uhrturm, darunter, am Murufer, sieht man die Außenmauer des Admonterhofes, die einstmals ein Teil der Stadtmauer war. Auf der anderen Seite des Flusses überragen der Turm der Barmherzigen-Kirche in der Annenstraße und die zwei Türme der Mariahilferkirche, die zum Minoritenkloster gehört, die Dachlandschaft. Ein Stück weiter flußaufwärts sind die Nürnberger Häuser zu sehen, die wie ein lieber Gruß aus deutschen Landen hier stehen.

Auf dem Weg zur Hauptbrücke hat man etwa bei der Einmündung der Murgasse auch jene Stelle passiert, wo früher einmal das Äußere Murtor stand. Dieses Tor war ein einfacher, massiver Bau mit einem Rundgewölbe. Es soll im Jahr 1471 mit zwei Türmen versehen worden sein und einen Bestandteil der ältesten Stadtmauer gebildet haben. In einiger Entfernung davon, etwa in der Mitte der Murgasse, befand sich das Innere Murtor, ein hohes, turmartiges Gebäude, das in den oberen Stockwerken Wohnungen enthielt. Beide Tore mußten im Jahr 1837 abgetragen werden, um dem immer stärker werdenden Verkehr Raum zu geben. Zwischen diesen beiden Toren wurden im Jahr 1471 Andreas Baumkircher und sein Freund Andreas von Greisenegger enthauptet. Um diese Hinrichtung rankt sich eine Sage, die Franz A. Brauner in den „Steirischen Heimatheften" erzählt und die nicht weit von der geschichtlichen Wahrheit entfernt sein dürfte.

„In der Nähe von Judenburg", so schreibt Brauner, „liegt der kleine Ort Baumkirchen. Dort soll das Stammhaus des Geschlechtes der Baumkircher gestanden sein. Andreas Baumkircher, der berühmteste Mann aus diesem Hause, war sehr reich und besaß nicht bloß in der Steiermark, sondern auch in Krain und Ungarn große Besitzungen. Er war ein riesenstarker, tapferer Ritter, der geradezu unglaubliche Heldentaten vollbrachte. Im Jahr 1451 wurde Kaiser Friedrich III. in Wiener Neustadt von seinen Feinden belagert. Andreas Baumkircher zog mit 3000 Steirern dem Kaiser zu Hilfe und befreite ihn. Dabei verteidigte der Ritter eine Brücke so lang gegen eine Übermacht von Feinden, bis sie hinter ihm abgebrochen wurde. Nun konnte er nicht mehr zurück in die Stadt; er gab seinem Pferd die Sporen, stürzte sich mitten unter die Feinde und hieb so gewaltig drein, daß diese die Flucht ergriffen. Aus 13 Wunden blutend kam er durch ein anderes Tor wieder in die Stadt hinein. Zehn Jahre später wurde Friedrich in seiner Burg in Wien belagert. Wieder kam ihm Andreas Baumkircher zu Hilfe. Noch viele andere Kriegstaten verrichtete der tapfere Ritter für seinen Kaiser, aber nur Undank war sein Lohn. Weil Baumkircher sehr reich war, konnte er dem Kaiser immer wieder Geld borgen. Schließlich schuldete Friedrich dem Ritter ungeheure Geldsummen, und als dieser endlich einmal Rückzahlung verlangte, entstand zwischen den beiden ein heftiger Streit. Mehrere Ritter schlossen nun mit Baumkircher einen Bund gegen den Kaiser und sagten diesem offen den Krieg an. Sie überfielen und eroberten viele Burgen und Städte und besiegten das kaiserliche Heer. Der

Streit dauerte zwei Jahre. Endlich wollte der Kaiser mit den aufständischen Rittern verhandeln. Eines Tages wurde Andreas Baumkircher aufgefordert, mit seinem Freund Andreas von Greisenegger zu einer Unterhandlung nach Graz zu kommen. Zu diesem Zweck wurde beiden freies Geleit vom Sonnenaufgang bis zum Läuten der Vesperglocke um 19 Uhr zugesichert. Niemand durfte ihnen während dieser Zeit etwas antun. Am 23. April 1471 kamen die beiden Ritter nach Graz und begaben sich in die Burg. Ihre Knappen sollten mit den Pferden im Schloßhof auf die Herren warten. Die Unterhandlungen wurden absichtlich recht langsam geführt und waren am Spätnachmittag noch immer nicht beendet. Nun verlangten die Ritter eine Verlängerung des freien Geleites. Als ihnen dies verweigert wurde, schöpften sie Verdacht. Rasch entschlossen gingen sie hinab in den Burghof, um ihre Pferde zu besteigen. Doch weder Knappen noch Pferde waren zu sehen. Jetzt erkannten die beiden die große Gefahr. Sie eilten zu Fuß durch die Hofgasse und Sporgasse hinab, um die Murbrücke zu erreichen, wo jenseits des Flusses ihre Freunde warteten. Laufend querten sie den Hauptplatz und kamen in die Murgasse. Schon glaubten sie sich gerettet. Doch kaum hatten sie das innere Murtor hinter sich, läutete plötzlich vorzeitig die Vesperglocke. Krachend schloß sich das äußere Murtor und ebenso das innere. Die Ritter waren zwischen beiden Toren eingeschlossen. Von allen Seiten stürzten sich schwerbewaffnete Knechte auf die beiden Freunde, und ein furchtbares Ringen begann. Die Ritter wehrten sich wie die Löwen und schlugen manchen Angreifer nieder. Doch die Übermacht war zu groß; beide wurden gefangen und gefesselt.

Oben: So sah um die Mitte des 19. Jahrhunderts ein unbekannter Künstler den Blick vom dritten Sacktor hin zur oberen Kettenbrücke, der heutigen Keplerbrücke, und dem „Deutschen Bund".

Unten: Im Charakter fast unverändert der Gesamteindruck des heutigen Südtiroler-Platzes. Im Hintergrund dieser Darstellung aus dem Jahr 1850 sieht man die Hauptbrücke und die Franziskanerkirche.

Aus einer Mauernische trat ein Priester heraus, und hinter ihm zeigte sich der Scharfrichter in scharlachroter Kleidung. Den beiden Rittern wurde mitgeteilt, daß sie zum Tode verurteilt seien und an Ort und Stelle enthauptet würden. Baumkircher und Greisenegger boten ihr ganzes Hab und Gut dem Kaiser an, falls ihnen das Leben geschenkt würde. Doch umsonst! – Der Priester nahm ihnen die Beichte ab, dann wurden sie dem Scharfrichter übergeben. Dieser enthauptete zuerst Baumkircher, dann Greisenegger. Die Toten beerdigte man rasch noch in derselben Nacht im Kreuzgang des Franziskanerklosters (damals Minoritenkloster)."
Die Leiche Baumkirchers wurde später von seiner Tochter auf die Burg Schlaining im Burgenland gebracht. Diese Burg ist heute im Besitz des ehemaligen österreichischen Handelsministers DDDr. Udo Illig, der lange Jahre auch Kammeramtsdirektor der steirischen Handelskammer war und für die Erhaltung dieses Bauwerkes Großartiges geleistet hat.
Aber nun zurück zur Franziskanerkirche, die im Jahr 1221 unter Herzog Leopold III. mit dem Kloster für die Minoriten errichtet wurde. Als die Minoriten sich weigerten, die ihnen von Rom vorgeschriebenen strengeren Ordensregeln anzunehmen, und sie in die Vorstadt ausgewiesen wurden, gingen Kirche und Kloster 1715 in den Besitz der Franziskaner über. Das Kloster war im übrigen schon 1571 den Jesuiten angeboten worden, doch hatten diese das Angebot wegen des desolaten Zustandes des Klosters abgelehnt und dem Pfarrhof der Kirche Zum heiligen Ägydius, der heutigen Domkirche, den Vorzug gegeben.
Die sonderbare Schrägstellung der Kirche mit ihrem schönen,

Oben: An der Stelle dieser alten Holzbrücke spannte sich später eine Kettenbrücke und heute die moderne Konstruktion der Hauptbrücke über die Mur. Die Ansicht mit dem Schloßberg und einem Teil des Kälbernen Viertels im Hintergrund wurde etwa von der heutigen Radetzkybrücke aus angefertigt.

Unten: Der Schloßberg mit dem Paulustor, in einer Ansicht aus dem Jahr 1855 (Künstler unbekannt). Teile der Stadtbastei sowie das Schweizer-Haus rechts unterhalb der Liesl, einst beliebtes Ausflugsziel der Grazer, sind deutlich zu erkennen.

unten quadratischen und in der Höhe achteckigen Turm, der von 1639 bis 1645 erbaut wurde und von einer Zwiebelhaube gekrönt ist, erklärt sich aus dem seinerzeitigen Verlauf der Stadtmauer, die wiederum durch einen Knick der Mur verursacht war.
Das Innere der Kirche, die man durch ein gotisches Tor betritt, zeigt eine dreischiffige Längshalle mit spätgotischen Gewölben und neben regotisierten Stilelementen nur eine einzige Barockkapelle rechts vom Eingang. In der Apsis prangen farbenprächtige Glasfenster, über dem Altar steht ein schwarzes schlichtes Kruzifix, das vom Grazer Bildhauer Professor Alexander Silveri stammt. Erwähnenswert sind auch die barocken Betbänke und das Grabmal des Grafen Ignacius Maria Attems. Durch eine Tür gelangt man in die düstere Kühle eines mittelalterlichen Kreuzganges, der noch aus der Zeit der Gründung des Klosters stammt. Durch breite Spitzbogenfenster blickt man in einen lieblichen kleinen Klosterhof, in dessen Zentrum eine schöne alte Kreuzigungsgruppe steht. Innerhalb des Kreuzganges, von dem aus man auch in die Jakobikapelle, eine der ältesten Kapellen von Graz, gelangen kann, liegen zahlreiche Grabstätten aus der Zeit der Gotik und des Barock. Hier, in der Kühle des düsteren Kreuzganges, spürt man die Größe der Vergangenheit.
Wieder im Freien, diesmal in der Neuen-Welt-Gasse, kann man im ersten Stockwerk eines alten Bürgerhauses eine barocke Madonna bewundern und etwas später, in Richtung Hauptplatz, ebenfalls in der Höhe des ersten Stockwerkes, einen in Stein gehauenen Elefanten, der daran erinnert, daß sich hier bis vor kurzem das Hotel „Kleiner Elefant" befunden hat. Die Neue-Welt-Gasse führt dann an einem Antiquitätenladen vorbei und mündet schließlich in die Weite des von Leben pulsierenden Hauptplatzes, wo wir unseren Rundgang begonnen haben.

Herrengasse und Jakomini-Vorstadt

Eine Hauptgeschäftsstraße hat heute jede Stadt, die etwas auf sich hält, viele Städte haben auch schon eine Fußgängerzone. Graz blieb es vorbehalten, mit einer Hauptgeschäftsstraße aufzuwarten, die gleichzeitig eine „uneigentliche" Fußgängerzone ist. Das will erklärt sein.

Die Hauptgeschäftsstraße heißt Herrengasse, und diese Herrengasse ist gleichzeitig Hauptbestandteil der Fußgängerzone, die wiederum eigentlich keine ist, weil nach wie vor die Straßenbahn durchfährt.

Wenn man sich diese Herrengasse, die bis ins 14. Jahrhundert Bürgergasse hieß, ansehen will, geht man am besten vom Hauptplatz aus. Der Gesamteindruck der Herrengasse, von dieser Seite aus gesehen, wechselt mit dem Wetter. Bei düsterem Himmel wirkt die Straße wie eine Trutzburg mit reichgegliederter Fassade, bei Sonnenschein macht sie den Eindruck eines in die Länge gezogenen Spielplatzes für Erwachsene. Wir gehen auf der rechten Straßenseite, um die auf der linken Seite befindlichen wichtigeren und schöneren Häuser – sieht man von den drei kleinen Bürgerhäusern ab, die in die Seitenfront des Rathauses eingeschlossen sind – betrachten zu können. Das Landhaus und Zeughaus wollen wir außer acht lassen und einer späteren Betrachtung vorbehalten.

Das erste Haus in der Herrengasse, die bis 1450 keinen Ausgang mit Ausnahme des sogenannten „Judentürls" am südlichen Ende der heutigen Frauengasse hatte, ist das sogenannte Gemalte Haus mit der Hausnummer 3. Dieses Gebäude trug einst den Namen „Herzogshof", weil nach einem Privileg Herzogs Rudolf IV. aus dem Jahr 1360 der jeweilige Besitzer von allen Steuern und

Abgaben unter der Bedingung befreit war, daß er bei Bedarf den Herzogstuhl aufrichte. Mit der Steuerfreiheit ist es natürlich längst vorbei – demokratische Finanzreferenten brauchen keinen Herzogstuhl mehr. Das Haus weist einen reichen Freskenschmuck auf, den der Maler Johann Mayer im Jahr 1742 schuf. In jener Zeit gehörte das Haus der Familie Laturner. Die bunten Fresken zeigen Reitergestalten, allegorische Figuren, Trophäen usw. in kühnen architektonischen Umrahmungen.

Im anschließenden Haus Nummer 7 befindet sich im ersten Stock das Café „Europa", das auch heute noch in dankenswerter Weise vom Grazer Kaufmann Brühl als Kaffeehaus geführt wird und von der sonst üblichen Umwandlung in Büroräume verschont blieb. In diesem Haus gibt es einen Durchgang zum Mehlplatz und Glockenspielplatz. Die über dem Kaffeehaus liegenden Stockwerke sind in der Art des späteren 17. Jahrhunderts durch Pilaster gegliedert. Dieses Haus, das sich früher einmal zurückzog bis in die Prokopigasse, die an den Mehlplatz anschließt, hat eine abenteuerliche Geschichte, die illustriert, mit welchen Problemen man hier im Zentrum der Stadt fertigwerden mußte.

Nach einem Schriftstück vom 5. August 1577 erhielt ein Mathes Crisey, der einer Schatzkrämerfamilie angehörte, von seinem Nachbarn Kaspar Einpacher, dem Besitzer dieses Hauses, die widerrufliche Zustimmung zur Errichtung eines Holzaltans mit einem Sechtkessel, d. h. einem Kessel zum Auskochen von Wäsche, im Hinterhaus. Anstelle dieses Altans führte dann der Nachfolger des Mathes Crisey das Hinterhaus auf, das hinaus reichte bis auf den Mehlplatz. Dieser Nachfolger war der Gerichtsbote Matthäus Ertl, der das Haus um 1600 der Erzherzogin Maria verkaufte; deren Sohn, Kaiser Ferdinand II., schenkte es dann am 28. Juni 1613 seinem Kammerdiener und Kammerzahlmeister Hans Floßmann. Dieser ließ verschiedene Umbauten vornehmen und geriet dabei mit seinem Nachbarn Georg Einpacher in Streit, der aber vom Stadtrichter geschlichtet werden konnte. Dann ging das Haus in den Besitz eines Johann Maittinger, Bibliothekar an der Grazer Hofbibliothek und Registrator beim innerösterreichischen geheimen Rat, über. Schließlich erwarb der Registrator bei der innerösterreichischen Regierung, Anton Canduzzi, im Jahr 1672 das nicht in bestem Zustand befindliche Haus, das er ausbessern und umbauen ließ. Nun kam es zu heftigen Streitigkeiten zwischen Canduzzi und seinen Nachbarn, wobei Canduzzi im Dezember 1674 beim Magistrat darüber Beschwerde führte, daß seine Nachbarn die Dienstleute und Bewohner aufforderten, das Abwasser und sonstigen Unflat vor seinem Haus auszuschütten. Der Magistrat drückte sich um die Entscheidung herum und setzte eine Kommission ein, die aber keinen Erfolg hatte. Der Streit wurde schließlich dadurch beendet, daß Canduzzis Tochter den Sohn seines Nachbarn Johann Ferdinand Khuen heiratete. Canduzzi erwarb im Jahr 1696 von seinem Schwiegersohn das Khuensche Haus in der Herrengasse dazu, und über verschiedene Besitzer gelangte es im Jahr 1804 an den Binder und Weinhändler Johann Übeleisen und dessen Frau Viktoria, die, was allerdings nicht sicher überliefert ist, damit begonnen haben, auf der Seite des Mehlplatzes Wein auszuschenken.

Das Nachbarhaus, Haus Herrengasse 9, an der Ecke zur Stempfergasse, war einst im Besitz der Grafen Breuner. Das bemerkenswerteste an diesem Gebäude ist der alte Renaissancehof mit einem herrlichen Stiegenhaus. Im obersten Stockwerk befindet sich die Redaktion der „Südost-Tagespost", eine der vier Tageszeitungen von Graz.

Im gegenüberliegenden Eckhaus zur Stempfergasse, das durch eine vornehme Barockfassade und eine Hausmadonna in der Höhe des 1. Stockes auffällt, befindet sich die Bärenapotheke, um die es schon Mitte des 17. Jahrhunderts Streit gab. Damals bemühte sich ein Bürger namens Bliem um die Erlaubnis des Magistrats, eine „bürgerliche Apotheke" errichten zu dürfen. Die Bestrebungen Bliems wurden jedoch von den beiden Hofapothekern und dem Landschaftsapotheker, der von den Landständen bestellt wurde, heftig bekämpft, und man war dabei nicht gerade zimperlich in der

Wahl der Mittel. Der streitbare Bliem ließ aber nicht locker und setzte es schließlich durch, daß er eine Apotheke errichten konnte, und zwar zunächst dort, wo heute die Landhausgasse von der Herrengasse abzweigt. Erst im Jahr 1887, als das neue Rathaus gebaut wurde, übersiedelte die Apotheke auf ihren jetzigen Platz.

Im Haus daneben, das schöne Arkadengänge aufweist und durch dessen Hof man ins Non-stop-Kino kommt – früher befand sich an Stelle des Kinos das Kleinoschegsche Wein-Restaurant –, befindet sich im obersten Geschoß das sogenannte Franzosenkammerl, in dem Napoleon, als er im Jahr 1797 in Graz weilte, übernachtet haben soll. Dann folgt ein wuchtiger Bau, in dem heute die Creditanstalt Bankverein (seinerzeit die Escompte-Bank) untergebracht ist, die an eine Bankfiliale der Banca di Roma am Corso Vittorio Emanuele in Rom oder auch an eine englische Bank erinnert. Nebenan, durch die Messnergasse getrennt, erhebt sich das dominierende Bauwerk der Herrengasse, die Stadtpfarrkirche „Zum heiligen Blut“, deren Turm zu den schönsten der Stadt gezählt werden darf. Die Kirche, die in den Jahren 1500 bis 1519 als Klosterkirche der Dominikaner errichtet wurde, hat die Form einer spätgotischen dreischiffigen Hallenkirche. Die barockisierte, einst gotische Außenfassade mit wunderschönen Statuen vom Grazer Bildhauer Josef Schokkottnik stammt aus dem Jahr 1742, der Turm ist, so unglaublich es auch scheinen mag, aus Holz konstruiert und mit einem geschwungenen Kupferdach abgeschlossen. Dieser Turm wurde erst in den Jahren 1780 bis 1781 an Stelle eines einfachen Dachreiters aufgesetzt, wobei die schwierigen Arbeiten vom Baumeister Josef Stengg und Zimmermeister Franz Windisch durchgeführt wurden.

Im Inneren der düster wirkenden Kirche ist das einstige Hochaltarbild von Tintoretto, das die Himmelfahrt Mariens darstellt, besonders erwähnenswert. Das Bild ist heute in der rechten, großen, barocken Seitenkapelle untergebracht, die auf dem Fundament des ehemaligen Judentempels steht. Zudem fallen die prachtvoll geschnitzten und eingelegten Kirchenbänke und Beichtstühle auf. Einem Kuriosum begegnet man bei den farbigen Glasfenstern in der Apsis, welche die Kreuzigung und den Leidensweg Christi darstellen. Unter den Figuren, die hämisch die Geißelung Christi verfolgen, befinden sich auch Hitler und Mussolini. Die beiden sind im linken Seitenfenster im Hauptaltarraum, im vierten rechten Feld von unten, ganz deutlich zu erkennen. Der Salzburger Kirchenmaler Albert Birkle, der die im Zweiten Weltkrieg zerstörten Fenster erneuerte, hat sich diesen „Gag“ einfallen lassen. Die Berichte darüber sind im übrigen durch die ganze Weltpresse gegangen.

Verläßt man die Stadtpfarrkirche durch den Ausgang in die Herrengasse, so sollte man einen Blick über die Straße werfen, wo im Anschluß an das Landhaus und Zeughaus zwar künstlerisch nicht besonders auffallende, dafür aber geschichtsträchtige Häuser stehen. So folgt unmittelbar auf das Zeughaus das Palais der Wechselseitigen Versicherung, das in den Motiven und Gliederungen einen Bezug zum Landhaus herstellen will. Als Schmuck sind eine Florianistatue an der Ecke des Hauses und ein Erzherzog-Johann-Relief von Hans Brandstetter erwähnenswert. Die beiden anschließenden Baublöcke, die sogenannten „Thonet-Höfe“, die sich heute im Eigentum einer Versicherungsanstalt befinden, ersetzen mehrere alte Bürgerhäuser, die hier standen, als es in der Herrengasse noch beschaulicher zuging. Rudolf Hans Bartsch schreibt über diesen Thonet-Hof, daß das Haus einmal eines der wenigen Beispiele reiner deutscher Renaissance gewesen sei und seinem Onkel Hannibal Pittner, einem Bozener, gehört habe, der hier als Buchbinder ansässig wurde. In diesem Haus, das in der Zeit um 1888 zweigeschossig und zu ebener Erde mit winzigen Geschäftsläden ausgestattet war, befand sich noch um die Zeit des Jahres 1783 die Gastwirtschaft „Zum Rabenschinder“. Damals kam es in den Besitz der bekannten Grazer Familie Pachler. Als Gast dieser Familie war im Jahr 1827, ein Jahr vor seinem Tode, auch Franz Schubert in Graz, im Hause der Pachlers wurden mehrere „Schubertiaden“ abgehalten. Bei diesen Gelegenheiten mußte Schubert zumeist selber als sein eigener Sänger auftreten; hier hat er beispielsweise das Lied „Der Wanderer an den Mond“ vorgetragen. Schuberts Anwesenheit in Graz machte einiges Aufsehen. Im „Steyermärkischen Intelligenzblatt“ vom 6. und 7. September 1827 wurde beispielsweise folgende Anzeige gebracht:

„Samstag den 8. September d. J. wird vom steyermärkischen Musikvereine eine große musikalische Academie abgehalten, deren voller Ertrag ohne Abzug der Kosten, welche ein Ungenannter zu übernehmen erklärte, der Unterstützung der durch die letzteingetretene Überschwemmung in Nothstand versetzten Bewohner des flachen Landes und den dürftigen Landschullehrers Witwen und Waisen, deren jährliche Betheilung dem Musikverein statutenmäßig obliegt, zu gleichen Theilen gewidmet wird. Da man bei der Vereinigung sämmtlicher Kunstfreunde der Hauptstadt, bei der gefälligen Mitwirkung eines Künstlers und hochgefeyerten Tonsetzers der Residenz und besonders bey der vielfach erprobten Menschenliebe des geehrten Publikums des entsprechenden Erfolgs sich versichert hält, so wird mit Uebergehung aller fernern Aufforderung zur Wohltätigkeit lediglich ersucht, daß der Vorbehalt der Herren Abonnenten für ihre Plätze am Tage der Aufführung selbst bis längstens 12 Uhr bey der Inspection des ständ. Theaters im Erdgeschosse des Schauspielhauses angemeldet werden wolle, woselbst auch die sonstigen Bestellungen der Sperrsitze, so wie Abends an der Casse bis längstens 6 Uhr angenommen werden, da man sodann alle nicht vergebenen Plätze dem Publikum öffnen wird. Vom Ausschusse des steyerm. Musik-Vereines Grätz am 4. September 1827.“

Als sich Schubert von Graz verabschiedete, versprach er seiner Gastgeberin, Frau Pachler, daß er zum bevorstehenden Geburtstag und Namenstag ihres Gatten, Dr. Karl Pachler, ein vierhändiges Klavierstück schreiben werde, welches sie mit ihrem Sohn Faust Pachler (der übrigens der letzte Sproß dieser angesehenen Familie

sein sollte) dem Vater vorspielen solle. Dieses Versprechen löste er auch bald ein und übersandte Frau Pachler die Komposition eines Kindermarsches mit folgendem Begleittext:
„Hiermit überschicke ich Euer Gnaden das vierhändige Stück für den kleinen Faust. Ich fürchte, seinen Beyfall nicht zu erhalten, indem ich mich für dergleichen Kompositionen eben nicht sehr geschaffen fühle. Ich hoffe, daß sich Euer Gnaden wieder besser befinden als ich, da mir meine gewöhnlichen Kopfschmerzen schon wieder zusetzen. Dr. Karl bitte ich meinen herzlichen Glückwunsch zu seinem Namensfest abzustatten und zu melden, daß ich das Buch meiner Oper, welches Herr Gottdank, dieses Faulthier, schon seit Monathen zum Durchlesen hat, noch immer nicht zurückerhalten habe. Übrigens verharre ich mit aller Hochachtung Ihr ergebenster Franz Schubert."
Sein beim Abschied am 20. September 1827 in Graz gegebenes Versprechen, im nächsten Jahr im September wiederzukommen, konnte Franz Schubert nicht mehr einlösen. Er starb am 19. November 1828 in Wien.
In den neunziger Jahren des vorigen Jahrhunderts wurde das Haus Herrengasse 28 im Stil und Geschmack der Gründerzeit neu aufgebaut. Die Hauseigentümer, die Gebrüder Thonet, von Beruf Sesselfabrikanten, verkauften das Haus im Jahr 1906 an eine Versicherungsgesellschaft, in deren Besitz es sich noch heute befindet. Um die Jahrhundertwende gab es im Hauskeller eine für damalige Begriffe wahre Rarität, nämlich eine Elektrizität erzeugende Dampfmaschine, die das Erdgeschoß, und hier vor allem das damals bestehende Café „Thonet-Hof", mit hauseigenem Strom versorgte. Außer diesem Café „Thonet-Hof" war im Haus noch eine spanische Weinstube untergebracht, die ihre Frontseite zur Frauengasse hin hatte und in der es sehr fröhlich und laut zuging. Schließlich setzten die Hausparteien durch, daß die spanische Weinstube geschlossen wurde. Das Kaffeehaus wurde bis 1937 als „Thonet-Hof" geführt und dann zum Café „Herrenhof" umgestaltet und umbenannt. Das „Herrenhof" ist vielen Grazern mit

seiner „Herrenhofdiele“ noch in bester Erinnerung. Im Jahr 1969 wurden Kaffeehaus, Diele und Kegelbahn endgültig geschlossen, alle Lokalitäten gingen in den Besitz einer Bank über.

Auf der Seite der Stadtpfarrkirche folgt dem Stadtpfarrhof mit seiner schönen Innenausgestaltung das Haus der alten Hofbuchhandlung Moser. Vom sogenannten „Mosereck“ blickt man auf den Eisernen-Tor-Platz, der vorübergehend auch Bismarckplatz hieß. Dort ragt eine große Mariensäule in den Himmel, die an den Sieg gegen die Türken bei St. Gotthard erinnert. Hinter der Säule plätschert ein Springbrunnen.

Der Blick schweift vorbei zum Jakominiplatz, dem Verkehrsknotenpunkt der Stadt, wo alle Straßenbahn- und Autobuslinien zusammentreffen. An der Stelle des Jakominiplatzes und seiner Umgebung hat sich einmal eine ausgedehnte Wiese befunden, die zum Kloster der Dominikanerinnen gehörte. Nach der Aufhebung des Klosters im Jahr 1786 durch Kaiser Josef II. kaufte der Postmeister von Cilli, Kaspar Andreas von Jakomini, diese Gründe auf und begann sie zu verbauen. Zunächst führte der neu entstandene Platz die Bezeichnung „Josefs-Platz“, doch die Bezeichnung hielt sich nach dem Tode Kaiser Josefs nicht lange. An seiner Stelle bürgerte sich der Name Jakominiplatz ein. Hier befindet sich auch das vielleicht bekannteste Hotel der Stadt, der „Steirerhof“.

Der Jakominiplatz hat im Lauf der letzten hundert oder hundertfünfzig Jahre kaum grundlegende Veränderungen erfahren, wenn man von einigen Umgestaltungen und der Tatsache absieht, daß die Gedenksäule mit der Goldenen Madonna, um die sich bis zum Jahr 1905 noch an jedem Samstagabend um 19 Uhr die Menschen versammelten, um den Rosenkranz zu beten, auf den Eisernen-Tor-Platz übersiedelt ist.

Vom Jakominiplatz heißt es in einer Beschreibung aus dem Jahr 1893: „Gleich vor dem Eisentore breitet sich der Jakominiplatz aus, der größte und gesündeste aller Plätze von Grätz. Obgleich unregelmäßig und an zwei Seiten von Häusern begrenzt, die nur ein Stockwerk über dem Erdgeschosse haben, gewährt er doch durch die Mündungen von acht Gassen, die man auf ihm wahrnimmt, durch den weiten Raum, den er umfaßt, und durch einige stattliche Häuser einen recht freundlichen und hübschen Anblick."

In jenen Tagen befanden sich auf dem Jakominiplatz auch einige Vergnügungsstätten, so zum Beispiel das sogenannte „Kreuzer-Theater", das man vermutlich so nannte, weil der Eintrittspreis nur einen Kreuzer betrug. Es war eine große Holzbude, in der beliebte Kasperstücke aufgeführt wurden.

Im schönsten Haus am Platz, das heute noch in unveränderter Form besteht und in dem sich die Bezirkshauptmannschaft von Graz-Umgebung befindet, waren damals die k. k. Steiermärkische Postverwaltung, die Briefpost und Postwagenexpedition einquartiert. Außerdem hatte dort der Industrieverein seine Kanzleien. Die Zeichnungsanstalt, die Musterwarensammlung sowie das Amtslokal des k. k. Lotto-Amtes waren ebenfalls dort untergebracht.

So wie heute diente auch vor etwa hundertvierzig Jahren der Jakominiplatz als Fleisch- und Gemüsemarkt sowie als allgemeiner Warenmarkt. In Gewölben und Buden wurden Spezialitäten feilgeboten, Schlosser und Nagelschmiede hatten hier ihre Stände; während des Jahrmarkts verkauften auch Töpfer ihre Erzeugnisse. Ein besonderes Kennzeichen waren die an der Westseite beheimateten Fiakerstände.

Im Lauf der Zeit wurde der Jakominiplatz, um den sich eine richtige Vorstadt mit zahlreichen Läden ausgebreitet hatte, immer mehr den modernen verkehrstechnischen Erfordernissen angepaßt. Doch nach wie vor sind an der Nord- und Westseite die niedrigen, höchstens zweigeschossigen Gebäude erhalten. Nach Einführung der elektrischen Straßenbahn, der Tramway oder – wie die Grazer sagen – der „Elektrischen", entwickelte sich der Jakominiplatz zum Zentrum des Verkehrslebens in Graz; im Mittelpunkt des Platzes wurde das „Ringelspiel" errichtet.

Doch zurück zum Mosereck. Ihm gegenüber, in Richtung Ringstraße, befindet sich das ehemalige Palais der Grafen Stubenberg, das heutige Palais Welsersheimb, das in den Jahren 1689 bis 1694 erbaut wurde und in dem 1812 Napoleons Bruder, Louis Bonaparte, wohnte. Es besticht durch seinen Frontschmuck und durch eine reiche Gliederung der Fassade. Bemerkenswert sind die japanischen Schnurbäume vor dem Palais, die auch im Sommer die großartige Palastfassade durchschimmern lassen. Im Inneren des Hauses, das durch die großzügige Förderung eines Bankinstitutes, das heute das Erdgeschoß als Kundenraum benutzt, geschmackvoll restauriert wurde, fällt eine schöne Treppenanlage mit Stukkos und Malereien von Thomas Echter auf, die bis in das oberste Geschoß des Hauses führt.
Vom Mosereck sollte man gleich in die Hans-Sachs-Gasse einbiegen, um zumindest die dominierenden Bauwerke näher zu betrachten. Es sind dies ganz am Ende auf der anderen Seite zwei Palastbauten, die heute die Nummer 1 und die Nummer 3 tragen. Das Haus Nummer 1 gehörte den Grafen Wildenstein und besitzt ein Portal, vor dem zwei Atlanten den Balkon tragen. Es dürfte aus der zweiten Hälfte des 17. Jahrhunderts stammen. Am Haus Nummer 3 sind das reichgeschmückte Portal mit dem gemalten Wappen über dem Eingang, die schweren Türklopfer aus Messing in Form von Löwenköpfen, eine reichgegliederte Fassade und ein schweres Hauptgesims mit tief herabreichenden Konsolen bemerkenswert. Vielleicht noch ein Blick auf das Haus Nummer 6, das ehemalige Wohnhaus des Dichters Robert Hamerling.
Am Ende der Hans-Sachs-Gasse tut sich der Tummelplatz auf, von dem man angesichts seiner heutigen Anlage kaum annehmen würde, daß hier einmal der Turnierplatz gelegen war. Hier wurden schwere Kämpfe ausgetragen, wobei die Ritter um hohe Preise fochten. So etwa stritt hier der hünenhafte Freiherr Andreas Eberhard von Rauber mit einem spanischen Granden um Helena, die Tochter Kaiser Maximilians II. Nach einem harten Kampf gelang es Rauber, den Spanier in einen Sack zu stecken. Daraufhin

stieg, wie berichtet wird, der Kaiser von seinem Sitz herab, küßte den Sieger auf die Wange und übergab ihm sein „Göttermädchen Helena". Der arme Spanier aber kehrte traurig und beschämt in sein Vaterland zurück und trat dort, wenn man der Überlieferung glauben kann, in ein Dominikanerkloster ein. Einer anderen Überlieferung zufolge soll auf diesem Platz der Babenbergerherzog Leopold II. am 26. Dezember 1194 vom Pferd gefallen sein und sich dabei ein Bein gebrochen haben. Weil niemand den Mut hatte, dem hohen Herrn das Bein zu amputieren, hackte er es sich selber ab und verlor dabei das Leben.

Heute steht auf dem Tummelplatz das Akademische Gymnasium, und zwar an der Stelle des ehemaligen Klosters der Dominikanerinnen, das etwa 1890 abgerissen wurde. Von besonderem Reiz ist ein Blick links um die Ecke der Hamerlinggasse, von wo man über Bischofsplatz und Enge Gasse den Uhrturm auf dem Schloßberg sehen kann. Setzt man seinen Weg in diese Richtung fort, kommt man am Bischofshof vorbei und stößt schließlich auf die Gabelung Enge Gasse, Stempfergasse und Bindergasse. Bevor man über die Stempfergasse wieder in die Herrengasse zurückkehrt, lohnt sich ein Blick in das kleine Bindergäßchen, in dessen Haus Nr. 8 sich früher einmal das Gasthaus „Zur schwarzen Katz" befand, das das älteste Gasthaus von Graz gewesen sein soll und an dessen Stelle heute ein Geigenbauer sein kunstvolles Handwerk ausübt.

Im Haus Bindergasse 6 ereignete sich vor einigen Jahren ein schrecklicher Mord. Aus dem Landeskrankenhaus war nämlich ein junges Mädchen, nur mit einem dünnen Nachthemd bekleidet, entwichen, hatte die ganze Stadt durchquert, ohne von irgend jemandem angehalten zu werden, um dann im zweiten Stock des Hauses Bindergasse 6 seine alleinstehende Tante mit einem Strumpf zu erdrosseln. Daraufhin ließ sich das Mädchen, ohne Widerstand zu leisten, verhaften.

Rechts an der Ecke zur Bindergasse steht das Haus Bischofplatz Nr. 1, das rosarote, reichverzierte Palais des Grafen Inzaghi, das seinerzeit dem Tabakaufschlagamt und dem Tabakverschleißmagazin von Graz Unterkunft bot. Aus dieser Zeit stammt die bis zum Jahr 1813 gebräuchliche Bezeichnung „Tabakamtsplatzl". Damals waren die Grazer bereits so begeisterte Raucher, daß man neben der Fürstenfelder Tabakfabrik in Liebenau zusätzlich eine Schnupftabakfabrik, die von der Landesregierung betrieben wurde, eröffnen mußte.

Biegt man dann, nach einem Blick durch die Enge Gasse hinüber zum Glockenspielplatz, in die Stempfergasse ein, so heißt es vorsichtig sein, denn hier befindet man sich in der „Fleet Street" von Graz. Die Stempfergasse war die nördliche Grenze des Judengettos, das zu den größten Europas zählte und bis hinunter zur Stadtpfarrkirche reichte. Erst im Jahr 1493 wurde dieses Getto nach der Vertreibung der Juden niedergerissen. Und der Grund zur Vorsicht? Jeder, der einem hier begegnet – ob nun in dem altrenommierten Delikatessengeschäft Frankowitsch, im Keplerkeller oder in der weiter vorne gegen die Herrengasse zu liegenden Hammer-Weinstube –, könnte ein Journalist sein. In der Stempfergasse werden nämlich zwei Zeitungen gemacht. Besonders bemerkenswert in dieser Gasse ist der schön barockisierte Renaissancehof im Haus des Keplerkellers, mit einer einseitigen Arkadenanlage. Gegenüber liegt das Haus mit der Nummer 1, ein Spätrenaissancebau mit zwei Erkern auf Säulen, einem Renaissanceportal und barockisierten Fronten.

In den folgenden Häusern, die heute allesamt der Druckerei Leykam gehören, befinden sich die Betriebsanlagen des Unternehmens. Dort, wo heute die „Neue Zeit" erscheint, wurde, unter dem Besitzer Wittmannstätter, zu Beginn des 18. Jahrhunderts die erste Grazer Zeitung, „Der Grätzer Merkur", herausgegeben, der später die „Grätzer Zeitung" folgte, die im Kulturleben der Stadt eine bedeutende Rolle spielte. Ein Chronist vermerkte dazu: „An wahren innerlichem Werthe hat diese Zeitung wohl gar manches ausländische Blatt übertroffen." In der „Skizze von Grätz" stehen zum Erscheinen dieses Blattes folgende bemerkenswerte Sätze: „Im Jahre 1785 fing Herr Leykam an, eine Zeitschrift unter dem

Namen ‚Grätzer Zeitung‘ herauszugeben. Diese Erscheinung war neu, das Blatt hatte überdies einige Vorzüge an typographischen Schönheiten vor dem veralteten ‚Merkur‘ und das Publikum fiel gleich anfangs haufenweise darüber her. Jetzt ist diese Zeitung, aber erst seit 1787, nicht nur eine der besten im Land, sondern sie übertrifft wohl gar im wahren inneren Werth manches ausländische Blatt. Zwar prahlt sie nicht wie andere mit einer eingebildeten Originalität, aber sie zeichnet sich durch eine sehr gute Auswahl der interessantesten Nachrichten und durch die schnelle Mitteilung derselben vorzüglich aus. Der Verfasser weiß das Wesentliche vom Unwesentlichen genau zu unterscheiden, und der Leser darf sich nicht fürchten, daß er je durch sein Blatt enuyiert werde. Wahrhaftig, es ist nichts unausstehlicher als eine Zeitung, die sich durch philosophische Demonstrazionen, politische Dedukzionen und theologische Dissertazionen in Kredit setzen will. Der Gelehrte bekömmt Langeweile, der Staatskündige lächelt mitleidig, und der Klerus schläft ein, weil keiner das in der Zeitung findet, was er dort gesucht hat.“

Schon frühzeitig scheint Graz, das heute über vier Tageszeitungen verfügt, eine Stadt der Zeitungen gewesen zu sein. Zumindest vermerkt Schlossar in seinem Buch „Innerösterreichisches Stadtleben vor 100 Jahren“ aus dem Jahr 1877, daß es wenige Städte gebe, welche eine verhältnismäßig so große Zahl nebeneinander erscheinender Blätter aufwiesen wie Graz. Aber der Bildungshunger der Grazer ging offenbar über die in Graz erscheinenden Zeitungen hinaus. Schlossar schreibt wörtlich: „Man hatte sich schon daran gewöhnt, seine Tages- und Wochenblättchen zu lesen, und wenn man auch noch so bescheidene Ansprüche stellte, man mußte eben eine Grätzer Zeitung zur Hand bekommen. So tauchten denn auch mehrere Blätter nach- und nebeneinander auf, die dem Publikum ein Bedürfnis geworden waren, wie das Wiener ‚Diarium‘, die ‚Augsburger‘, die ‚Hamburger‘ und die ‚Brünner Zeitung‘ usw. In Graz selber erschien damals als älteste Zeitung der ‚Grätzer Merkur‘, der schon zu Ende des 17. Jahrhunderts bestand und als einzige Grazer Zeitung ein fast hundertjähriges Alter erreichte. Er ist die einzige Grazer Zeitung, die auf der Titelseite noch die Zahl 16.. trug. Bis 1785 war er die einzige periodische Schrift in Graz.“ Ab 1796 wurde von dieser Zeitung ein wöchentliches Beiblatt herausgegeben, das den Titel „Sonnabends – Anhang zur Grätzer Zeitung“ trug und besonderen Anklang fand. Außerdem erschien zweimal wöchentlich eine eigene „Bauernzeitung“, die in späteren Jahren als Anhang den „Steyrischen Lust- und Glückesboten“ mit Aufsätzen vermischten Inhalts dazubekam.

Als Konkurrenzblatt erschien ab 1792 die „Grätzer Bürgerzeitung“, bald darauf auch ein wöchentliches Journal mit dem Titel „Der steyrische Biedermann“. Ab 1. Januar 1793 gab es das „Allgemeine Intelligenzblatt für Innerösterreich“, und ab 1775 das „Wochenblatt für die innerösterreichischen Staaten“. Die Herausgeber dieses Blattes hatten die Absicht, „die Lesbegierde unserer Landsleute zu befriedigen, sowohl durch Arbeiten, die wir ihnen liefern, als auch durch die Bekanntmachung der herrlichsten Werke Deutschlands, von denen wir überzeugt sind, daß sie auch den finstersten Kopf aufheitern und die beschwerlichste Langeweile verscheuchen müssen“.

Im Jahr 1792 kam erstmals eine Zeitschrift heraus, die den Namen „Zeitung für Damen und andere Frauenzimmer“ erhielt und mit der Ankündigung: „Von süßcandirten Zoten – Wird hier gar nichts geboten“ in Umlauf gebracht wurde. Ab 1794 erschien diese Zeitung mit dem galanteren Titel „Neues Damenjournal, allen Schönen Deutschlands zur angenehmen und lehrreichen Unterhaltung gewidmet.“ Sie beinhaltete: „Erstens zur angenehmen Unter-

Aus der „Eisenbahnsuite“ von Lampel in Graz aus dem Jahr 1844 stammt diese Darstellung der Münzgrabenvorstadt, ein besonders gelungenes Stück jener Serie.

haltung dienende prosaische und poetische Aufsätze. Zweitens Miszellanien. Drittens Ökonomie. Viertens Hausmittel. Fünftens Schönheitsregeln. Sechstens Wissenschaftliche Künste für Frauenzimmer. Siebentes Besondere Rubrik fürs schöne Geschlecht. Achtens Poesie. Neuntens Zur Geschichte der Moden. Zehntens Anekdoten. Elftens Naturgeschichte. Zwölftens Diätetik. Dreizehntens Biographie."

Zur Ergänzung sei noch erwähnt, daß ab 1887 das periodisch erscheinende „Grazer-Literarisch-ökonomisches Wochenblatt" auf dem Markt war.

Kommt man aus der Stempfergasse, von der aus man einen reizvollen Ausschnitt des Landhauses sieht, wieder in die lebendige Herrengasse, so sollte man diese unbedingt überqueren und die wenigen Schritte durch die Landhausgasse in die Schmiedgasse machen, in der sich früher einmal die Schmiede, aber auch die meisten und berühmtesten Gaststätten von Graz befunden haben. Einen besonders guten Ruf hatte der Einkehrgasthof „Zum weißen Lamm", in dem im Jahr 1768 auch Kaiser Josef abstieg. Dieser Gasthof befand sich dort, wo wir heute die Durchfahrt durch das Städtische Amtshaus finden.

Anschließend daran erhob sich zwischen der Schmiedgasse und der Kaiserfeld- und der Raubergasse der bedeutend größere Gasthof „Zum Wilden Mann", der mit einem Brauhaus verbunden war. Diese Gaststätte wird oft erwähnt und dürfte schon 1596 gegründet worden sein. Im Jahr 1730 erhielt jedenfalls der bürgerliche Bierbrauer Franz Feyrer für das Gebäude die Befreiung von der Einquartierungslast, und zwar unter der Vorausset-

Oben: So sah das Eiserne Tor, das die Herrengasse gegen Süden hin abschloß, nach einer Darstellung auf einer alten Postkarte aus der Zeit der Jahrhundertwende aus.

Unten: Diese Zeichnung eines unbekannten Meisters zeigt das Schauspielhaus im Jahr 1839, genau 16 Jahre nach seiner Neuerrichtung durch die Stände, sowie das Burgtor und die Nordseite des Doms, an der damals noch die Begrenzungsmauer des Friedhofs entlangführte. Im Hintergrund der direkte Verbindungsgang zwischen Burg und Dom.

zung, daß es als Einkehrgasthof bestehen bleibe. Seine Witwe heiratete dann den Bierbrauer Elias Pachler, der das Haus 1738 übernahm und Stammvater der bekannten Brauerfamilie Pachler wurde, die wir bereits im Zusammenhang mit dem Besuch von Franz Schubert in Graz kennengelernt haben. Einer, der mit besonderer Vorliebe im „Wilden Mann" abstieg, war Erzherzog Johann. Aber auch der Dichter Friedrich Hebbel, der in Begleitung seiner Frau im Jahr 1847 in Graz weilte, logierte hier. Er bemerkte in seinen Tagebuchaufzeichnungen über diesen Aufenthalt folgendes: „Um fünf Uhr kamen wir in Graz an und stiegen in dem uns empfohlenen ‚Wilden Mann' ab. Wir erhielten ein Zimmer auf die sogenannte Terrasse heraus, das eine schöne Aussicht zunächst auf den Wirtshausgarten, dann auf den botanischen und weiter hin auf eine imposante Kastanienallee darbietet."
Der „Wilde Mann" wurde im Jahr 1850 von einem Johann Ulm aus Pettau gekauft und in ein Wohnhaus umgestaltet. Der Gasthof „Zum weißen Lamm" hingegen blieb bis zu seinem Abbruch etwa um dieselbe Zeit als Gasthof und Herberge bestehen. 1881 wäre der ehemalige „Wilde Mann" beinahe ein Raub der Flammen geworden, als im benachbarten „Weißen Lamm" ein Feuer ausgebrochen war, das aber Gott sei Dank noch rechtzeitig gelöscht werden konnte. Endgültig demoliert wurden beide Häuser in den Jahren 1900 und 1901, als sich der Magistrat Graz zur Errichtung eines neuen Amtshauses entschloß.
Der Name „Zum wilden Mann" wurde von der Brauerfamilie Remschmidt übernommen und auf eine Gaststätte am Beginn der Jakoministraße übertragen. Auch diese Gaststätte, die schließlich in den Besitz der Brauerei Puntigam überging, wurde vor kurzem geschlossen.
An der Rückseite des „Wilden Mannes" in der Schmiedgasse befand sich ein gar gruseliges Gebäude, nämlich der finstere Reckturm der Stadt, in dem so mancher Verbrecher, aber auch so mancher Unschuldige, mit schauerlichen Marterwerkzeugen wie z. B. den Daumenschrauben, den Beinschrauben oder durch die

Anwendung des Zuges durch schwere Eisengewichte an den Füßen, zu einem „Geständnis" gezwungen wurde. Eines der letzten Opfer dieses Reckturmes soll 1776 ein junges Mädchen gewesen sein, das man beschuldigte, ihre Arbeitgeberin, die Frau eines angesehenen Grazer Kaufmannes, bestohlen zu haben. Das Geständnis, den Diebstahl begangen zu haben, wurde ihr auf die genannte Art und Weise entpreßt, und sie mußte, nachdem sich später ihre Unschuld herausgestellt hatte, als Krüppel im Siechenhaus ihr Dasein fristen. Die Kunde davon drang sogar bis zur Kaiserin Maria Theresia, die kurz darauf die Anwendung der Folter allgemein verbot. Im Jahr 1835 wurden die letzten Reste des Reckturmes niedergerissen.

Den Besuch der Schmiedgasse, in der sich auch noch eine Reihe von schönen Palais und Bürgerhäusern befindet, schließt man am besten mit einer kurzen Besichtigung des alten Gebäudes der Steiermärkischen Sparkasse ab, das sich an der Ecke Landhausgasse/Schmiedgasse erhebt. Hier, wo bis zum Jahr 1976 zahllose Kunden ihre Geldgeschäfte abwickelten, soll nunmehr zum Wohle der Grazer Fremdenverkehrswirtschaft ein neues, mit allen Finessen der modernen Technik ausgestattetes Kongreßzentrum entstehen.

Wahrzeichen Landhaus

„Mit der Fürstlichen Durchleicht Erzherzogens Carl zu Österreich unseres gnädigsten Herrn und Landesfürsten gnädigsten Vorwissen, wessens und ratification hat ein Er. Hochlöbl.-Laaft dieses Herzogthum Steyers im Landtag unter anderem auch dahin beschlossen, und Befehl gethann, daß niemand wer er auch seyn mag, sich unterstehe, in diesem hoch befreyten Landhaus zu rumoren, die wöhr Tolch, oder Brodmesser zu zucken, zu balgen und zu schlagen, gleichfalls mit anderen Wöhren ungebühr zu üben, oder Maulstreich auszugeben, sondern hierinnen aller Gebühr, und Bescheidenheit mit Worthen und Werken zu gebrauchen, welche aber darwider handeln, das dieselbe nach Gelegenheit des Verbrechens an Leib und Leben unnachlässig sollen gestrafet werden, darnach sich mäniglich zu richten.

Actum Gräz den 20. Februarii 1588
Renovatum den 12. April 1694“

So steht es geschrieben auf zwei schweren Tafeln, die neben den Eingängen in das Landhaus auf der Seite der Herren- und Schmiedgasse eingemauert sind. Hätte man die Drohungen ernstgenommen und das Rumoren auf den modernen Verkehr übertragen, so wäre der Hof des Landhauses sicherlich nicht zum prachtvollsten Renaissanceparkplatz der Welt geworden, der er heute ist. Wenn heute der Landtag zusammentritt und der Hof von den „Benzinkutschen“ der Herren Abgeordneten und Beamten voll ist, fällt es einem schwer, sich vorzustellen, daß seinerzeit hier livrierte Diener die Türen der Prunkkarossen aufhielten, um Herren mit weißen Perücken aus den Wagen zu helfen. An Sonntagen allerdings, wenn der Landhaushof leer ist, wird seine ganze Schönheit sichtbar.

Hier im Landhaus haben zunächst die Stände des Landes und später der demokratisch gewählte Landtag sowie die Landesregierung eine würdige Heimstatt gefunden. Die vornehme Geradlinigkeit des Bauwerkes, das vor allem an sonnigen Tagen in seinem Blütenschmuck eine warme Heiterkeit ausstrahlt, wird jeden Besucher in seinen Bann ziehen.
Betrachtet man das Landhaus heute, ist es kaum zu glauben, daß im Jahr 1827 A. I. Polsterer in seinem Buch „Gräz und seine Umgebung“ schreiben konnte: „Das Landhaus, dessen Hauptpforte in die Herrengasse, die eine Seite in das sogenannte Landhausgäßchen und die Rückseite in die Schmiedgasse gehet, ein altes schwarzes, sehr ehrwürdiges Gebäude, in welchem sich sämtliche ständischen Behörden befinden.“ An anderer Stelle sagt der Autor: „Hier wird auch die Originalurkunde, vermög welcher Herzog Ottokar auf dem Georgenberge im Jahre 1186 die Steiermark an den Babenberger Leopold übergab, dann der Steiermärkische Herzogshut, der sonst in der Burg aufbewahret, im Jahre 1785 nach Wien geführt, am 10. Mai 1790 aber wieder nach Gräz zurückgebracht wurde und der steiermärkische Landschadenbund, ein sehr kunstvoll gearbeiteter Pokal aufbewahret. Wer diese Gegenstände zu sehen wünscht, hat sich an den ständischen Archivar, Herrn Wartinger, zu wenden. In dem Archive, dessen Vorsteher der gelehrte Historiker, Herr Josef Wartinger ist, liegt noch ein großer, bisher wenig benützter Schatz geschichtlicher und statistischer Daten über das Vaterland.“
Der Herzogshut und der Landschadenbund sind inzwischen längst ins Joanneum gewandert, die Georgenberger Feste befindet sich im Landesarchiv. Dieser Georgenberger Handfeste verdankt das Landhaus im übrigen seine Entstehung. Da sich nämlich der Markgraf, der zum Landesfürsten aufgestiegen war, auf der einen und die Grundherren des Landes, später Stände genannt, auf der anderen Seite gegenüberstanden, wobei sich aus dem Wechselspiel die Verfassungsgeschichte des Landes entwickelte, trug Ottokar II. im Jahr 1186 im Erbvertrag mit dem Babenberger Leopold V.

zu Georgenberg bei Enns dafür Sorge, daß die steirischen Ministerialen außergewöhnliche Privilegien, die sogenannten Landesfreiheiten, auf immer zugesichert erhielten. Diese Ministerialen entwickelten sich mehr und mehr zu den Trägern des steirischen Landesbewußtseins; sie hielten gemeinsam mit dem Landesfürsten die Hof- und Gerichtstage ab. Allerdings kam den steirischen Adeligen nur die Rolle von Beratern zu. Immerhin entwickelte sich eine gewisse Mitwirkung bei der Erledigung von Landesangelegenheiten, ohne daß es zu einer Einschränkung der Landeshoheit, des Landesfürsten, durch ständische Gewalten gekommen wäre.

Wie Univ.-Prof. Dr. Fritz Posch, der bis zum Jahr 1976 das Amt des Direktors des Steiermärkischen Landesarchivs bekleidete, ausführt, können als Vorläufer der Landtage erst die freien ständischen Versammlungen, die sogenannten Einungen, angesehen werden, welche meistens nach Zweck und Inhalt im Gegensatz zum Landesfürsten standen. Posch schreibt: „Solange der Landesfürst finanziell von den Ständen unabhängig war, also solange er die Ausgaben für Hof, Verwaltung und militärische Zwecke aus den Erträgnissen der Kammergüter und Regalien decken konnte, kam es zu keiner Mitwirkung der Stände. Als dies nicht mehr der Fall war, war er auf die Finanzhilfe derselben angewiesen, die er nun als Gesamtheit um die Bewilligung allgemeiner Landessteuern ersuchen mußte, wobei er für sich das ausschließliche Recht der Einberufung von Vollversammlungen der Stände in Anspruch nahm, wodurch zugleich auch die selbständigen Einigungsbestrebungen derselben gebrochen wurden. Außer den Steuerbewilligungen waren es vor allem die Heereserfordernisse und die Landesverteidigung, die den Landesfürsten zur Einberufung von Landtagen veranlaßten, deren erster urkundlich für den 16. April 1412 belegt ist. Die Einberufung des Landtages lag im freien Ermessen des Landesfürsten und war sein ausschließliches Recht, wenn es auch in Notzeiten zu eigenmächtigen Beratungen der Stände, sogenannten gewillkürten Landtagen gekommen ist.“

Während im Mittelalter die Landtage – deren Aufgabe ursprünglich vor allem darin bestand, die Steuern zu bewilligen, was die Wurzel für das Sprichwort „Landtage sind Geldtage" war, an verschiedenen Orten einberufen wurden, führte die grundlegende Verwaltungsreform Kaiser Maximilians I. in Verbindung mit der Rezeption des römischen Rechtes dazu, daß sich die Stände einen festen Versammlungsort wählten. Zu diesem Zweck erwarben sie 1494 die sogenannte „Kanzlei", das von A. J. Polsterer eingangs beschriebene Haus. Diese Kanzlei genügte aber den immer größer werdenden Anforderungen bald nicht mehr. So wurde 1519 das sogenannte Prueschinksche Freihaus in der Schmiedgasse dazugekauft, dessen Umbau zum Rittersaaltrakt im Jahr 1527 begonnen und 1531 fertiggestellt wurde. In diesem ältesten Teil des Landhauses befindet sich heute das Verkaufslokal der Firma Rautnik in der Landhausgasse, im Obergeschoß liegt der Rittersaal.
Die wichtigsten Teile des Landhauses entstanden in der Mitte des 16. Jahrhunderts. Es war dies die Zeit, in der die Neubefestigung des Schloßberges unter der Leitung des Baumeisters Domenico dell'Allio aus Lugano im Gange war. Die Stände überzeugten sich von der Tüchtigkeit des Meisters und beauftragten ihn auch mit der Errichtung des Haupttraktes des Landhauses in der Herrengasse, der an die Stelle der gotischen „Kanzlei" und des im Jahr 1534 dazugekauften Nachbarhauses treten sollte. Die beiden alten Gebäude wurden abgerissen, der Neubau wurde 1557 in Angriff genommen. Zwei Jahre nach der Dachgleiche, nämlich 1563, starb dell'Allio, seine beiden Poliere Benedikt della Porta und Peter Taddäi setzten das Werk fort und stellten das Landhaus im Jahr 1565 fertig. Damit war eine der Hauptschöpfungen der italienischen Renaissance nördlich der Alpen entstanden.
Besonders eindrucksvoll ist außer der Front gegen die Herrengasse zu der Pfeilerarkadenhof, in dem drei Geschosse übereinanderliegen und in dessen Nordwestecke einstmals der Uhrturm dell'Allios stand. Auf dem Unterbau dieses Uhrturmes hat ein halbes Jahrhundert später, im Jahr 1630, Bartolomeo di Posio die

Landhauskapelle errichtet, die heute noch besteht und die man durch den Zuschauerraum der Landstube betreten kann. Von außen ist die Kapelle an ihrer grün patinierten Kuppelbedachung zu erkennen, die, wenn man von der Herrengasse in den Landhaushof tritt, in der rechten Ecke zu sehen ist. Außen herum führt eine Freitreppe, die eine rhythmische Gliederung in das strenge Arkadensystem bringt. In der Kapelle selbst befinden sich ein holzgeschnitzter Altar in schwarz-goldener Fassung und zwei Nischenfiguren der Heiligen Margaretha und Barbara sowie ein schönes Altarbild des Grazer Malers Hans Heinz, das die Himmelfahrt Mariä darstellt. Blickt man von diesem Stiegenaufgang zur Kapelle in den Hof, fällt dem Betrachter der im Jahr 1590 von den Rotgießern Thoman Auer und Marx Wening geschaffene Bronzebrunnen ins Auge. Der verstorbene Direktor des Grazer Stadtmuseums, Eduard Andorfer, beschreibt ihn folgendermaßen: „Fünf schlanke Kandelabersäulchen über Satyrkonsolen tragen die ungemein filigrane Laube, deren Rankenwerk von Najaden und auf Delphinen reitenden Putten belebt wird. Dieses Kleinod legt Zeugnis ab, wie trefflich unsere einheimischen Meister den Metallguß bis in die letzten Feinheiten beherrschten."
Als Ersatz für den vorhin erwähnten Uhrturm dell'Allios ließen die Stände 1586, ein Jahr nachdem der Turm wegen einer Setzung des Fundaments abgetragen werden mußte, über dem Hauptportal einen kupferverkleideten Uhrdachreiter errichten, in dem sich zwei kleine Glocken befanden. Die Zwiebelhaube des Turmes ist außerdem von einem prächtigen Panthertier des Grazer Goldschmiedes Hans Zwiegott gekrönt, das wohl eines der schönsten heraldischen Embleme der ganzen Steiermark darstellt.
In der Zeit zwischen 1581 und 1584 wurde dann der Herrengassentrakt nach Süden weiter verlängert, weil man neuen Raum brauchte. Die Verlängerung erfolgte um vier Doppelfensterachsen bzw. drei Hofarkaden und wurde von Antonio Marmoro durchgeführt, der sich strikt an die Architektur dell'Allios hielt, so daß die Einheit der Gebäudefront erhalten blieb.

Wir betreten nun die Innenräume des Landhauses, zu denen uns der Portier gern Zugang gewährt. Im „Steinernen Saal", dessen Prunkstück ein marmorner Renaissancekamin ist, pflegt man verstorbene Würdenträger des Landes aufzubahren, damit ihnen die Bevölkerung die letzte Ehre erweisen kann. Der wichtigste Raum des Landhauses aber ist die bereits einige Male umgebaute Landstube, in der seit Jahrhunderten über das Schicksal der Grünen Mark entschieden wird. Wann die Landstube erbaut wurde, konnte nie genau festgestellt werden, weil weder eine Rechnungslegung noch eine Aktennotiz darüber vorliegt. Fest steht, daß das Erdgeschoß unter der Landstube noch aus der spätgotischen Zeit stammt, was durch die Form der Steintore und die spitzbogigen Schildbogen im Durchfahrtsgewölbe zwischen den beiden Höfen bewiesen ist. Man kann also annehmen, daß der darüberliegende Raum bald nach dem Ausbau des Rittersaales (etwa zwischen 1530 und 1540) seine Renaissanceausstattung erhielt. Ein Kupferstich aus dem Jahr 1728 zeigt uns sehr deutlich die hölzerne Decke, die noch heute vorhanden ist, und den großen Kachelofen, der fast bis zur Decke emporragt. In der Legende zu diesem Kupferstich, der das Interieur zeigt, das bis zum 18. Jahrhundert erhalten blieb, ist genau angeführt, „wie die Landstände in deren Landtägen und anderen Handlungen" zu sitzen pflegten: „Der Herr Landeshauptmann, der Herr Landmarschall, welcher die Proposition machet, Herr Bischof zu Seckau und übrige geistliche Stände, Herr Landesverweser, Herr Statthalter und Herren Stände auf der Hofbank, so in kaiserlichen Diensten stehen. Herr Amtspräsident und Herren Verordnete, die übrigen Stände, die der Abgeordnete von Stadt und Märkten, Herr Obersekretarius, das Protokoll führend, andere Herren, landesständische Sekretarien und der Weissbott."

Im Jahr 1740 erfolgte dann, nachdem zahlreiche Klagen von Abgeordneten über die schlechte Beleuchtung laut geworden waren, ein großzügiger Umbau nach den Plänen des Jesuitenarchitekten Georg Kräxner. Die von ihm stammende Ausstattung bestimmt bis zum heutigen Tag das Raumbild. Auch beim letzten Umbau 1963 bis 1965 hielt man sich streng an die seinerzeitige Grundkonzeption und brachte nur ein neues Gestühl in Rundform an, weil hier eine Neuordnung durch die Erhöhung der Zahl der Abgeordnetenmandate notwendig geworden war. Gleichzeitig führte der Grazer Architekt Kurt Weber-Mzell eine Erweiterung des Zuhörerraumes durch, indem er einen Teil des Rittersaales abtrennte und diesen durch eine breite Maueröffnung, die fallweise mit einer Schiebewand verschlossen werden kann, mit der Landstube in direkte Verbindung brachte. Nach der Konzeption Georg Kräxners standen in den beiden westlichen Ecken prunkvolle Öfen mit weißer Glasur und goldgehöhter Ornamentik. An der Spitze trugen die Öfen die Symbole der Staats- und Landeshoheit, also den kaiserlichen Doppeladler und den steirischen Panther. Die erlesene Stuckdekoration an der Decke stammt von Johann Formentini, dem Mitglied einer weitverzweigten Stukkateurfamilie aus Italien. Hinter der Präsidentenbühne, die im Jahr 1887 von Architekt Ortwein geschaffen wurde, hing bis zum Ende des Ersten Weltkrieges ein Porträt des Kaisers, das nunmehr durch ein großes Ölgemälde mit einer Friedensallegorie von Carl Remp ersetzt wurde. Einen wesentlichen Bestandteil, der den noblen Gesamteindruck der Landstube noch unterstreicht, bilden fünf venezianische Kristallüster. Neben der Landstube liegt der 1531 vollendete Rittersaal. Sein Hauptschmuck bestand seit 1548 aus den Wappen des steirischen Adels, die in zwei Reihen rings um den Saal liefen und jetzt durch eine Goldtapete überdeckt sind. Darüber zog sich früher eine vergoldete Kassettendecke, die von Johann Baptist Fischer, dem Vater des Barockarchitekten Fischer von Erlach, im Jahr 1652 geschnitzt wurde. Als nach der Fertigstellung der Landstube auch dieser Saal in den Jahren 1744 und 1745 umgestaltet wurde, schuf Pietro Angelo Formentini einen zierlichen Stuckplafond mit 12 kleinen Reliefmedaillons, welche die 12 Tierkreisbilder darstellen. An den Saalecken wird ihre Reihenfolge durch die Figuren der vier Elemente unterbrochen.

Im Gegensatz zur Landstube wechselte der Rittersaal, vor allem im 19. Jahrhundert, vielfach seine Bestimmung. Zuerst diente er als Konzertsaal, 1840 sollte er auf Vorschlag des landschaftlichen Sekretärs Heinrich Ritter von Kalchberg wieder zum Wappensaal werden. Einige Planskizzen weisen darauf hin, daß man 1850 die ernsthafte Absicht hatte, Landtagssitzungen in den Rittersaal zu verlegen. Zuletzt war das Grazer Schauspiel von 1945 bis zum Wiederaufbau des Schauspielhauses im Rittersaal untergebracht.
Die heutige Gestalt des Landhaushofes verdanken wir dem Landesbaudirektor und vormaligen Oberinspektor Hermann Skanzoni, der im Jahr 1890 den Arkadenhof neu gestaltet hat. Er ließ den schmucklosen Archivflügel gegen das Zeughaus hin abbrechen und an seiner Stelle den Bogenverbindungsgang zur Landstube in den Stilformen dell'Allios errichten. Dadurch hat der große Hof erst seine Schönheit und Geschlossenheit erhalten.

Wehrzeichen Zeughaus

Gleich neben dem Landhaus, mit ihm auch baulich eng verbunden, befindet sich das Zeughaus des Landes, das mit seinen 29.000 Inventarstücken, die vom Spätmittelalter bis ins 19. Jahrhundert reichen, die besterhaltene Sammlung dieser Art auf der Welt ist. Daß dies keine Übertreibung ist, mag folgende Episode belegen: Als eine Gruppe von Grazern in London den Tower besichtigte und auch die Waffensammlung in den oberen Geschossen bestaunte, erklärte der Führer: „Wenn Sie wirklich eine umfassende Ausstellung mittelalterlicher Waffen sehen wollen, müssen Sie nach Graz fahren und das Zeughaus besuchen." Daß dem so ist, verdanken wir der Einsicht und dem Beharrungsvermögen der steirischen Stände, die sich immer wieder gegen alle Versuche stellen, aus dem nicht mehr gebrauchten Waffenarsenal Kapital zu schlagen. Und es ist auch keine Übertreibung, wenn Peter Krenn, der Kustos des Zeughauses, in einem Büchlein über das Steiermärkische Landeszeughaus festhält, daß es wohl keine andere Sammlung gibt, welche die historische Aufgabe der Steiermark an der gefährdeten Südostflanke des ehemaligen Habsburgerreiches als Schutz- und Wehrmauer gegen den Feind der Christenheit besser veranschaulichen könnte.

Gegründet wurde das Landeszeughaus, das seine große Bedeutung in der Zeit der Türkenkriege des 16. und 17. Jahrhunderts gewann, als es die wichtigste Waffenkammer Innerösterreichs war, von den steirischen Landständen. Die Zeit seiner Gründung ist nicht belegt, dürfte aber in die späteren Jahrzehnte des 15. Jahrhunderts fallen, als König Matthias Corvinus von Ungarn mit seinen Truppen Gebiete im Norden des Landes besetzt hielt und außerdem die Türken zum erstenmal das steirische Unterland

heimsuchten. Das Landplagenbild an der Südseite des Grazer Domes erinnert daran, daß die Türken im Jahr 1480 raubend und mordend an Graz vorbeizogen, was offenbar für die Verantwortlichen der Anlaß war, entsprechende Abwehrmaßnahmen einzuleiten. Vor allem Kaiser Maximilian I., der mit seinen Landsknechten die Ungarn wieder verjagte, war es, der die Bemühungen der steirischen Landstände um den Aufbau einer Rüstkammer und einer eigenen Waffenproduktion tatkräftig unterstützte. Er schickte aus seiner Innsbrucker Werkstatt eigens einen erfahrenen Plattner nach Graz, um so zur Verbesserung der Harnischfertigung beizutragen. Gleichzeitig förderte der Kaiser die Eisengeschütz- und Büchsenerzeugung des Sebald Pögl in Thörl. Aus dieser Zeit stammen, wie dem Katalog des Landeszeughauses zu entnehmen ist, die frühesten Waffen. So z. B. die drei eisengeschmiedeten Falkonette, die drei doppelläufigen Ladenbüchsen, der Stubenbergische Roßharnisch und ein Teil der Riefelkürasse.
Als die Türken bald nach dem Regierungsantritt Kaiser Ferdinands I. ihre Angriffe wiederholten, über die Oststeiermark, ohne Volk und Land zu schonen, bis nach Wien vorstießen und die Stadt 1529 und nochmals 1532 belagerten, forcierte Ferdinand die Neubefestigung der Städte und Märkte im Süden und Osten des Landes. Zu diesem Zweck holte er zahlreiche italienische Baumeister ins Land. Außerdem waren es die ständigen Einfälle in Krain, die ihn für einen wirksameren Schutz der Südgrenze Sorge tragen ließen. Auch eine Vergrößerung und Modernisierung des Geschützparks erwies sich als notwendig. Der Rotgießer Hans Durink und der königliche Büchsengießer Michael Tobler aus Wien, der ab 1549 für die Steiermark Geschützrohre zu gießen begann, wurden berufen. Da das Kriegsmaterial auf diese Weise immer besser und umfangreicher wurde, war man bald genötigt, einen eigenen Zeugwart anzustellen, der für die Verwahrung und Wartung der vorhandenen Waffen zu sorgen hatte.

Im Jahr 1551 ist der erste Zeugwart nachweisbar erwähnt, im selben Jahr kam auch die Bezeichnung Zeughaus für die Gesamt-

heit der Räumlichkeiten auf, in denen die Waffen untergebracht waren. Diese Räumlichkeiten waren aber damals noch über die Stadt verstreut und befanden sich in Gewölben und Kammern im älteren Landhaus sowie bei den verschiedenen Stadttoren.
Das erste Inventar der Waffen liegt aus dem Jahr 1557 vor, darin sind 19.400 Objekte angeführt, wobei allerdings auch die Geräte für den Geschütztransport und die Munition miteingeschlossen waren. Daneben sind 238 Landsknechtspieße und eine geringe Zahl von Harnischen verzeichnet. Handfeuerwaffen und Blankwaffen fehlen überhaupt.
Erzherzog Karl von Innerösterreich zählte bald nach Antritt seiner Regentschaft in Graz im Jahr 1564 die Bewaffnung und Landesverteidigung zu seinen vordringlichsten Aufgaben. Er war es auch, der in der Hofgasse unweit der Burg ein neues größeres Hofzeughaus und eine Dependance auf der Schloßbergfestung errichten ließ. Zugleich wurde ein innerösterreichischer Hofkriegsrat in Graz installiert. Die Stände hinwiederum gewannen durch den Neubau des Landhauses in der Herrengasse, der, wie wir früher erfahren haben, im Jahr 1565 vollendet wurde, einen neuen Raum für ihre Waffen.
Die Schwierigkeiten mit den Türken nahmen trotz des offiziellen Friedens von Adrianopel im Jahr 1568 ständig zu, so daß Karl gezwungen war, verstärkte Verteidigungsmaßnahmen Innerösterreichs einzuleiten. Dabei wurde er vor allem durch interne Glaubenskämpfe behindert: zwischen dem katholischen Landesfürsten und dem weitgehend protestantischen Adel brachen immer wieder religiöse Streitigkeiten aus. Dem Erzherzog blieb schließlich nichts anderes übrig, als durch konfessionelle Zugeständnisse die zur Grenzverteidigung dringend benötigten Gelder aufzutreiben. So kam es zu einer Neuausrüstung der Truppe, wobei das Material vor allem in Augsburg und Nürnberg, aber auch von heimischen Werkstätten bezogen wurde.
In dieser Zeit tauchen neben der bisher üblichen mitteleuropäischen Bewaffnung auch neue Waffentypen auf. Wie Peter Krenn in

einem Aufsatz schreibt, gelangt neben dem deutschen Tabulharnisch, der hauptsächlich aus Nürnberg bezogen wurde, der geschobene husarische Harnisch in Verwendung, auf den einige Grazer Plattner spezialisiert waren. In gleicher Weise tritt neben die Sturmhaube die husarische Haube, neben das Reitschwert und den Zweihänder der Säbel und die Dusegge. Mit diesen Waffen, so stellt Krenn weiter fest, wurden die an der windisch-kroatischen Grenze stationierten rund 6000 Husaren, Arkebusierreiter und deutschen Knechte ausgerüstet sowie das steirische Landesaufgebot, das man nach den Vierteln des Landes ausmusterte.

Die Schwierigkeiten mit den Türken wollten nicht enden. Nach einem Sieg innerösterreichischer Truppen im Jahr 1593 bei Sissek folgte ein dreizehnjähriger Krieg, der auch große Gefahren für die Steiermark heraufbeschwor. Als der seit 1595 regierende Erzherzog Ferdinand von Innerösterreich einen Gegenfeldzug startete, scheiterte das Unternehmen. Zum Glück waren aber die Türken auch mit den Persern in Händel verwickelt, so daß sie die Schwäche unseres Landes nicht ausnutzen konnten. So kam es schließlich 1606 zum Frieden von Zitva-Torok. Trotzdem rüsteten die Stände weiter, wozu sie vor allem durch die ständigen Übergriffe der Ungarn veranlaßt wurden.

Nach dem östlichen machte sich nun ein westeuropäischer Einfluß auf die Art der Bewaffnung bemerkbar. Aus dem Jahr 1629 ist ein Inventar erhalten, das bereits 85.000 Waffen ausweist, die sich im Besitz der Landstände befunden haben. Die Aufbewahrung einer so großen Zahl von Waffen brachte selbstverständlich Raumprobleme mit sich.

Der bekannte Reiseschriftsteller Martin Zeiller, der Graz einen Besuch abstattete, schreibt darüber wie folgt: „So haben auch die Hochlöblichen Landstände in deren ansehnlich erbauten Landhauß in der Herrengasse gelegen ein Zeughauß, welches mit groben Stücken Rüstungen und Munition ziemlich versehen ist. Aber schad ist es, daß alles so eng beysammen seyn und übereinanderliegen muß.“

Auf daß nicht mehr alles so übereinanderliegen müsse, entschlossen sich die Stände, neben dem Landhaus ein Gebäude zu kaufen und den aus der Schweiz zugewanderten Baumeister Anton Solar im Jahr 1642 zu beauftragen, ein Zeughaus zu errichten. Wie man feststellen kann, hielt sich der Schweizer im Baustil stark an das Vorbild, das ihm die Italiener mit der Errichtung des Landhauses gegeben hatten. Einen besonderen künstlerischen Akzent setzte er nur durch das große, prunkvolle Portal mit den Seitennischenstatuen des Mars und der Bellona. In der Gebälkkrone des Portals befinden sich die fünf Wappenschilder und Namen der ständischen Verordneten aus dem Jahr 1644, über allem aber prangt der steirische Panther.

Die Raumaufteilung in dem neuen Gebäude erfolgte so, daß sich im Erdgeschoß eine große gewölbte Halle befand, in der die Geschütze und Bedienungsgeräte, die Munition und die Protzwägen untergebracht waren. Von diesem Raum führten drei große Tore in den Landhaushof, der damals noch durch ein Kanzleigebäude abgetrennt war. Über der Halle erstreckten sich vier gleich hohe, durch Tramdecken unterteilte Säle, die über einen Zugang erreichbar waren.

Die Verantwortung für die ordnungsgemäße Wartung der Waffen trug der von den Landständen gestellte Zeugwart. Zu seiner Hilfe wurden ihm einige Geschützmeister und Zeugschlosser beigegeben. Er erhielt zu Ende des 17. Jahrhunderts ein Jahresgehalt von 450 Gulden. Außerdem wurden ihm 50 weitere Gulden zur Verfügung gestellt, damit er sich einen Schreiber halten konnte, der über alle Neuankäufe Buch führen mußte.

Den letzten umfangreichen Kauf von Kriegsmaterial für das Landzeughaus gab es im 17. Jahrhundert, als der zweite Türkenkrieg Leopolds I. eine glückliche Wende brachte. Zur Zeit der zweiten Türkenbelagerung Wiens im Jahr 1683 und für den Gegenangriff der Kaiserlichen wurden Helme, Kürasse, Steinschloßpistolen, Haudegen, Steinschloßflinten, Saufedern, spanische Reiter, Morgensterne sowie Geschütze und Munition angeschafft. Die Ankäufe müssen gewaltig gewesen sein, denn im Jahr 1699 enthält das Inventar 185.700 Objekte, womit der höchste Waffenstand erreicht war.

Der Friede von Karlowitz, der die Türkengefahr endgültig beseitigte, machte dann das Zeughaus als wichtigste Nachschubbasis für die Militärgrenze überflüssig. Es war aber als Lieferant vor allem von Steinschloßflinten in den Kuruzzenkämpfen der Jahre 1704 bis 1711, bei den Bauernunruhen in den Jahren 1737 und 1738, und schließlich bei den Abwehrkämpfen von 1741 im Verlauf des Österreichischen Erbfolgekrieges von Bedeutung. Eine letzte praktische Aufgabe fiel dem Landeszeughaus bei der Bewaffnung von Rekruten zu, weil diese Bewaffnung bis 1748 Ländersache blieb.

Ausgerechnet Kaiserin Maria Theresia war es dann, die die ernsteste Gefahr für das Grazer Zeughaus heraufbeschwor. Die Kaiserin hob nämlich die innerösterreichische Kriegsstelle in Graz auf und wollte die Bewaffnung und Versorgung des Heeres zentral von Wien aus durchführen. Im Zusammenhang damit wollte sie auch das Zeughaus auflassen und alles Brauchbare dem Hofkriegsrat übereignen; die veralteten Waffen sollten zum Metallwert verkauft werden. Die Steirer richteten jedoch ein dringliches Gesuch an die Monarchin, von ihrem Vorhaben abzulassen. Das Gesuch wurde angenommen, und das Zeughaus war gerettet. Zumindest vorerst. Als Bedingung für das Belassen der Sammlung wurde nämlich verlangt, daß die öffentliche Kasse nicht damit belastet werden dürfe. Aus diesem Grund sah man sich bald gezwungen, das Geld für die Erhaltung der wertvollen Sammlung durch den Verkauf von Waffen und Materialien aufzubringen. Im Jahr 1749 erhielt das Zeughaus außerdem einen neuen Administrator, wie die Zeugwarte nunmehr hießen. Dieser begann die Rüstkammer in eine Schaukammer umzuwandeln. Damit erhielt – so Dr. Krenn – die Sammlung die Weihe einer Gedenkstätte steirischer Kriegstüchtigkeit, einer Art Ruhmeshalle steirischen Heldentums, ohne daß man freilich noch auf historische Stichhaltigkeit Rücksicht genommen hätte. Diese aufs Optische ausgerichtete Aufstellung mit gemischten Waffenarrangements wurde auch im 19. Jahrhundert beibehalten, wobei sich weitere Waffenverkäufe als notwendig erwiesen. Den größten Verlust hatte das Zeughaus im Jahr 1805 zu beklagen, als jenes Geschütz verkauft wurde, das man 1797 vor der aus Italien anmarschierenden französischen Armee nach Novisad in Sicherheit gebracht hatte. Dieser Verkauf ist gleichzeitig ein historisches Unikum, weil sich darauf nicht der übliche Satz „Brot statt Kanonen", sehr wohl aber der Satz „Kultur statt Kanonen" anwenden läßt. Der Erlös wurde nämlich nicht für das Zeughaus, sondern für den Wiederaufbau des abgebrannten ständischen Theaters verwendet. Die Gefahr einer Verunstaltung des Zeughauses durch die Umwandlung der vier Obergeschosse in zwei hohe Hallen konnte abgewendet werden und das Zeughaus im Originalzustand erhalten bleiben.

Die letzte Waffenausgabe erfolgte im Revolutionsjahr 1848 an die Nationalgarde, das Studentenfreikorps und verschiedene Polizeipatrouillen. Wie nicht anders zu erwarten, wurde nur ein Teil der Waffen wieder zurückgegeben. Im Jahr 1874 kam es zu einer letzten Verkaufsaktion von Blank- und Handfeuerwaffen, ohne daß allerdings der entsprechende Erfolg eintrat.

Da von seiten des 1811 gegründeten Landesmuseums Joanneum auch die entsprechenden Fachleute zur Verfügung standen, gab es nichts mehr, was ein Widerstand dagegen sein hätte können, das Zeughaus so zu belassen, wie es ist, und als wissenschaftlich betreute Sammlung weiterzuführen. Der Sohn Erzherzog Johanns, Franz Graf Meran, und der Joanneums-Kustos Dr. Fritz Pichler übernahmen schließlich die Riesenarbeit, die ornamental angeordnete Aufstellung wieder aufzulösen und so einzurichten, wie sie sich im 17. Jahrhundert dargeboten haben dürfte.

Im Jahr 1882 wurde das Landeszeughaus dem Publikum zugänglich gemacht und zehn Jahre später dem Landesmuseum Joanneum als Abteilung eingegliedert. Alles schien also geordnet und gesichert.

Dennoch sollten noch zwei schwere Prüfungen zu bestehen sein. Die erste kam, als nach dem Ersten Weltkrieg internationale Händler versuchten, einige der besten Stücke zu erwerben. Von seiten der Landesregierung hätte man damals eine derartige Aufbesserung der Finanzen nicht ungern gesehen. Aber das Kuratorium des Joanneums trat mutig auf den Plan und konnte die Verantwortlichen schließlich von ihrem Vorhaben abbringen. Während des Zweiten Weltkrieges verlagerte man die Bestände des Landeszeughauses still und leise in drei steirische Schlösser und konnte auf diese Weise die Sammlung retten. Sie konnte nahezu ohne Verluste nach Graz zurücktransportiert werden, so daß es möglich war, das Landeszeughaus bereits im April 1946 wieder dem Publikum zugänglich zu machen. Seit dieser Zeit erfreute es sich – in den letzten Jahren unter der initiativen Leitung von Dr. Peter Krenn – einer ständig steigenden Besucherzahl.

Die drei Säcke und das Paradeis

Die Fortsetzung der Herrengasse nach Norden bildet die Sackstraße, die in längst vergangenen Zeiten durch drei Tore in ebenso viele „Säcke" aufgeteilt war. Auch über die Entstehung dieser drei „Säcke" gibt es, wie über so vieles in Graz, eine Sage.

Der Teufel hatte wieder einmal nichts zu tun. Als er darüber nachdachte, wie er sich die Zeit vertreiben und die Menschen so recht ärgern könnte, fiel ihm nichts besonders Gescheites ein, und er dachte weiter nach. Und weil das Denken für den Teufel gar so schwer ist, hatte er zuletzt nur noch einen recht dummen Einfall. Er überlegte: Wie wär's, wenn ich einmal einen Berg aus der Obersteiermark ins Welschland trüge? Wie gedacht, so getan. Er brach von einem riesigen Berg in der Obersteiermark (von welchem, ist in der Sage nicht überliefert) gewaltige Felsbrocken los und stopfte sie in drei Säcke. Die nahm er auf seine breiten Schultern und flog damit nach Süden, gegen das Welschland hin. Als er mit dieser Last über das Grazer Feld kam, rissen die Säcke, und die Felsblöcke fielen auf die Erde. Auf diese Weise entstanden der Schloßberg, der Kalvarienberg und der Rainerkogel. Der Teufel wurde von einer furchtbaren Wut erfaßt, daß er die Steine verloren hatte, und warf auch gleich die leeren Säcke zur Erde. Diese fielen ausgerechnet in das Gebiet zwischen der Mur und dem Schloßberg nieder, und so sollen die drei Säcke von Alt-Graz entstanden sein. Die drei Sacktore trennten das Gebiet zwischen dem Hauptplatz und der Mündung des ehemaligen Mühlganges (er wurde 1977 aufgelassen) in die Mur, gegenüber den noch heute angedeuteten Resten der ehemaligen Befestigungsanlagen am Fuß des Schloßbergs. Das erste Sacktor befand sich etwa dort, wo heute das Palais Attems steht; es dürfte dem Bau eben dieses Palais im

Jahr 1706 zum Opfer gefallen sein. In einem Stadtplan aus dem Jahr 1710 ist es jedenfalls nicht mehr verzeichnet. Nach einer Darstellung der Stadt aus dem Jahr 1653 war dieses Tor ein viereckiger, nicht sehr hoher Turm mit einem spitz zulaufenden Walmdach.

Das zweite Sacktor, das in ähnlicher Gestalt gegen Ende des 15. Jahrhunderts errichtet wurde, stand etwa dort, wo sich die Sackstraße mit dem Schloßbergkai vereinigt. Dieses Tor wurde im Jahr 1835 abgetragen.

Das dritte Sacktor, das ebenso wie das äußere Paulustor zwischen 1620 und 1625 errichtet worden sein dürfte, bildete den Ausgang der Stadt nach Norden und stand am Ende des Schloßbergkais, wobei die Ziegelmauer neben dem heutigen Haus Schloßbergkai Nr. 62 genau den Standort bezeichnet. 1836 fiel es der Vergrößerung des städtischen Inquisitenhauses zum Opfer. Das dritte Sacktor trug an seiner Außenseite im Giebelfeld über dem Torbogen den kaiserlichen Doppeladler und ein steirisches Panther-Wappen. Zur Mur hin lehnte sich das kleine rechteckige Torgebäude, das einen engen Lichthof umschloß, an die Sackbastion, auf der in den Jahren 1829 und 1830 der Magistrat das bereits erwähnte städtische Inquisitenhaus errichten ließ.

Aber zurück zum Anfang der Sackstraße beim Hauptplatz, wo wir unseren Weg durch eine der belebtesten Geschäftsstraßen von Graz beginnen wollen. Hier stoßen wir zunächst auf das mächtige Eckhaus, in dem das Café „Nordstern“ untergebracht ist, das früher einmal „Zum Polarstern“ hieß. Dieser „erste Sack“ war das Wohngebiet der sogenannten feineren Herrschaften, weshalb er auch „Herrensack“ genannt wurde. Hier befand sich neben dem „Polarstern“ das um 1870 eröffnete „Weintaler'sche Caféhaus“, welches das erste und damals einzige Café in Graz gewesen sein soll, in dem auch „Damen“, oder wie man damals sagte, „Frauenzimmer“ der Zutritt gestattet war. Geht man ein paar Schritte weiter, so kommt man zum Gasthaus „Zum Bierjackl“, das sich mit seinem schmalen Hof zum Schloßberg hinzieht. Von diesem

Hof aus kann man das Gartenhaus des Palais Saurau in der Sporgasse sehen. Früher befanden sich im Haus des „Bierjackl" „Der Wirt in der Grueb" und später das Brauhaus „Zum weißen Hirschel".

Genau gegenüber liegt das traditionsreiche Hotel „Erzherzog Johann", das seinen Weg vom mittelalterlichen Einkehrgasthof für Kaufleute mit, wie es im Jahr 1595 einmal beschrieben wurde, „Stuben, Stibel, Kämmer, Speisekämmer, Kuchl und Stallerl" zum Innenstadthotel genommen hat. Eine Besonderheit des Hotels ist der romantische, gedeckte Innenhof mit seinen Balkonen, der als Wintergarten benutzt wird und in dem in früheren Zeiten die Equipagen der vornehmen Gäste abgestellt waren. Haussymbol ist ein Porträt des steirischen Prinzen im Erzherzog-Johann-Stüberl; in der Mitte des 19. Jahrhunderts hat sich ein Herr Sonnhammer von Erzherzog Johann selbst die Erlaubnis erbeten, dessen Namen für sein Hotel benützen zu dürfen. Blättert man im Gästebuch, so stößt man auf prominenteste und prominente Namen. Maximilian, der spätere Kaiser von Mexiko, ist hier auf seiner Reise nach Schloß Miramare ebenso abgestiegen wie Erzherzog Friedrich, Prinz Auersperg und Comtesse Marie Meran, die hier ihre Hochzeit feierten. Aber auch berühmte Künstler waren zu Gast, so z. B. Wilhelm Kienzl und Leo Slezak, der sich hier auf seine Auftritte in der Grazer Oper vorbereitete. Des weiteren finden wir im Gästebuch die Namen Roda Roda, Karl Böhm, Karl Schönherr, Robert Stolz und Zarah Leander.

Vom „Bierjackl" sind es nur wenige Schritte bis zum nächsten renommierten Gasthaus, zum „Krebsenkeller". Hier führt ein schmaler Verbindungstrakt hinein in einen der intimsten und romantischsten Höfe von Graz, wo man bei warmem Wetter gemütlich im Freien bei Speis und Trank sitzen kann. Der vordere Teil des Hauses ist bereits im Jahr 1402 erwähnt, später, etwa im Jahr 1538, wird der Hofbau vom Kaiserlichen Rat Jörg von Klaindienst zu Wachseneg errichtet, den man als den ersten Wirt bezeichnen könnte. Zu seinem Wahrzeichen, dem roten Krebs, ist

das Haus erst im Jahr 1870 gekommen, als das in der Murgasse gelegene Kolonialwarengeschäft „Zum roten Krebsen“ in das Haus Sackstraße 12 verlegt wurde. Doch wie ist aus dem Kolonialwarengeschäft eine Weinstube geworden? Die Antwort ist einfach. Die ursprünglichen Besitzer Klaindienst besaßen so viele Weingärten in der Untersteiermark, daß sie den Wein nicht selbst verbrauchen konnten. Also ging man im Jahr 1538 daran, wenn das auch nicht gerade offiziell erlaubt war, sogenannte Trinkstuben einzurichten, die sich dort befanden, wo heute die beiden Extrazimmer des Krebsenkellers (links im Hof) liegen. Der Wein wurde in kühlen Gewölben des Schloßbergs aufbewahrt, und eine Sage erzählt, daß ein geheimer Gang hinauf bis zur Stiegenkirche geführt haben soll. Vertraut man den Chronisten, so muß es ein recht trinkfreudiges Völkchen gewesen sein, das hier im „ersten Sack“ die Freuden des Weines genoß. So sollen beispielsweise am 14. Mai 1596 zwei Startin Luttenbergerwein ausgeschenkt worden sein, das sind immerhin 1050 Liter; am 9. September desselben Jahres waren es sage und schreibe 2100 Liter. Die Gemütlichkeit hat sich der Krebsenkeller bis heute erhalten, und zwar nicht nur im Hof, von dem aus man zum Uhrturm hinaufschauen kann, sondern auch in den Gasträumen, von denen das sogenannte „Voitstüberl“ besonders erwähnt sein soll. Hier hängen zahllose Porträtskizzen von der Hand des Grazer Malers und Bildhauers Robert Voit, die er an Ort und Stelle von Grazer Persönlichkeiten angefertigt hat und die dem Raum seine Atmosphäre verleihen.
Verläßt man den Krebsenkeller und geht weiter durch die Sackstraße, kommt man zum Haus Nummer 16, dem prunkvollen ehemaligen Palais Herberstein mit großartigen Treppenaufgängen und Rokokostukkaturen. In diesem Haus mit dem prachtvollen Hinterhof befindet sich heute die Neue Galerie des Landes Steiermark, eine Heimstätte der modernen Kunst. Im Palais Herberstein durften nach dem Theaterbrand im Jahr 1823, dem auch der Redoutensaal zum Opfer fiel, die einzig erlaubten Maskenbälle von Graz stattfinden.

Das anschließende Palais Khuenburg, das Haus mit der Nummer Sackstraße 18, ist das Geburtshaus des 1914 in Sarajevo ermordeten Thronfolgers Franz Ferdinand, der hier am 18. Dezember 1868 um 7 Uhr früh, unter dem Geläute der Schloßberg-Liesl, das Licht der Welt erblickte. In dem prunkvollen Gebäude ist seit kurzem das Grazer Stadtmuseum untergebracht, das aus dem Schloß Eggenberg in das Stadtinnere verlegt wurde. Der Direktor des Museums, Dr. Steinböck, versucht mit Erfolg, ein lebendiges Museum daraus zu machen, so zum Beispiel durch die Einrichtung eines Joseph-Marx-Zimmers mit Originalmöbeln, in dem Werke des Komponisten zur Aufführung kommen. Das schöne Haus, dessen Fassade im Jubiläumsjahr der Stadt Graz, im Jahr 1978, erneuert wird, hat eine stolze Tradition. Um 1600 trug es den Namen der Schrattenbacher, die zu dieser Zeit in dem Palais wohnten. 1700 kam es dann in den Besitz der Familie Khuenburg, deren Namen es auch heute noch trägt. Zwischen den beiden Weltkriegen war in dem Haus ein Gymnasium untergebracht, später ein Postamt. Im Zug des Umbaues zum Stadtmuseum wurden übrigens in den Fensternischen spätbarocke Fresken aus dem 18. Jahrhundert freigelegt.

Auf das Palais Khuenburg folgt das Haus Sackstraße 20, das wohl älteste Haus von Graz, der sogenannte „Reunerhof“. Diesen Namen trägt das Haus deshalb, weil dem Kloster Rein bei Graz im Jahr 1164 vom Markgrafen Ottokar III. drei Hofstätten geschenkt wurden, die den Grundstock für den späteren Reunerhof bildeten. Das Haus, das seine Breitseite dem Schloßbergplatz zuwendet, barg die Keller zur Einlagerung von Wein und anderen Waren, welche die Mönche in der Stadt verkauften. Wie das Haus in seiner Urform ausgesehen hat, ist heute nicht mehr feststellbar, man kann nur wegen seiner exponierten Lage an der Stadtmauer annehmen, daß es nicht, wie die übrigen Häuser im Sack, aus Holz, sondern aus festem Stein gefügt war.

Dem Reunerhof gegenüber liegt, Sackstraße Nr. 17, das restaurierte Palais Attems, dessen Anblick von der Schloßbergstiege aus

besonders beeindruckt. In diesem Haus, in dem nicht nur die Schauseiten durch Stuckzierate geschmückt sind, wurden auch die Innenseiten des Arkadenhofes aus der Renaissancezeit als geschlossene Palastfassade gegliedert. Das Dach über der Eingangsfront mit seinen drei verbundenen Walmen erinnert an italienische Vorbilder. Das Hauptportal des Hauses ist vom Ehewappen der Attems-Wurmbrand gekrönt. Es bezieht den Halbstock und vier Fenster mit ein und trägt einen hervorragend gegliederten, erkerartig vorspringenden Balkon. Die Vorhalle, die reichen Stukkaturschmuck aufweist, reicht bis zum Hof und enthält auf beiden Seiten eine mächtige Freitreppe.
Eine hervorragende Beschreibung dieses Palais findet sich im Werk „Vom alten Graz", das Konrad Steiner im Jahr 1951 im Selbstverlag herausgebracht hat: „Prunkvolle Türrahmungen schmücken den durch zwei Pfeiler und drei Bögen geteilten eindrucksvollen Raum, der um 1700 vollendet wurde. Das links von der Vorhalle eingebaute, abwechselnd ein- und zweiläufige Treppenhaus besitzt Stukkaturen von Domenico Bosco aus dem Jahr 1706 und ein Deckenfresko von Matthias von Görz. Das Deckenfresko ‚Vergänglichkeit und Ewigkeit' im Vorsaal des zweiten Stockwerkes wurde 1705 vom selben Künstler geschaffen. Die Repräsentationsräume der beiden Hauptgeschosse enthalten auf Leinwand gemalte Deckenbilder allegorisch-mythologischen Inhalts von Franz Karl Remp. Spuren ungültiger Pinselstriche beweisen, daß die Bilder während ihrer Ausführung geändert worden sind. Sie entstanden vor 1710. Domenico Bosco und Carlo Francesco Casa Grande haben sie mit abwechslungsreich gestalteten Stukkaturen umgeben. Mitunter ragen naturalistisch gebildete plastische Figuren aus dem gemalten Deckenbild hervor. Im zweiten Stock befindet sich die Gemäldegalerie mit Meisterwerken des 15. bis 17. Jahrhunderts. Der rückwärtige Trakt enthält trotz der den anderen Flügeln angeglichenen hofseitigen Außenarchitektur in fünf Geschossen einfach ausgestattete Wohnräume."
An das Palais Attems in Richtung Mur schließt sich der einstöckige

Renaissancebau des Admonter Hofes an, der einmal Teil der Stadtmauer gewesen sein soll. Schöner künstlerischer Schmuck, wie z. B. profilierte Holzportale, Stuckarbeiten und auch Deckenfresken sind heute der Öffentlichkeit kaum zugänglich, weil im Admonter Hof Lager- und Kanzleiräume des Kaufhauses Kastner & Öhler untergebracht sind. Hervorstechend sind der wunderschöne Renaissanceerker an der Ecke des Admonter Hofes und das Admonter Stiftswappen, das sich gemeinsam mit der Jahreszahl 1635 am murseitigen Flügel über dem hofseitigen Eingang befindet. Am 30. März 1945 wurde ein Teil des dem Murkai zugekehrten Traktes durch Fliegerbomben zerstört und in dankenswerter Weise von der Firma Kastner & Öhler, die seit 1935 Eigentümerin des Admonter Hofes ist, wiedererrichtet.
Auf das Palais Attems folgt in Richtung Hauptplatz das sogenannte Kleine Palais Attems mit der Hausnummer 15, ein vornehmer Barockbau, der durch eine Hausmadonna mit Lichtträgern oberhalb des Tores ins Auge springt. Dann folgen die Gebäude des Alpenlandkaufhauses Kastner und Öhler, dessen Leitung es zu danken ist, daß bei der modernen Ausgestaltung des Inneren die Originalfassade erhalten wurde.
Seine Gründung verdankt dieses Kaufhaus mehr oder weniger einem Zufall. Karl Kastner versäumte 1883 auf einer Reise nach Agram in Graz den Zug. Um seinen Ärger zu vergessen, spazierte er durch die Stadt, wobei er den Entschluß faßte, nach seinen Kaufhäusern in Troppau, Olmütz und Agram auch in Graz ein Geschäft aufzumachen. So entstand das erste österreichische Kaufhaus mit einem Hallenbau.
Doch spazieren wir nun aus dem vornehmen „ersten Sack“ in Richtung „zweiter Sack“! Haben wir das Reunerhaus bzw. das Palais Attems passiert, so öffnet sich links und rechts ein Plätzchen. Der rechte Platz reicht bis zum Kriegersteig, der auf den Schloßberg führt, der linke macht den Blick auf die Dreifaltigkeitskirche frei, die zum früheren Ursulinenkloster und zum heutigen Haus der Schulschwestern gehört. Vor der Dreifaltigkeitskirche

befand sich früher der Fischmarkt von Graz, der seit dem Jahr 1625 abgehalten wurde. Die Kirche wurde in den Jahren 1694 bis 1704 von den Ursulinen im italienischen Spätbarockstil als Wandpfeilerkirche nach römischen Vorbildern erbaut. An der Außenseite der Kirche besticht vor allem ein Dreifaltigkeitsrelief am Giebel, das man auch von der Schloßbergstiege aus gut sehen kann. Im Inneren der Kirche findet sich eine Spätrenaissancekanzel, die im Jahr 1699 geschaffen wurde und von großem künstlerischen Wert ist. Sie ist aus schwarzlackiertem Lindenholz gefertigt. Ebenholzfüllungen wurden ebenso verwendet wie Bein- und Steineinlagen. Das Hochaltarbild, das die Heilige Dreifaltigkeit darstellt, malte Johann Veit Hauckh im Jahr 1702. Die Barockfiguren am Hauptaltar, die die Heiligen Hyronimus, Gregorius, Ambrosius und Augustinus darstellen, stammen wahrscheinlich von Philipp Jakob Straub.
Schräg vis-à-vis der Ursulinen-Kirche befindet sich das Haus mit der Nummer 22, ein Spätrenaissancebau mit einem Steinportal, einer Hausmadonna und dem Doppeladler Maria Theresias, die sogenannte „Alte Münze". Eine Tafel zeigt an, daß sich hier ab 1756 die Grazer Münzprägeanstalt befand. Die erste Münzwerkstätte hatte sich allerdings schon viel früher auf dem Grazer Schloßberg befunden, wo die sogenannten „Gräzer Pfennige" geschlagen wurden. Sie haben einen besonderen Seltenheitswert dadurch erlangt, daß sie mit der deutschen Aufschrift „Graz" versehen sind. Später wanderte dann die Münzwerkstätte in das Haus Hofgasse 3, gegenüber dem Hofbäcker, das wir schon kennengelernt haben.
Hier, im „zweiten Sack", rund um die „Alte Münze", befand sich das Viertel der Lederer, wobei einige Historiker annehmen, daß das kurze Gäßchen, das an der südlichen Seite des Palais Attems hinaus zum Admonter Hof und zur Mur führt, einmal Lederergasse geheißen hat. Jedenfalls hatten hier die Lederer und Weißgerber ihre Werkstätten. In diesem Viertel befanden sich außerdem vor der Stadtmauer bis ins 16. Jahrhundert einige Mühlen. Hier

stand auch das bekannte Weißgerberhaus (heute Sackstraße 23) „Zu den blauen Böcken", das durch zwei mächtige, gegeneinander springende Ziegenböcke oberhalb des Eingangstores gekennzeichnet war.

Am 3. August 1607 wütete in den Säcken eine riesige Feuersbrunst, der beinahe das ganze Viertel, soweit es nicht fest gemauert war, zum Opfer fiel. Vergeblich hatten die Leute versucht, das Feuer zu löschen, indem sie in einer langen Reihe die Eimer voll Wasser aus der Mur hinaufreichten und in die Flammen gossen. Angeführt vom Stadtpfarrer, der auf dem Brandplatz erschienen war, flehten sie zu Gott um Hilfe. Tatsächlich ließ das Feuer nach, aber vom zweiten Sack an bis zur Mur war die Stadt nur noch eine wüste Brandstätte. Immerhin war die restliche Stadt verschont geblieben, und die Grazer hielten das Versprechen, das sie während des Brandes gegeben hatten, und zogen alljährlich in einer Dankprozession zur Florianikirche auf dem Florianiberg bei Straßgang westlich von Graz. Hier erinnert noch heute rechts vom Hochaltar ein altes Bild an diesen für Graz so schrecklichen Tag.

Außerhalb des zweiten Sacktores lag der „dritte Sack". Es handelte sich um einen hauptsächlich aus Holzhäusern gebauten Stadtteil, der sich zur linken Seite der Straße bis zur Mur erstreckte. Hier wurde die sogenannte „Blumentelegraphie" erfunden. Bei einer Belagerung der Stadt stellten die Bewohner des dritten Sacks ihre Blumenstöcke auf eine ganz bestimmte Weise in die dem Schloßberg zugewandten Fenster, um den Verteidigern auf dem Berg entsprechende Nachrichten zukommen zu lassen. Heute stehen nur noch die bergseitigen Gebäude des Viertels, die Häuser an der Mur mußten den Kaianlagen weichen. Auf der Bergseite finden wir noch einen lebhaften Wechsel von interessanten alten Hausformen, in die nur zwei Neubauten eingefügt sind. Einer davon ist das Haus der Schloßbergbahn, der einzigen Standseilbahn der Steiermark, die von einer Seehöhe von 335 m auf eine Seehöhe von 461 m, nämlich auf den Schloßberg führt.

In diesem „dritten Sack" mit seinen malerischen Häusern befand sich bis zum 18. Jahrhundert auch eine der ersten Badeanstalten mit hölzernen Badewannen, die sich großer Beliebtheit erfreute. Um die Mitte des 19. Jahrhunderts wurde dieses Etablissement durch eine größere Anstalt abgelöst, in der es schon fünfzehn Badezimmer, kalte und warme Duschen sowie Schwitzkästen und ein russisches Dampfbad gab. Eine besondere Attraktion dieser Anstalt war es, daß sie zu niederen Preisen an Privathäuser Badewannen auslieh, damit die Grazer ihrem Reinlichkeitsbedürfnis in den eigenen vier Wänden nachkommen konnten. In der Sackstraße gab es bereits im Jahr 1335 das erste öffentliche Bad, das allerdings den Schönheitsfehler hatte, daß es sein Wasser aus einem verschmutzten Seitenarm der Mur, der sogenannten Chotmur, bezog.

Zu den Badefreuden der Grazer bemerkt der kritische Autor der „Skizze von Grätz“: „Die Bäder gehören in den Kreis der Vergnügungen, und der Medizinalanstalten zugleich. Wo die Natur solche dem Menschen versagt, muß sie die Kunst ersetzen. Selten wird sich eine Hauptstadt rühmen, natürliche Gesundheitsquellen in ihrem Schoos (inner dem Zwinger) zu besitzen. Gleiches Schicksal hat auch Grätz. Man sucht zwar diesen Mangel durch zubereitete Bäder zu ersetzen, deren man sich in den sogenannten Wannen bedient, indem man sie nach Willkühr des Badenden mit gewärmten Wasser füllt. Solche Bäder giebt es mehrere in Grätz, als: beim Huber im dritten Sack an der Murseite, beim Flößmeister Grengg auf der untern Länd, am Mühlgang auf der Egerbergerstraße, beim sogenannten Wenzelwirth etc. Allein Jedermann sieht es leicht ein, wie unbequem der Gebrauch eines solchen Bades sey; man sitzt in der Wanne wie ein halbangeschmiedeter, ohne freye Bewegung von einem weitern Umfange. Mancher glaubt sich für seine Zufälle wohl zu rathen, wenn er sich in das warme Wasser setzt, und indem er Stärkung sucht, macht er die Nerven nur noch schlapper. Ein anderer sucht sich durch das kalte zu stärken, sitzt durch längere Zeit ohne Bewegung darinn, und kriecht halb erstarrt heraus, oder er zieht sich andere Zustände zu, von denen er zuvor nichts wußte. Der das laulichte wählt ist noch am besten daran. Nur in dem Verstande also können solche Bäder angerathen werden, wenn sie nach Umständen laulicht, mit Wein, stärkenden Kräutern, oder endlich mit Milch, die dem Körper Nahrung mittheilt, zubereitet werden; übrigens aber mögen sie höchstens nur zur äußerlichen Reinigung des Leibes, oder zur Eröffnung der Schweißlöcher dienlich seyn. Unser Murstrom, welcher fest an der Stadt vorbeifließt, dürfte in der heißen Sommerszeit das beste Bad seyn, indem er aus den reichhältigsten Mineralgebirgen Obersteyermarks entspringt, und also die feinsten Theile von Eisen, Gold, Salz und Schwefel mit sich führt. Wenn man nun die Wirkungen eines Mineralbades weiß, so kann man leicht auf die Wirkungen des Murbades schließen, die ohnehin schon durch die Erfahrung als die besten sind gefunden worden. Gleichwohl läßt der politische Grund, die Gefahr des menschlichen Lebens zu beseitigen, den gehörigen Gebrauch dieses Bades nicht zu; denn daß der Stromm reißend, und für die Badenden gefährlich ist, hat schon mancher durch seinen darinn gefundenen Tod gezeigt. Nichtsdestoweniger wünscht ein großer Theil des Grätzer Publikums einen bequemen Gebrauch des Kalten oder vielmehr des so beliebten Sturzbades an dem Murstromm haben zu können, welches aber bisher noch immer ein bloßer Wunsch geblieben ist, weil es an Unternehmern einer so heilsamen Anstalt gebricht."

Der dritte Sack gehörte immer zu den Sorgenkindern der Grazer Stadtverwaltung. Vor allem auch deshalb, weil die schmale Straße eine auch heute noch andeutungsweise erkennbare Steigung aufwies, über die Fuhrwerke nur schwer gelangen konnten.

Ein unheimliches Haus befand sich am Ende des dritten Sackes oberhalb der mächtigen Bastion, die sich an das dritte Sacktor zur Mur hin anschloß. Hier hatte man das düstere Inquisitenhaus, im Volksmund Kriminal genannt, errichtet, und mit diesem Kriminal gab es auch immer wieder Schwierigkeiten. So war der gesundheitliche Zustand der Häftlinge überaus schlecht, weil sie außer dem engen Gefängnishof keine Möglichkeit hatten, sich zu ergehen.

Krankheiten wie Skorbut, Kolik, Krätze u. dgl. häuften sich. Im Jahr 1850 wurde schließlich vom Landesgericht das auf der anderen Gassenseite gelegene Haus, das heute noch bestehende Haus Nummer 60, gemietet. Es erhielt die Bezeichnung „Kleines Inquisitenhaus". Der dazugehörige, vom zweiten Stock aus zugängliche Garten eignete sich vorzüglich für Spaziergänge der Inhaftierten zum Schloßberg hinauf. Das Problem war nur, die Häftlinge über die Straße zu bringen. Schließlich wurde die Maschinenfabrik J. Körösis Erben, die Vorgängerin der Maschinenfabrik Andritz, beauftragt, einen verglasten Gang vom Kriminal zum Kleinen Kriminal herzustellen, der im Herbst 1868 seiner Bestimmung übergeben werden konnte. Die weitverbreitete Sage, daß in diesem Spazierhof auch Hinrichtungen stattgefunden haben sollen, entspricht nicht den Tatsachen. Todesurteile wurden im Innenhof des Inquisitenhauses vollstreckt.
Man sollte seinen Weg durch die Sackstraße aber nicht abschließen, ohne dem „Paradeishof" einen Besuch abgestattet zu haben, den man beim Rückweg zum Hauptplatz durch die Kastner-&-Öhler-Passage erreichen kann. Dieser Paradeishof war die innere Begrenzung des Clarissinnen-Klosters „Im Paradeis", das aus einem Konventgebäude und einer Kirche bestand, die es allerdings nicht mehr gibt. Die Kirche stand an jener Stelle, wo sich jetzt das Haus Murgasse 12 (an der Ecke Paradeisgasse) befindet. Gegen Norden hin schloß sich an die Kirche das Konventsgebäude, zwischen diesem Gebäude und der Mur befand sich ein gepflegter Garten. Wie aus einem alten Stich ersichtlich, hatte die Kirche auch einen Turm, der wohl eine Wendeltreppe enthalten haben dürfte.

Oben: Für das große Sängerfest im Jahr 1902 wurde diese pompöse Halle auf dem heutigen Freigelände der Grazer Messe und seinerzeitigen Trabrennplatz errichtet. Noch im Oktober desselben Jahres wurde das Gebäude – hier auf einer alten Postkarte festgehalten – wieder abgetragen.

Unten: Der Grazer Hauptplatz mit seinem schönen alten Rathaus in einer Darstellung von Conrad Kreutzer aus dem Jahr 1802. Links blickt man in die Arkaden des Luegg, im Hintergrund die Stadtpfarrkirche.

ANTON

1246.

An der Stelle des heutigen Hauses Murgasse 10 stand das sogenannte „Allerheiligen Haus“, das ebenfalls zum Kloster gehörte. Bevor das Kloster im Jahr 1600 gegründet wurde, befand sich hier eine Spitalsstiftung der Eggenberger und dann, nach Erwerb durch die steirischen Stände, ab 1568 die protestantische Stiftsschule, an der unter anderem auch Johannes Kepler lehrte. Aber auch die Clarissinnen, die aus München gekommen waren, blieben nicht lange. Am 21. Januar 1782 wurde das Kloster aufgehoben und den Klosterfrauen nahegelegt, innerhalb von sechs Wochen das Haus zu verlassen. Der Wirt im Franziskanergaßl kaufte das Kloster, die Kirche wurde ebenfalls von einem Gastronom erworben, nämlich vom „Tiroler auf der Murbrücke“. Schon fünf Jahre später wurden Kirche und Kloster abgetragen und durch Privathäuser ersetzt. In diesen Privathäusern im Paradeis lebte dann lange Zeit der Komponist Wilhelm Kienzl. Heute ist der Paradeishof, der zum Alpenlandkaufhaus Kastner & Öhler gehört, einer der vitalsten Höfe der Grazer Innenstadt. Immer wieder locken Veranstaltungen, seien sie kultureller oder kommerzieller Art, Einheimische und Gäste an.
Man schließt den Spaziergang am besten mit einem Bummel in die Murgasse ab, die man entweder durch die Paradeisgasse erreicht, an deren Einmündung etwa das innere Murtor stand, oder aber durch die schmale Badgasse, in der sich bis vor wenigen Jahren das sagenumwobene Lokal „Boheme“ befand. Die „Boheme“ war selbst in Hamburg und Berlin bekannt und wurde von Universitätsprofessoren ebenso besucht wie von Künstlern.

Oben: Die heutige Drehscheibe des öffentlichen Verkehrs von Graz, der Jakominiplatz, auf einer Postkarte aus der Zeit der Jahrhundertwende. Im Zentrum stand damals noch jene Mariensäule, die heute den Eisernen-Tor-Platz schmückt.

Unten: Seinerzeit Staatsbahnhof genannt und in seiner Gestalt fast unverändert noch heute als Ostbahnhof erhalten ist dieser Gebäudekomplex, hier auf einer Postkarte aus dem Jahr 1901.

Der unfreiwillige Gastarbeiter

In Graz wird es, auch wenn die derzeitige Gastarbeiterwelle einmal völlig abebben sollte, zumindest einen, wenn auch unfreiwilligen, Gastarbeiter aus der Türkei geben. Dieser Gastarbeiter ist hier allerdings schon seit dem Jahr 1532 zu finden. Seit damals schaut ein holzgeschnitzter Türke, mit Schwert und Schild bewaffnet, aus einer Dachluke des Palais Saurau am oberen Ende der Sporgasse, knapp unterhalb jenes Platzes, wo bis zum Jahr 1846 das innere Paulustor stand.

Wie ist nun der Türke, dessen farbenprächtiges Original im Grazer Stadtmuseum zu sehen ist, in diese Dachluke gekommen? Nach einer Sage waren im Jahr 1532 wieder einmal die Türken in die Steiermark eingefallen. Eine Abteilung von etwa viertausend Mann drang bis Graz vor, ihr Anführer war der türkische Feldherr Ibrahim Pascha. Die Einwohner von Graz flüchteten auf den Schloßberg. Während der Belagerung wohnte Ibrahim Pascha in einem der schönsten Häuser von Graz, nämlich im Haus der Grafen Saurau. Eines Tages saß nun Ibrahim Pascha mit seinem Gefolge gerade beim Mittagessen im Hof des Palastes, als plötzlich vom Schloßberg herab eine Kanonenkugel mitten in die Schüssel mit dem Braten fiel. Erschrocken schaute der Pascha auf, dann wurde er zornig und schrie: „Wenn ich diesen heißen Ofen nicht haben kann, so mag ich auch die kalte Stube nicht!" (Mit anderen Worten: „Wenn ich die Festung auf dem Schloßberg nicht haben kann, so mag ich auch die Stadt nicht.") Er hob die Belagerung auf und zog mit seinem Heer ab. Zur Erinnerung an diesen Meisterschuß vom Schloßberg wurde der hölzerne Türke in der Dachluke angebracht, von wo aus er noch immer dem schönen Braten nachschaut.

Die Gelehrten allerdings sind der Auffassung, daß der wehrhafte Türke des Palais Saurau als Hauszeichen zu betrachten ist.
Aber nicht nur der hölzerne Türke ist unfreiwillig in Graz geblieben. Umgekehrt haben auch die Türken viele Menschen verschleppt, und abenteuerlustige junge Menschen sind mit dem türkischen Heer mitgezogen. Im türkischen Reich schien vielen von ihnen eine märchenhafte Karriere zu winken.
Es ist überliefert, daß der Grazer Uhrmacher Oswald Kayser in Konstantinopel als Furier gedient haben soll. Ein Mahmud aus Graz brachte es gar bis zum Truchseß, und am höchsten stieg ein gewisser, ebenfalls aus Graz gebürtiger Ahmed, der eine kaiserliche Prinzessin ehelichte und in den Jahren 1579 bis 1580 als Großwesir eine der höchsten Würden des Osmanischen Reiches bekleidete.
Das Palais Saurau mit seinem efeubewachsenen Arkadenhof wurde schon 1564 vom Schloßhauptmann von Graz, dem Freiherrn von Windischgrätz, erbaut und von dessen Erben im Jahr 1692 an den Grafen Karl von Saurau verkauft. Der Graf war es, der zusammen mit seiner Gattin Susanna dem Haus die heutige Gestalt gab.
Über dem monumentalen Einfahrtstor erinnert eine Tafel an den Übergang des Hausbesitzes an die Grafen Saurau. Unterhalb dieser Tafel findet sich ein barockes Gesims mit Wappensteinen und darüber ein reichgestaltetes, spätbarockes Oberlichtgitter.
Bis zum Jahr 1846 sah der hölzerne Türke auch noch auf das innere Paulustor, das sicherlich schon im 13. Jahrhundert bestand, obwohl es erst 1355 erstmals erwähnt wird. Es sperrte die Sporgasse dort ab, wo heute die Ballhausgasse zum Freiheitsplatz führt.
Über dem Torbogen sehen wir auf einer Darstellung, die der Architekt Friedrich Siegmundt im Jahr 1846 kurz vor dem Abbruch des Tores anfertigte, einen Teil jenes Geheimganges, den Friedrich III. beim Bau der Burg anlegen und den Erzherzog Karl in den Jahren 1589 bis 1590 erneuern sowie mit einem Dach eindecken ließ. Der Gang führte von der Burg auf den Schloßberg.

Auf dieser Darstellung ist sehr deutlich über dem Tor ein Fresko zu sehen, das Christus auf seinem Gang auf den Kalvarienberg zeigt.
Genau gegenüber dem Türken befanden sich die Stallungen des erzherzoglichen und kaiserlichen Hofes, die für die Pferde des damaligen Reiseverkehrs und die als Tragtiere verwendeten Maulesel errichtet worden waren. Diesen Tieren verdankte das Gebäude auch den Namen „Eselsstall".
Wie durch den Besitzer des Hauses Ballhausgasse 1 überliefert ist, waren die letzten Eigentümer des zum inneren Paulustor gehörenden ehemaligen Stadtturmes bis zu dessen Abbruch in den Jahren 1846/47 die Eheleute Anton und Cajetana Paltauf. Die Paltaufs haben mit dem Magistrat der k. k. landesfürstlichen Hauptstadt Graz ein Übereinkommen getroffen, wonach sie dem Magistrat ihr Eigentum „wie es liegt und steht" zur Regulierung der Spor- und Ballhausgasse um 10.000 Florentiner Gulden übergaben und dem Magistrat gestatteten, das Gebäude zu demolieren. Sie stellten jedoch die Bedingung, in dem von ihnen gekauften Haus in der Sporgasse oberhalb des Palais Saurau eine Schlosserwerkstätte einrichten zu dürfen. Zur selben Zeit verkaufte das Ehepaar Paltauf eine Hütte jenseits des ehemaligen Stadtgrabens an das Ehepaar Matthias und Anna de Crinis. Dieses Ehepaar mußte sich dem Magistrat gegenüber verpflichten, in der Ballhausgasse zwei neue Häuser, und zwar die heutigen Häuser Nummer 1 und 3, zu bauen.
Der Bau des neuen Hauses Ecke Sporgasse/Ballhausgasse 1 wurde schon im Jahr 1849 fertiggestellt und weist bis in die jüngste Vergangenheit eine gewisse Bedeutung auf. Im Verlauf des Aushubes stieß man auf Teile der alten Stadtmauer, die mit Bewilligung des Stadtbauamtes entfernt werden durfte. Dadurch mußte das Fundament des Hauses so tief gelegt werden, daß ein zweites Kellergeschoß fünf Meter unter dem Straßenniveau entstand. Der Keller, der als Eiskeller verwendet wurde, erwies sich dann vor allem bei den Bombenangriffen im Jahr 1945 von großem Nutzen.

Er war mit Stockbetten mustergültig ausgestattet und bot etwa drei Dutzend Menschen Schutz. Das Ungewöhnliche an dem extrem tiefliegenden Keller war außerdem die eigene Wasserversorgung. Er verfügte nämlich über eine Quelle mit glasklarem Wasser. Außerdem führte von hier eine Fluchttreppe in den höher gelegenen Keller des Nebenhauses in der Sporgasse, die aber zum Glück nicht benützt werden mußte.

Unter den Bewohnern dieses Hauses befanden sich um die Jahrhundertwende bedeutende Persönlichkeiten, so z. B. Richard Heuberger, der Komponist des „Opernballs", und ein Nachkomme des Türkenbesiegers bei St. Gotthard im Jahr 1664, Montecuccoli.

Verläßt man das Palais Saurau und folgt der Sporgasse in Richtung Hauptplatz, so fällt einem zur Linken das alteingesessene Gasthaus „Zur Goldenen Pastete" auf, das in seiner farbenfrohen Gestalt nahezu unverändert erhalten ist und das seit ein paar Jahren auch über einen gemütlichen Schanigarten verfügt. Die Goldene Pastete wurde im Jahr 1575 von Ruep Dietrich errichtet und beherbergte, wie die Überlieferung bestätigt, im ersten Stock eine Stube, eine Kammer und eine Küche. Im Jahr 1674 besaß der Schneider Anton Polänz das inzwischen aufgestockte Haus. Später, im Jahr 1728, war hier das Wirtshaus „Bey der guldenen Bachstättn" untergebracht. Besonders schön und gemütlich ist die große Eckstube mit dem einzigen Runderker der Stadt.

Unmittelbar auf die „Goldene Pastete" folgt eines der ältesten und renommiertesten Geschäfte von Graz, das Spezialgeschäft für Kaffee, Tee und Feinkost Hornig. Es steht dort, wo die Hofgasse in die Sporgasse mündet. Wirft man einen Blick nach links, so erblickt man das Holzportal der Hofbäckerei, das Schauspielhaus und ein Stück der Burg.

Hier befindet sich auch der Aufgang zur St.-Pauls- oder Stiegenkirche. Über eine steile Stiege erreicht man dieses kleine Gotteshaus, das, 1343 gegründet, eine der ältesten Kirchen von Graz ist und zunächst „St. Paul im Walde" und später „Kirche der

Augustiner auf der Stiege" hieß. Während des Baus der Domkirche wurde der Sitz der Stadtpfarre in die Stiegenkirche verlegt, die ein wechselvolles Schicksal hatte. Unter Karl II. sollen die Protestanten von der St.-Pauls-Kirche Besitz ergriffen haben und bis 1588 dort geblieben sein, bis Ferdinand II. die Kirche den Augustinern übergab, die allerdings schon 1601 wieder wegzogen, weil sie keine Erlaubnis erhielten, um Almosen zu betteln. 1619 kehrten sie wieder, nachdem die Einkünfte des neu gegründeten Klosters gesichert waren. Zudem wurde mit einem Neubau der Kirche und des Klosters, das 1627 fertiggestellt wurde, begonnen. Die Kirche selber wurde erst im Jahr 1720 eingeweiht.

Im Jahr 1789 wurde der Orden der Augustiner-Eremiten aufgehoben. Für einige Zeit bewohnten die Karmeliter das Kloster, bis auch sie das Schicksal der Augustiner teilen mußten. Nunmehr kaufte Siegmund Graf Saurau Kirche und Kloster für 7280 Gulden und ließ die Kirche mit dem nebenliegenden Palais durch einen langen, gewölbten Gang verbinden. Wenig später ging die Kirche in den Besitz des Bürgers Quenzler über, der sie 1821 an die neu gegründete evangelische Gemeinde vermietete, bis 1824 das evangelische Bethaus auf dem Kaiser-Josef-Platz fertiggestellt wurde. Von Quenzler kauften drei geistliche Herren, unter ihnen der Domprobst Ritter von Jakomini, die Kirche und vererbten sie dann durch Testament an die Gräfin Antonia Welsersheimb, die sie 1841 ihrer Tochter weiterschenkte.

Im Jahr 1824 wurden in der Stiegenkirche die ersten akademischen Gottesdienste abgehalten, in jener Stiegenkirche, die noch heute als Studentenkirche benutzt wird. Ab 1827 ist sie dann Universitätskirche und damit im Einflußbereich der Jesuiten, die hier mit unfreiwilligen Unterbrechungen bis zum Jahr 1957 das Kloster und die Marianische Kongregation betreuten. Der einzige künstlerische Schmuck der eher schlichten Kirche ist heute ein großes Altarbild von Werner Augustiner und ein über dem Altar hängendes Holzkreuz des Bildhauers Ulf Mayer. An der Decke befinden sich noch einige Porträtdarstellungen aus der Jesuitenzeit.

Schräg gegenüber der Stiegenkirche liegt das alte Haus des Deutschen Ritterordens, in dem sich heute ein Pelzgeschäft befindet. An der Ecke springt ein aus der Spätrenaissance stammendes Erkerchen auf Säulen hervor, direkt über dem Pelzgeschäft ist ein großer ornamentaler Wappenstein eingemauert. Man sollte unter keinen Umständen versäumen, einen Blick in den zum Teil noch gotischen Arkadenhof zu werfen, der zu den intimsten und geschlossensten Innenhöfen der Grazer Altstadt zählt.

Geht man dann in Richtung Hauptplatz weiter, kommt man zur Linken am Haus Nummer 14 vorbei, in dem sich „der Strehly", eine der renommiertesten Konditoreien der Stadt, befindet. In diesem Haus wurde am 18. August 1785 Kajetan Sweet, der Sohn des berühmten Grazer Pestarztes, Schreiber und Leidensgefährte Andreas Hofers, geboren.

Das anschließende Haus Nummer 12, das einstige Wirtshaus „Beym weißen Löben", ist der einzige erhaltene spätgotische Profanbau von Graz. An der Außenfassade sind skulptierte Pfostenfenster aus der Zeit um 1500 zu sehen. Das Haus Sporgasse 12 gehört zu jenen Grazer Bürgerhäusern, die, zunächst nur zweistöckig, später aufgestockt wurden. So wies das Haus 1672 drei und 1728 bereits vier Geschosse auf. Nicht immer erfolgten diese Aufstockungen zur Freude der Anrainer, weil der ohnehin bescheidene Lichteinfall in der engen Altstadt auf diese Weise noch bescheidener wurde.

Gleich in der Nähe befindet sich die Hirschen-Apotheke, die älteste Apotheke von Graz, die als Hofapotheke Erzherzog Karls von Innerösterreich im Jahr 1562 gegründet wurde. Und genau gegenüber liegt eines der interessantesten Häuser der Sporgasse, das Haus Nummer 13. Dieses Gebäude mit der prachtvollen Barockfassade, mit den kunstvoll gearbeiteten Dachspeiern und dem Renaissancehof, zum Teil mit gotischen Anklängen, ist seit vielen Generationen im Besitz der Familie Remschmidt. Die Remschmidts, die auch einmal den Vizebürgermeister von Graz stellten, waren zunächst als Gastwirte und Brauer tätig; seit zwei

Generationen sind sie als Zahnärzte im Haus Nummer 13 ansässig. Über das Haus, in dem früher das Gasthaus „Zum römischen König“ und ein Brauhaus untergebracht waren, gibt es zahlreiche Geschichten, so z. B. die Geschichte von dem Brauknecht, der im Durchgang des Hauses „Zum römischen König“ erschlagen worden sein soll. Im „Weiberzimmer“ des Hinterhauses, das dem jetzigen Besitzer, Dr. Herfried Remschmidt, als Wohnzimmer dient, lebte um die Wende zum 19. Jahrhundert der Bischof von Grenoble im Exil. Der Bischof ist dann auch im Exil gestorben. Da man den Bischof allgemein für einen reichen Mann gehalten hatte, tauchte bald das Gerücht auf, er müsse einen Schatz besessen und diesen irgendwo versteckt haben. Seither gab es in jeder Generation der Remschmidts irgendein Familienmitglied, das sich auf die Suche nach diesem Schatz machte. So auch der Urgroßonkel des jetzigen Hausbesitzers, Josef Remschmidt. Eines schönen Morgens begab er sich mit der Wünschelrute in Richtung Schloßberg auf die Suche. Doch Onkel Josef kehrte nie mehr zurück. Über seinen Verbleib gibt es innerhalb der Familie zwei Theorien: Entweder hat der Onkel den Schatz gefunden und ist mit ihm ausgewandert, oder aber, so lautet die makabre zweite Version, er ist verunglückt, und das Skelett, das beim Ausheben des Schloßbergstollens gefunden wurde, stellt seine sterblichen Überreste dar. Das Skelett paßt nämlich dem Alter nach nicht zu den bei dieser Gelegenheit ebenfalls gefundenen Gegenständen aus der Türkenzeit. Seither hat kein Remschmidt mehr nach dem Schatz des Bischofs von Grenoble gesucht.

Vom Haus Nummer 13 sollte man einen Blick in Richtung Hauptplatz werfen und dann seinen Weg nicht durch die Sporgasse fortsetzen, sondern in die hier abzweigende Färbergasse einbiegen.

Hat man auf diese Weise die Sporgasse, die im übrigen ihren Namen von den hier ansässigen Sporen- und Waffenschmieden ableitet, verlassen, erreicht man das Haus Färbergasse Nummer 9. Durchschreitet man hier das Haustor, befindet man sich am

Anfang des sogenannten Blutgäßchens, das seinen Namen angeblich dem Umstand verdankt, daß auf diesem Weg die Verbrecher vom Gefängnis auf dem Schloßberg zur Gerichtsstätte am Hauptplatz gebracht wurden. Die Fortsetzung des Blutgäßchens in Richtung Hauptplatz ist die düstere, vielfach abgestützte und sehr schmale Pomeranzengasse, von der aus man in einige interessante Innenhöfe gelangt. Am oberen Ende der Blutgasse befindet sich die Hofbäckerei. Für die Theorie, daß dieser Weg tatsächlich für den Transport der Verbrecher benutzt wurde, spricht die Tatsache, daß sich genau gegenüber der Hofbäckerei das Münzhaus befand, von dem aus ein geheimer Gang parallel zur Sporgasse bis zum damaligen inneren Paulustor führte, von dem wieder ein direkter Gang auf den Schloßberg lief.

Ein Stück weiter kommt man zum Ferdinandeum, das, im Jahr 1775 als k. k. Musterhauptschule installiert und nach dem Plan der Normalschule in Wien errichtet, noch heute als Schule benützt wird. Der Historiker Dr. Polsterer hat im Jahr 1827 den damaligen Lehrplan aufgezeichnet. In der ersten Klasse wurde gelehrt: Die Religion, das Buchstabenkennen, das Buchstabieren, der Anfang im Lesen der deutschen und lateinischen Druck- und Schriftarten, die Kurrentschrift, das Kopfrechnen und die Abänderung der ersten vier Redeteile. In der vierten Klasse lernte man bereits die Religion in der Erweiterung, das Schönlesen, das Schönschreiben, das Recht- und Diktandoschreiben, die deutsche Sprachlehre, die höhere Rechenkunst, die Geometrie, Geographie, Baukunst, Mechanik, Stereometrie, Naturlehre und Naturgeschichte, die Anleitung zu schriftlichen Aufsätzen und das Zeichnen. Schon im Jahr 1574 hatte Erzherzog Karl ein Seminarium gegründet, in dem fromme und tüchtige Staatsdiener ausgebildet werden sollten. Diese Anstalt befand sich im Gebäude der beschriebenen Hauptschule, die Ferdinandeum genannt wurde, weil Kaiser Ferdinand II. dieses Institut erweitert hatte.

Vor dem Ferdinandeum liegt der Färberplatz, der von einer Reihe schöner alter Bürgerhäuser umschlossen wird, durch die es einige

Durchgänge hinaus auf den Hauptplatz bzw. in die Herrengasse gibt. Geht man die Färbergasse weiter, erreicht man den Mehlplatz, der seinen Namen der Tatsache verdankt, daß hier im Mittelalter die Müller und Bäcker am Mittwoch und Samstag ihre Waren feilbieten durften.

Über diesen Mehlplatz hat der bekannte rumänische Schriftsteller Anatol E. Baconsky in einem Aufsatz folgendes geschrieben: „Der Mehlplatz ist meiner Meinung nach der schönste Platz in Graz. Wenn aus der Nachbarschaft das Glockenspiel erklingt, so müßte es hier die Zauberflöte sein, die die Melodie jeder einzelnen Stunde nach Art der bitteren Überschwenglichkeit Mozarts improvisiert. Der Mehlplatz ist auch der steirischste Platz der Stadt, weil in seiner so prägnanten Atmosphäre die fantastische, leicht verkrampfte Morphologie des germanischen Geistes mit den italienischen Harmonien zusammentrifft."

Auf diesem, von Häusern mit prächtigen Barockfassaden umsäumten Platz befinden sich nicht weniger als drei Weinstuben und eine Likörstube. Im Haus Nummer 1, dessen reichgegliederte Barockfassade besonders ins Auge springt und das der Familie des ehemaligen Rennfahrers Dr. Helmut Marko gehört, verbrachte der Komponist Robert Stolz seine Jugendjahre. Das rosarote Haus mit der Nummer 4, das eine in der Plastik zurückhaltende Gliederung mit einem schönen Madonnenrelief über dem Haupteingang aufweist, beherbergt außer der Gamlitzer Weinstube noch eine Likörstube, die weit über die Grazer Grenzen hinaus bekannt ist. Viele Dichter haben hier schon einen Calmus getrunken. Ob es H. C. Artmann, Peter Handke, Wolfgang Bauer, Gerhard Rühm, Michael Scharang, Elias Canetti oder Franz Nabl waren, die hier an einem einfachen Holztisch von dem hausgemachten Getränk gekostet haben, kaum einer ist ohne den Wunsch weggegangen, möglichst bald wiederzukommen. Und weil das nicht immer möglich war, hat man so manche Flasche mit bitterem Calmus in irgendeine Stadt Europas versandt, damit sie dort in einer Dichterrunde in Erinnerung an die Grazer Likörstube geleert werde.

Den Abschluß des Platzes in Richtung Herrengasse bildet ein reichgestalteter Durchgang und, schon in der Prokopigasse, die Herzl-Weinstube, die zu den beliebtesten Abendlokalen von Graz gehört. Die Namen ihrer prominenten Besucher würden ein ganzes Buch füllen. Schon vor der Herzl-Weinstube war hier die Gastwirtschaft „Zum Andreas Hofer" untergebracht.
Im Haus Mehlplatz Nummer 6 lebte ein Vergoldermeister und Kunsthändler namens Johann Kurzmann, dessen Tochter eine sehr begabte Klaviervirtuosin war. In diesem Haus verkehrte auch Peter Rosegger, der einmal seinen jungen Freund, den Bildhauer Hans Brandstetter, mitbrachte. Der Tochter gelang es, den Künstler in die Gesellschaft einzuführen; aus Dankbarkeit hat ihr Brandstetter später eine Plastik geschenkt, die ungefähr das Gegenstück zur Waldlilie darstellt und sich heute im Besitz der Leobner Familie Paulmichl befindet.
Den Reigen der Plätze beschließt der Glockenspielplatz, der seinen Namen vom Glockenspiel hat, das seit 1956 wieder täglich um 11 Uhr vormittags und 6 Uhr abends von der Höhe des Hauses Nummer 4 erklingt. Dieses Haus hieß früher „Das nürnbergerische Häusl hinden im Gässl". Es ist aufgezeichnet, daß hier im Jahr 1596 ein Schuster Hans Moosleutner im Oberstock gegen die Gasse hin ein Stübl, ein Kämmerl samt dem halben Fürhäusl abtreten und als Quartier hergeben mußte. Ihm selber blieben jedoch eine Stube, eine Kammer, die Küche und eine Dachkammer. In diesem schönen Haus wird übrigens von einem jungen Grazer Goldschmied bewiesen, wie man ein Innenstadtgeschäft in der Altstadt unter Bedachtnahme auf die Umgebung neu und zweckmäßig gestalten kann.
An der Ecke der Enge Gasse steht das Palais D'Avernas mit einem schönen Renaissanceportal, über dem zwei Löwen angebracht sind. Im Hof des Palais finden wir prachtvolle Pfeilerarkaden.
In den Häusern Nummer 6 und 7 befinden sich schöne Höfe mit Arkaden und außen bauliche Überhänge, die vor allem an sonnigen Tagen einen besonderen Reiz erhalten.

In den Häusern Glockenspielplatz 8 und Mehlplatz 3 finden wir eine der ältesten Gaststätten von Graz, die heute „Glockenspielkeller“ heißt. Sie wird erstmals im Jahr 1663 als Weinschenke Hans Stadlmayer erwähnt; vorher dürfte dort (seit 1593) eine Bäckerei betrieben worden sein. Nach vielen Vorbesitzern und Umbenennungen, z. B. in „Plätzlwirt“ und „Zum goldenen Anker“, übernahm im Jahr 1926 die Familie Koppitz das Gasthaus und nannte es „Glockenspielkeller“. Das Lokal zählte Rudolf Hans Bartsch, Robert Hohlbaum, Siegfried Breuer und Curd Jürgens zu seinen Stammgästen, sie lösten die Landsknechte, Scharfrichter und das fahrende Volk vergangener Zeiten ab.
Im Jahr 1877 gab es übrigens sowohl für den Glockenspielplatz als auch für den Mehlplatz eine kritische Phase, als Baumeister Wilhelm Max Neumann die Häuser Mehlplatz 3 und 4 sowie Prokopigasse 8 und 16 kaufte, um sie abzureißen – ein Vorhaben, das allerdings zum Glück der Grazer Innenstadt niemals in die Tat umgesetzt wurde.

Zwischen Irrenhaus und Kriegssteig

Wer den Schloßberg besteigen will, dem ist zu empfehlen, nicht den direkten Weg für den Aufstieg zu wählen, etwa vom Karmeliterplatz aus, sondern beim Äußeren Paulustor zu beginnen.

Das Paulustor trennt die Innere Stadt vom Stadtpark und wurde 1623 vollendet, es ist das einzige noch erhaltene Beispiel eines Walltores aus der Renaissancebefestigung der Stadt. Das Tor hat bei einer einfachen Stadtseite und einer reichgegliederten, mit den Wappen Erzherzog Ferdinands und seiner Gattin Maria Anna aus Bayern gezierten Front gegen den Stadtpark hin eine breite Durchfahrt und zu beiden Seiten davon Durchlässe für die Fußgänger. Unter den Wappen ist in lateinischer Sprache ein Text zu lesen, der in einer alten Übersetzung so lautet: „Von Ferdinand und Maria Anna, Erzherzogen von Österreich usw. ist dieses Bollwerk zum Wohle des Vaterlandes, zur Abwehr der Feinde und zur immerwährenden Erinnerung an deren Namen von Grund auf errichtet worden.“ Das Paulustor diente von 1823 bis 1918 als Militärgefängnis und wurde später ein Bestandteil der Polizeikaserne.

Geht man durch das Paulustor in Richtung Stadt, sieht man zur Linken mit einer reichgestalteten Barockfassade die heutige Polizeidirektion, die als Palais um 1700 von den Grafen von Wildenstein erbaut wurde. Später diente der Gebäudekomplex den St. Lambrechter Mönchen als Stiftshof, bis das Kloster von Josef II. aufgehoben wurde. Daraufhin wurde das Palais als allgemeines Krankenhaus verwendet. Die Zustände, die dort herrschten, scheinen allerdings nicht die besten gewesen zu sein.

Gustav Schreiner weiß in seinem Buch „Gräz“ aus dem Jahr 1843 jedenfalls zu berichten, „daß die Kranken sowohl nach der Art ihrer Krankheit, als auch nach ihrem Geschlecht und den verschiedenen Zahlungsklassen getrennt untergebracht wurden. In erster Beziehung werden sie in fünf Abteilungen untergebracht, und zwar in einer medizinischen, in einer chirurgischen, in einer syphilitischen, in einer krätzigen und in der Augenklinik. Alle diese Abteilungen enthielten bisher in sechzehn Sälen mit acht bis zwanzig Betten und in acht kleineren Zimmern hundertneunzig Betten für Erwachsene und zwölf für augenkranke Kinder. Mit der Abteilung für Augenkranke ist ein Ambulatorium verbunden, in dem jährlich gegen fünfhundert Personen behandelt werden. Gegenwärtig hat man jedoch die opthalmiatrische Abteilung in das alte Siechenhaus verlegt, um ihre bisherige Lokalität für die Armen und Findlinge zu benützen. Wiewohl noch zwei andere Zivilspitäler in Gräz bestehen, ist die erwähnte Zahl von disponiblen Betten für Kranke im Verhältnis zur Bevölkerung nicht genügend. Die Betten selber stehen zwei bis drei Schuh weit voneinander entfernt. Die etwas schmalen Bettstellen sind von Eisen nach innen, aber am Fußende und seitwärts mit Brettern verwandet, also gleichsam eine hölzerne Bettstelle in einer eisernen enthalten. Das Bettzeug besteht aus einem Strohsacke, einer Matratze, die an Stelle bei einigen Kranken noch eine wollene Decke vertritt, einem Leintuche, einem roßhaarenen und einem mit Stroh gefüllten Kopfpolster, und nach der Jahreszeit, aus einer lodenen und wollenen Decke. Eine über dem Bett hängende Kopftafel von Eisenblech bezeichnet den Namen der Krankheit, die verordnete Diät, der beigefügte Aufnahmezettel das Nationale der Kranken. Die meisten Säle sind mit einem bequemen Lehnstuhle mit Waschkästchen

Oben: Im Jahr 1889 verkehrte auf der Mur noch der Personendampfer „Styria“, den diese Postkarte vor den Häusern des zweiten und dritten Sackes zeigt, die damals noch bis ans Murufer reichten. In einem dieser Häuser wohnte einige Zeit Peter Rosegger.

Unten: Lange bevor er im Jahr 1858 zu einem „Erholungszentrum“ für die Grazer ausgestaltet wurde, war der Hilmteich Anziehungspunkt für viele erholungssuchende Grazer. Darstellung aus dem Jahr 1857, Künstler unbekannt.

HUT
Fabrik
Josef Pichler Söhne
HUT

STADT-THEATER

und mit Wanduhren versehen. Bei einigen Zimmern wären auch Vortüren und eine größere Anzahl Bettschirme sehr wünschenswert, um die der Türe zunächst liegenden Kranken vor Zugluft zu schützen." In demselben Buch ist auch die Rede vom allgemeinen Gesundheitszustand der Grazer, wobei Schreiber u. a. auf das „Markenzeichen der Rasse jenseits des Semmerings" zu sprechen kommt, nämlich auf den Kropf. Über diesen Kropf, der dank der modernen Medizin heute nahezu verschwunden ist, hieß es im Jahr 1843 noch: „Unter die örtlichen Gebrechen, welche in Gräz endemisch sind, gehört der Kropf, gewöhnlich in der Form des Truma Lympatica. So häufig jedoch sein Vorkommen ist, so wenig ergründet sind die Ursachen seiner Entstehung. Einige Schuld mag allerdings das an sich gute Trinkwasser haben, da vorzüglich Wassertrinker davon befallen werden. In Erdgeschossen soll er häufiger vorkommen als in oberen Stockwerken. Das weibliche Geschlecht ist ferner mehr dazu disponiert, besonders nach den klimakterischen Jahren. Ebenso Fremde im höheren Grad als Eingeborene, wahrscheinlich steht sein häufiges Vorkommen auch im Zusammenhang mit der größeren Frequenz von Verhärtungen und Skirrhen innerer und äußerer Organe. Selten geschieht es, daß gefährliche Krankheitsfälle infolge von Kröpfen eintreten, aber gegen wenige Gebrechen dürften unter den Leiden so viele Rezepte im Umlauf sein als gegen dieses."

Nach der Polizeidirektion biegt die Sauraugasse in den Stadtpark ab. Gleich am Anfang dieser Gasse befindet sich zur Rechten in einem niederen Häuschen ein Geschäft für Kinderwagen. Inhaber dieses Geschäftes ist die Familie Renner, aus der die beiden

Oben: Das alte Stadttheater, auch Theater am Stadtpark genannt. An seiner Stelle wurde im Jahr 1899 in der unglaublich kurzen Bauzeit von sechs Monaten das Opernhaus errichtet.

Unten: Einen traurigen Anblick bot die Grazer Oper, damals noch Stadttheater genannt, nach den Bombenangriffen im Jahr 1945. Das Foto von Eugen Hauber zeigt die Wiederherstellungsarbeiten im Februar 1946.

Renner-Buben stammten, die 1908 und 1909 mit ihrem ersten lenkbaren Luftschiff großes Aufsehen erregten. Weit vor der Zeit, in der der Zeppelin über Graz auftauchte, haben sie bereits ihre Flugversuche vom Trabrennplatz aus unternommen. Wie aus alten Bilddokumenten hervorgeht, fanden sich sogar Kaiser Franz Joseph und der Schauspieler Alexander Girardi als Gratulanten ein. Noch heute erinnert eine Tafel am Gebäude des Grazer Flughafens Thalerhof an die beiden Flugpioniere.

Auf der anderen Seite der Paulustorgasse führt zwischen bewachsenen Mauern eine kleine Stiege zur Antoniuskirche und zum Volkskundemuseum hinauf, das früher einmal ein Kloster war und später die Irrenabteilung des Krankenhauses beherbergte. Die Antoniuskirche steht an jener Stelle, wo am 8. August 1600 von den „gegenreformierten" Grazern 10.000 protestantische Bücher verbrannt wurden. Zwei Tage später wurde dann der Grundstein für die Kirche und das Kloster gelegt. In der Antoniuskirche werden alljährlich zur Weihnachtszeit alte Krippen- und Hirtenlieder gesungen. Das von Viktor von Geramb gegründete Volkskundemuseum enthält eine umfangreiche Sammlung, u. a. eine original „Rauchstube", die einen tiefen Einblick in die Geschichte und Entwicklung bäuerlicher Lebensart in der Steiermark gewährt. Gleich daneben führt ein gemächlich ansteigender Weg zum heutigen Gefangenenhaus und Bezirksgericht für Strafsachen hinauf. Auf halbem Weg findet sich ein großes schmiedeeisernes Tor, durch das man zu einer Sammlung alter bäuerlicher Geräte, zum Heimatsaal und, an der Rückseite des Volkskundemuseums, zu einer Ausstellung schmiedeeiserner Grabkreuze gelangt. Neben dem Tor befindet sich das Steirische Heimatwerk, eine Verkaufsstätte für steirische Volkskunst und Brauchtumsgegenstände.

Am Ende des Weges steht das Gebäude des Bezirksgerichtes und dahinter das Strafgefangenenhaus. Auch dieses ehrwürdige Haus, früher Palmburg genannt, weiß einiges zu erzählen. Es wurde von Franz von Poppendorf erbaut, kam dann in den Besitz des Fürstbischofs von Lavant, Georg von Palmburg, dem es seinen

Namen verdankt, und schließlich in die Hände des Grafen Korbinian Saurau, der mit seinen zwölf Kindern, die er im übrigen alle überlebte, immer geräumigere Wohnungen brauchte. Nach ständigen Auseinandersetzungen mit der Stadtverwaltung, weil das Haus ja im Festungsbereich gelegen war, und nach Übernahme der Verpflichtung, es sofort wieder abzureißen, wenn der Feind sich nahe, durfte der kinderreiche Graf endlich aus- und weiterbauen. Dieser Graf Saurau war es auch, der die breite Zufahrtsrampe, gesäumt von einer Pappelallee, die heute noch besteht, errichten ließ. Später zog er sich durch seine fröhlichen Feste den Unmut der Karmeliter zu, die sich in ihrer klösterlichen Ruhe gestört fühlten. Als Korbinian Saurau 1761 starb, zog sein Neffe wieder in das Stammhaus in der Sporgasse und ließ auch die wertvolle Bibliothek dorthin bringen.

Das Palais gelangte in die Hände des Staates, der es, wie das benachbarte ehemalige Kloster, zunächst als Irrenhaus und später als Findel- und Gebärhaus benutzte. In dem Gebärhaus sollen, wie Chronisten zu berichten wissen, den wohlhabenden Grazerinnen gegenüber sehr diskrete Sitten geherrscht haben. So heißt es, daß Schwangere, wenn sie den höheren Gesellschaftsklassen angehörten, nicht einmal ihren Namen anzugeben brauchten. Sie hinterlegten lediglich einen versiegelten Brief, der nur geöffnet wurde, wenn sie „durch Tod abgingen". Zudem hatten alle, die hier Zuflucht nahmen und zahlen konnten, das Recht, verkleidet, mit Larven oder sonst unkennbar gemacht, zu erscheinen und nach der Geburt sofort wieder zu verschwinden, oder auch zu bleiben. Das Neugeborene konnten sie mitnehmen oder, wenn sie wollten, auch zurücklassen, wenn nur die Kasse stimmte. Frauen, die kein Geld hatten, mußten ihren Aufenthalt abarbeiten und sich, wenn sie dazu imstande waren, als Amme dem Findelhaus zur Verfügung stellen. Allein 1790 wurden in diesem Findelhaus mehr als 1200 Kinder abgegeben.

Geht man nun die Paulustorgasse weiter in Richtung Stadt, erreicht man bald das Eckhaus zum Karmeliterplatz, das vermutlich älteste Haus in diesem Stadtteil, mit einem sehr gut erhaltenen Renaissanceerker und Hof. Von 1614 bis zum Abzug des landesfürstlichen Hofes wurde das Haus vom päpstlichen Nuntius bewohnt, von dem es dann in den Besitz der Grafen Herberstein überging. Auf dem Platz selbst, auf dem seit etwa 1783 die Juden ihre Märkte abhalten durften, fällt vor allem am linken Ende das weitläufige ehemalige Karmeliterkloster auf, das 1628 gegründet, von Josef II. aufgehoben und als Garnisonsspital verwendet wurde. Bis vor kurzem diente es dem Landesgendarmeriekommando als Behausung. Gleich daneben hat Prof. Alexander Silveri ein modernes Kriegerdenkmal errichtet.

Am Karmeliterplatz (Nummer 6) steht auch ein Palais aus dem späten 17. Jahrhundert mit einer schönen Treppenanlage und einem kleinen Arkadengang im ersten Stock. Über dieses Haus weiß die Tochter des Grazer Malers O'Lynch of Town, die eine Zeitlang im ersten Stock gewohnt hat, zu berichten, daß es lange Zeit als Geisterhaus verschrien gewesen sei und niemand darin habe wohnen wollen.

Zum Schloßbergaufgang hin, den man durch ein breites Tor erreicht, steht die eindrucksvolle Pestsäule, die mit Fug und Recht den Namen „Wandernde Säule“ tragen könnte. Zunächst zum Dank für das Verschwinden der Pest im Jahr 1685 auf dem Hauptplatz aufgestellt, mußte sie, weil sie den Verkehr behinderte, 1876 auf den Karmeliterplatz übersiedeln, von dem wiederum die Mariensäule, die heute am Eisernen Tor steht, zum Jakominiplatz transferiert wurde. Anläßlich der Aufstellung auf dem Hauptplatz machte übrigens Abraham a Santa Clara in seiner Predigt den Vorschlag, Graz in Gracia umzubenennen, um auch auf diese Weise den Dank für das Verschwinden der Pest zum Ausdruck zu bringen. 1937 mußte die Pestsäule noch einmal ihren Standort auf dem Karmeliterplatz für einige Zeit verlassen, weil sie baufällig geworden war.

Nunmehr kann man sich der Besichtigung des Schloßberges zuwenden. Daß es der Teufel gewesen sein soll, der den Schloßberg verloren hat, als er einen großen obersteirischen Berg ins Welsche Land schleppen wollte, weiß man schon von der Entstehungsgeschichte der drei Säcke. Aber es gibt, wie Franz A. Brauner schreibt, auch noch eine andere Sage. Danach soll vor vielen Jahren zu Ostern in der Nähe des Schöckels ein Fest stattgefunden haben, bei dem ein alter Bauer namens Erhard, der viel im Land herumgekommen war, von der Schönheit der Welt erzählte. Auf die Frage, welcher Berg ihm am besten gefalle, erklärte er, „der Schöckel, der Schöckel ist der schönste Berg weitum". Kaum hatte er ausgeredet, drängte sich mitten durch die Leute ein Mann in Jägertracht. „Was lobt Ihr den Schöckel?" schrie er. „Ich habe schon ganz andere Berge gesehen! In der Schweiz gibt es Berge, gegen die ist der Schöckel nur ein nichtiges Zwerglein. Lachen muß ich, wenn Ihr vom Schöckel sprecht." Ruhig sagte der alte Erhard: „Ihr habt gewiß mehr gesehen als ich, erzählt uns also von Euren Reisen, wir hören Euch gerne zu." Der grüne Jäger stützte sich auf seinen Bergstock und begann zu erzählen, auch, daß er die Zauberei erlernt habe. So sei er durchaus in der Lage, den Schöckel innerhalb von vierundzwanzig Stunden dreimal so hoch zu machen wie heute. Als ihm die Leute nicht glauben wollten, wurde er zornig und schrie: „Wollt Ihr mit mir wetten? Es ist mein voller Ernst." Einer, der Steffl, ein gefürchteter Raufer, trat vor und sprach: „Wenn du schon willst, was soll die Wette gelten?" Da antwortete der Jäger: „Der erste Mensch, der den neuen Berg besteigt, soll mir gehören." – „Es gilt!" rief der Steffl und reichte dem Jäger die Hand. Plötzlich sprang der Jäger auf, stellte sich auf einen mächtigen Felsblock und streckte seine dürren Hände in die Luft. Sogleich erhob sich ein gewaltiger Wind, und der Jäger begann zu wachsen und zu wachsen und flog schließlich als Riese unter Blitz und Donner nach Süden. Die Leute zitterten vor Angst und Schrecken, und das schöne Fest auf dem Schöckel war zu Ende. Der grüne Jäger aber war der leibhaftige Teufel gewesen. Er flog nach Afrika, riß dort von einem hohen Gebirge einen gewaltigen Felsbrocken los, nahm ihn auf seine Schultern und flog wieder zurück ins Steirerland. Als er über das Grazer Feld kam, sah er zur Erde nieder und erblickte eine Osterprozession. Da wurde er so zornig, daß er in seiner Wut den riesigen Felsblock mit aller Kraft in Richtung gegen den Schöckel schleuderte. Der schwere Felsblock aber fiel schon im Murtal zur Erde und zersprang in zwei Stücke. Das größere Stück blieb am linken Murufer liegen und ist der heutige Schloßberg. Das kleinere fiel jenseits der Mur nieder und ist der Kalvarienberg. Der Teufel aber flog zurück auf die Schöckelhöhe, bohrte ein tiefes Loch in den Berg und fuhr geradewegs in die Hölle hinab. Auch das Loch ist heute noch zu sehen und heißt das „Wetterloch".

Vom Karmeliterplatz aus geht man zunächst durch ein breites Tor und steigt dann die steile Weldenstraße bergauf, die nach dem Initiator der Anlagen auf dem Berg, Freiherr von Welden, benannt ist. Der 471 m hohe Schloßberg, auf dem schon zur Zeit der Gründung von Graz eine kleine Burg stand, wurde im Mittelalter noch in eine Südkuppe, in den St.-Paulus-Berg und in den höheren, schwer bewehrten und mit Ringmauern versehenen Hausberg oder Burgberg unterteilt. Unter dem Druck der Türkengefahr wurde 1544 der Festungsbaumeister Domenico dell'Allio mit der Neubefestigung beauftragt, wobei 1576 der letzte Rest der mittelalterlichen Burg dem Neubau zum Opfer fiel. Vielleicht sollten wir uns jetzt daran erinnern, daß nicht nur dell'Allio mit der Befestigung des Schloßberges betraut war, sondern vor allem auch ein Mann, der in wenigen Schriften Erwähnung findet. Ab 1570 leitete Sallustio Peruzzi die Festungsbauten in Graz. Und dieser Sallustio Peruzzi stammt aus einem Architektengeschlecht, das sich wahrhaft sehen lassen kann. Sein Vater war nämlich jener Baldassare Peruzzi, der nach dem Tode Raffaels von 1520 bis 1527 den Bau der Peterskirche in Rom geleitet hatte. Der Sohn des Miterbauers des Petersdomes war also auch der Miterrichter der Festung auf dem Grazer Schloßberg. Die Festung dell'Allios hielt allen Angriffen und Stürmen stand und wurde auch 1809 dank der Tapferkeit Major Hackhers und seiner Mannen nicht eingenommen. Den Fall führte erst eine Bestimmung des Schönbrunner Friedens herbei, derzufolge die Befestigungen auf dem Schloßberg geschleift werden mußten. Dann dauerte es genau dreißig Jahre, bis Freiherr von Welden begann, den verödeten Berg in jene Parklandschaft zu verwandeln, wie wir sie heute kennen.

Ein Berichterstatter der „Kleinen Zeitung“ befaßte sich im Jahr 1939 aus Anlaß des 130. Jahrestages der Schleifung der Schloßbergfestungen mit den damaligen Ereignissen und schrieb: „Aber der Wiener Friede 1809 war unerbittlich und hart. Was dem Feind niemals gelungen ist: den Schloßberg zu beugen, das sicherte ihm das Schriftstück zu. Major Hackher und seinen tapferen Soldaten wurde freier Abzug gewährt, und am 15. 11. 1809 fingen dann die Sprengungen an. Fernab standen die Grazer voll Bitternis und Kummer, wie da die ersten Trümmer wegflogen, polternd und rieselnd kamen die Bastionen die Hänge herab. Aber selbst diesem Zertrümmerungswerk trotzte der Grazer Schloßberg mehr als sechs Wochen lang, denn Ende Dezember 1809 erst war der Wille der Franzosen erfüllt. Trauer war in der Stadt, aber die nie versiegende Heimatliebe der Grazer pflückte sich jetzt ein goldenes Lorbeerblatt. Um die Erhaltung des Uhrturmes und des Glockenturmes ging’s. Der Krieg hatte den Grazern das Letzte an Opfern abgepreßt. Dennoch: Als die Franzosen Geld für die Schonung der beiden Türme begehrten, da klimperte dieses Geld auf den Tisch. 2480 Gulden. Seither aber sind Uhrturm und Glockenturm mehr denn je Atteste in Stein für die Liebe der Grazer zu ihrem Schloßberg. Der Grazer Schloßberg hat also 1809 zu Tal steigen müssen, Sprengschüsse gaben ihm das traurige Geleit. Zu seinen Füßen türmte sich die gefallene Kraft, Geröll, Steinblöcke und Schutt lagen wie die gestorbenen Überreste der Festung da. Und immer wieder kamen Felsstürze nach, mehrmals gab es beträchtlichen Schaden im Sack und auf der Ostseite des Berges. Baumstümpfe ragten wie verloschene Totenkerzen in den Nachthimmel, das Buschwerk nahm sich die Halden, das Bild war düster und traurig. Ein Chronist aus dem Jahr 1816 beschrieb es nüchtern und anklagend. Er wollte Käuze und Eulen gesehen haben, die nachts die Bürger bis in die Stadt herab erschreckten, er sprach von allerlei herumlungerndem Gesindel, das sich in dieser Kraterlandschaft ein Paradies nach seiner Art geschaffen hatte. Wirklich, der Schloßberg und sein Gerümpel in Stein und Schutt mögen wenig einladend dagestanden sein. Dreißig Jahre lang wucherte das Unkraut den Berg hinauf und hinunter. Dann kamen auch für den Schloßberg wieder bessere Zeiten. 1839 kam Freiherr von Welden den Ständen mit einem großen Plan: Aus den Ruinen des Schloßbergs einen großen, wunderbaren Ziergarten zu machen. Die Stände sagten sofort zu, Geld wurde für den Plan genehmigt, und die Grazer, die waren Feuer und Flamme. Und als die ersten Arbeiten zur Verschönerung begannen – an der Ostseite wurde der Berg zuerst wieder zurechtgemacht –, da standen Tausende von ihnen den Werken der Haue und des Spatens Spalier. Von der Festung zum Schmuckstück der Stadt, diesen Weg ist der Schloßberg gegangen, viel Bitternis für ihn stand darauf."

Unter solchen Überlegungen kommt man bei der ersten Straßenkehre zum „Franzosenkreuz", an dem eine Tafel zu Rast und Gedenken auffordert. Während der Belagerung des Schloßbergs durch die Franzosen im Jahr 1809, so wird erzählt, soll an dieser Stelle ein französischer Offizier gefallen sein. Eine zweite Überlieferung berichtet (nach Franz A. Brauner), daß bei diesem Kreuz am 23. Juni 1809 der österreichische Fähnrich Karl König von einem französischen Soldaten meuchlings erschossen wurde. König war in Begleitung zweier Soldaten als Verhandler zu den Franzosen in die Stadt geschickt worden und hatte freies Geleit. Überdies war eine sechsstündige Waffenruhe vereinbart worden. Aber noch vor dem Ende der Waffenruhe fuhren schwer beladene französische Pulverwagen durch das Paulustor in die Stadt. Daraufhin begannen die Verteidiger des Schloßbergs ohne Befehl auf die Wagen zu schießen. König, der mit seinen beiden Begleitern gerade auf dem Rückweg zur Festung war, lief mit seinen Leuten die steile Schloßbergstraße hinauf. Erschöpft wollte

er beim Kreuz rasten, als ein Schuß fiel; der Fähnrich stürzte tödlich getroffen zu Boden. Ein Franzose hatte den Schuß vom Tollhaus (dem heutigen Volkskundemuseum) aus abgefeuert.
Hier war aber auch die Stelle, wo sich die Verurteilten, wenn sie auf die Schloßbergfestung gebracht wurden, von ihren Angehörigen verabschieden mußten. Deshalb nannte das Volk dieses Kreuz auch das „Abschieds"- oder „Armensünderkreuz".
In diesem Zusammenhang sei eine Stelle aus der „Skizze von Grätz" (1792) eines unbekannten Autors zitiert, die sich eingehend mit den Gefängnissen auf dem Schloßberg befaßte. Dort heißt es: „Das Sehenswürdigste aber sind da jene unglücklichen Geschöpfe, welche verwahrloste Erziehung oder schlechte Beispiele oder unbändige Leidenschaften in den tiefsten Abgrund des menschlichen Elends gestürzt haben. Aus ganz Innerösterreich und manchmal auch aus anderen Provinzen werden die Verbrecher hier verwahrt, welche auf längere Zeit zur Strafe verurtheilt worden sind. Es müßte ein sehr interessantes Werk seyn, wenn man die Biographien von den Bösewichtern erster Größe hätte, die schon auf diesem Schloßberg gesessen sind. Einige darunter waren verschmitzt und schlau trotz einem Kartusch; andere hatten so gräßliche, unmenschliche Mordtaten begangen, daß sich die Kannibalen derselben nicht schämen dürften. Unter der vorigen Regierung war das Schicksal derjenigen, die zum langwierigen Gefängnis verurteilt wurden, so elend, daß man bei aller ihrer Bosheit doch Mitleiden mit ihnen haben mußte. Die meisten waren Tag und Nacht angeschmiedet, die Füße waren mit schweren Eisen beschwert, um die Mitte des Leibes lief ein eiserner Gürtel, von dem eine Kette durch eine Mauer gezogen und an einer Stange angenietet war. Der Hals selbst war mit Eisen beschwert. Nur die Hände waren zum Spinnen frey. Hiezu kam die immer gleiche Kost bei Wasser und Brod, die nur einige Male in der Woche durch eine warme Speise unterbrochen wurde. Mancher bekam noch zu gewissen Zeiten des Jahres Stockschläge. Gegenwärtig ist ihnen vieles erleichtert worden."

Schon damals scheint es trotz des harten Strafvollzuges Menschen gegeben zu haben, die sich im Gefängnis wohler fühlten als in der Freiheit. Dies belegt der nächste Absatz in der „Skizze von Grätz", wo es heißt: „Bei der letzten Anwesenheit des itzigen Monarchen auf dem hiesigen Bergschlosse verbarg sich ein alter Verbrecher aus Kärnten, der eines Viehdiebstahls wegen auf einige Jahre zur Arbeit hierher verurteilt ward und dessen Strafzeit nun schon zu Ende geht, sehr sorgfältig, um nicht vom Kaiser gesehen zu werden. Man fragte ihn um die Ursache seiner Furcht vor dem Landesfürsten. ‚Es geht mir hier so gut', gab er zur Antwort, ‚daß es mir noch nie so gut gegangen ist. Ich fürchte nun, daß mich der Kaiser begnadigen und wieder nach Hause schicken möchte, wenn er mich sieht und die Ursache meines Hierseyns erfährt.' Die Anekdote ist wahr", schließt der Autor der „Skizze von Grätz" und fügt hinzu: „De gustibus non est disputandum."
Geht man nun weiter steil bergan, sollte man, knapp bevor man den Uhrturm erreicht, einen Blick links über die niedrige Mauer auf das südöstliche Graz mit seinem neuen „Wahrzeichen", dem Elisabethhochhaus, werfen. Hier gibt es auch das Denkmal eines kleinen Hundes, das erst im Jahr 1976 restauriert wurde. Dieser Hund hat Kunigunde, die Tochter Kaiser Friedrichs III., vor der Entführung bewahrt. Kunigunde war mit dem König von Ungarn, Matthias, verlobt, doch der Kaiser, der mit dem Ungarn in Streit geraten war, wollte diesem seine Tochter nicht mehr zur Frau geben. Er schickte 1479 die damals Fünfzehnjährige nach Graz, weil er seine Tochter in der starken Festung sicher glaubte. König Matthias schickte jedoch zweitausend ungarische Soldaten nach Graz, um Kunigunde entführen zu lassen. Alles war für den Überfall vorbereitet. In der Nacht, in der die Entführung stattfinden sollte, hatte der Schloßhauptmann Ulrich von Graben gerade einen Rundgang durch die Burg gemacht, als er das heftige Bellen eines Hundes hörte. Er ging dem Hundegebell nach und entdeckte die Entführer. Die Ungarn wurden vertrieben und mußten mit leeren Händen wieder abziehen. Zur Erinnerung an den mißglück-

ten Überfall wurde dann ein Standbild des kleinen Hundes aufgestellt.

Nach wenigen Schritten steht man vor dem Uhrturm, dem Wahrzeichen der Stadt. Der Uhrturm wurde 1561 auf der sogenannten Bürgerbastei errichtet, die so heißt, weil sie der einzige Besitz der Grazer Bürger auf dem Schloßberg war. Um den Turm herum führt oben ein geschlossener hölzerner Gang mit drei Erkern, und auf jeder Turmseite ist ein riesiges Zifferblatt angebracht, das schon manchen verwirrt hat, weil der große Zeiger die Stunden und der kleine Zeiger die Minuten anzeigt. In Kriegszeiten mußte die bürgerliche Scharwache den Turm und die Bastei verteidigen, weshalb der Turm auch den Namen „Bürgerturm" trug. Auf dem stadtseitigen Turmdach befindet sich ein kleiner Erker, in dem die älteste Glocke von Graz, die sogenannte Armensünderglocke hängt, die 1382 gegossen wurde. Sie ertönte bei jeder Hinrichtung, und sie soll es auch gewesen sein, die als Vesperglocke das Zeichen zur Enthauptung Baumkirchers und seines Freundes gegeben hat. Später erhielt sie den Namen „Lumpenglocke", weil sie täglich um 23 Uhr die Sperrstunde ankündigte. Im Inneren des Turms befindet sich das Räderwerk der Uhr, die 1712 vom Uhrmacher Funk hergestellt wurde und für deren Verbesserung im Jahr 1822 der Uhrmacher Geist sorgte. Bis zum Jahr 1805, zur Zeit der Franzosenbesetzung, befand sich im Inneren auch ein eigenartiges Orgelwerk, das man das „steirische Horn" nannte. Es erklang täglich früh und abends und ergötzte die Grazer auch bei besonderen Festlichkeiten.

Gegenüber dem Uhrturm steht die riesige Figur eines antiken Kriegers, der an die Heldentaten des Infanterieregiments Nr. 27 im Ersten Weltkrieg erinnern soll. Sein Schöpfer ist der Grazer Bildhauer Prof. Wilhelm Gösser.

Hat man das Grazer Wahrzeichen ausreichend bewundert, sollte man auf der ohnehin unbefahrenen Straße bleiben und die breite Kastanienallee halbrechts entlangwandern, um auf diese Weise dem allgemeinen Besucherstrom zu entgehen, anderseits den

Umstand zu nutzen, daß man beim Bergabgehen die Dinge unbeschwerter genießen kann als beim anstrengenden Aufstieg. Der ganz Bequeme könnte selbstverständlich gleich mit der Schloßbergbahn, der einzigen Standseilbahn der Steiermark, auf das Plateau fahren.

Über die Errichtung dieser Schloßbergbahn ist uns folgendes überliefert: Nach jahrelangen Streitigkeiten wurde am 19. März 1893 dem Ingenieur Ludwig Philipp Schmidt und zwei Mitunternehmern die Bewilligung erteilt, „eine Drahtseilbahn zur Beförderung von Personen und Gütern aus der inneren Stadt von Graz von der Sackstraße aus auf das untere Plateau des Grazer Schloßberges zu errichten und zu betreiben". Was dann kam, waren hitzige Debatten über die Führung der Bahnlinie. Im Lauf der Zeit wurde weit über ein halbes Dutzend Pläne entworfen und verworfen, bis schließlich der Grazer Gemeinderat beschloß: „Die Bahn hat an einem Punkt in der Nähe des Hauses Nr. 56 der Sackstraße [heute ist es das Haus Kaiser-Franz-Josef-Kai Nr. 38] am Fuß des Schloßberges zu beginnen und ist möglichst sanft ansteigend bis auf das untere Plateau des Schloßberges zu führen, woselbst sie gegenüber dem Glockenturm, das ist von diesem gegen Westen, ihr Ende zu erreichen hat." Doch diese Genehmigung wurde von drückenden Bestimmungen begleitet, denn schon damals führten offensichtlich die Umweltschützer das große Wort. Die Anbringung von Dampfmaschinen und anderen lärm- und raucherzeugenden Vorrichtungen wurde untersagt und gleichzeitig vorgeschrieben, daß der Bahnbetrieb nach dem Wasserballastsystem einzurichten sei. Als motorische Kraft hätte also nur das mittels Wasserbelastung erzeugte Übergewicht des jeweilig in der oberen Station befindlichen Wagens dienen dürfen. Das erforderliche Wasser wollte man mittels einer im Keller der Talstation aufgestellten Pumpe auf die Höhe des Schloßberges bringen und dort in einem Reservoir sammeln, von dem es in die Wasserkiste des Wagens geleitet werden sollte. Schließlich wurde doch der Antrieb durch Dampfkraft erlaubt, allerdings unter der Bedin-

gung, daß in der Talstation der notwendige Dampf erzeugt und in Rohren zur oberen Station geleitet werde.
Die Erbauung der Seilbahn fiel dann in die Zeit von August 1893 bis Ende Oktober 1894. Anfang November fanden die ersten Probefahrten statt, und am 25. November 1894 wurde die Bahn völlig überraschend der allgemeinen Benützung übergeben. Obwohl die Öffentlichkeit von dieser Inbetriebnahme gar nicht in Kenntnis gesetzt werden konnte, fand sich doch vor dem Stationsgebäude eine vielköpfige Menge ein, um die erste Fahrt der Standseilbahn zu feiern. Aufregungen gab es in Zusammenhang mit der Schloßbergbahn noch einmal, und zwar im Jahr 1897, als ein weiteres Ansuchen eingereicht wurde, demzufolge auf der Ostseite des Schloßbergs, von der alten Bastion beim Paulustor, ein einfaches Geleise hinauf zu den Kasematten gelegt werden sollte. Nach diesem Plan sollte auch auf dem Westabhang nur noch ein Gleis vorhanden sein und auf jeder Seite des Berges nur ein Wagen verkehren. Das Seil, das beide Wagen verbinden sollte, wollte man in einem Kanal unterirdisch durch die Kasematten führen. Während auf der einen Seite ein Wagen bergwärts gefahren wäre, hätte sich auf dem gegenüberliegenden Hang der Wagen zu Tal bewegt und umgekehrt. Das Projekt kam allerdings in dieser Form sehr rasch zu Fall, denn im Jahr 1900 wurde die Schloßbergbahn auf elektrischen Betrieb umgestellt.
Doch weiter in unserer Wanderung! Am Ende der breiten Allee öffnet sich zur Linken ein Platz mit einer sehr wechselvollen Geschichte. Wo einstmals Schwerverbrecher angekettet in den dumpfen Kasematten, in den Kellerräumen des einstigen Stadthauptmannshauses, schmachteten, befinden sich heute die Logen der Schloßbergbühne. Die dicht mit Efeu bewachsene Freilichtbühne ist ein idealer Aufführungsort für Beethovens „Fidelio", der hier auch wiederholt gegeben wurde. In letzter Zeit hat man aber eher der heiteren Muse Raum gegeben, so etwa dem „Zarewitsch" oder anderen Operetten.
Betritt man den Zuschauerraum, erblickt man links oben den

Glockenturm, in dem die „Liesl“, die Pummerin von Graz, hängt, die täglich dreimal, nämlich um 7 Uhr, 12 Uhr und 19 Uhr, mit jeweils 101 Schlägen den Grazern sagt, wieviel es geschlagen hat. Der Glockenturm gehörte einst zur St.-Thomas-Kirche, die leider nach dem Abzug der Franzosen im Jahr 1809 abgetragen wurde. Auch dieser achteckige Bau, der im Jahr 1588 errichtet wurde, ist ein Werk des italienischen Baumeisters Domenico dell'Allio. Die Räume des Turmes dienten ebenso wie die Kasematten in erster Linie als Kerkerzellen; unter dem Turm befand sich die berüchtigte „Baßgeige“, ein Gefängnis für Schwerverbrecher. Die Gefangenen wurden durch ein Loch in der Decke hinabgelassen und konnten dann den finsteren Raum nicht mehr verlassen. Die Gefängnisse reichten bis zum zweiten Stock. Im dritten Stock hängt die drittgrößte Glocke der Steiermark, die schon erwähnte „Liesl“, die vom Glockengießermeister Martin Hilger im Jahr 1587 in seiner Gießhütte beim Paulustor, etwa dort, wo heute das Volkskundemuseum steht, aus 101 Türkenkugeln gegossen worden sein soll.

Über die St.-Thomas-Kirche und die Liesl berichtet die „Skizze von Grätz“ zum Teil sachlich, zum Teil spöttisch: „Unter die Merkwürdigkeiten des Schloßbergs gehört die St.-Thomas-Kirche, welche die älteste in der Gegend von Graz sein soll. In der Sakristey dieser Kirche wird ein Elefantenkopf gezeigt, dessen Eigentums man sich einst, da noch kein Brunn und keine Zysterne in der Festung war, zum Wassertragen soll bedient haben. In dem neben der Kirche stehenden ansehnlichen Turm hängt eine 160 Zentner schwere Glocke, die der Erzherzog Karl 1587 hat gießen lassen. Diese Glocke pflegt man – ich weiß nicht, ob zur Erinnerung der einst hier gewesenen Türken oder der Pest – schon seit alten Zeiten täglich morgens und abends jederzeit um sieben Uhr zu läuten. Kaiser Josef II. ließ das unnütze Geläut 1784 zur größten Betrübnis vieler Grätzer einstellen. Bei dem Siegesfest nach der Eroberung Belgrads erhielt man endlich wieder die Erlaubnis, sie nach einem fünfjährigen Stillstand in Bewegung zu bringen und dann täglich zweimal ihren Schall zu hören. Die Freude war aber zu groß, man muß entweder bei der ersten Feyerlichkeit zu stark daran gezogen haben oder das Holz war morsch; genug, es brach etwas daran, die Reparazion dauerte ganze vier Monate. Als sie endlich ganz zustande kam, frohlockte ganz Grätz und alles freute sich auf die erste siebente Stunde. Man ging sogar so weit, daß man auf dieses erste Geläut folgendes Gedicht verfertigte, welches in einer öffentlichen Zeitung im Monat März 1790 eingedruckt ward: ‚An die hiesige Schloßglocke in der siebenten Morgenstunde. Du tönest nun zum ersten Mal nach langem Schweigen wieder und herrlich strömt Dein hoher Schall vom Felsenturme nieder. Da freut der biedere Grätzer sich, zu dieser Morgenstunde und jung und alt und männiglich vier Meilen in der Runde. Der Bauer und der Bürgersmann mißt seine Tagsgeschäfte, zieht seine Mütz, blickt himmelan, erfleht sich Mut und Kräfte. Noch liegt im trägen Gänseflaum der hohe Müßiggänger, erwacht von einem lockern Traum und gähnt und schnarchet länger. Doch sieh, warum durchgleitet hier ein Tränchen meine Wange? Ich war so froh! Warum wird mir so schaudrig und so bange? Ach Glocke schön und freudiger, Dein hehrer Ton erklänge, ach stöhnt er bald nicht nebenher an Josefs Grabgesänge.‘ Gezeichnet ist das Gedicht mit H. A. v. U.“

Auf dem Mantel der Glocke sieht man wiederum ein Bildnis Karls II. und seiner Gemahlin Maria und folgenden Spruch: „Eine Glocke heiß ich, nur Hohes preis ich, verkünde fröhliche Feste, beklage sterbliche Rest. Naht Krieg und Wettersturm, scheuch ich sie fort vom Turm. Ruf Euch zur Kirche helle, bleib selbst an dieser Stelle.“ Die riesige Glocke mit ihrem Durchmesser von 197 cm und einem Gewicht von 4188 kg erinnert mit ihren täglichen Glockenschlägen an einen Brauch, der im Jahr 1664 eingeführt wurde, als man mit dem Läuten den Sieg über die Türken bei St. Gotthard in Ungarn feierte. Daß der Glockenturm heute noch steht, verdankt er der Großmut der Grazer Bürger.

Verläßt man die Kasematten und geht weiter bergwärts, gelangt

man auf das Schloßbergplateau, von dem man einen grandiosen Rundblick über das westliche und nördliche Graz hat.
In der Mitte des Plateaus steht eine Zisterne, die dem Festungsbaumeister dell'Allio große Schwierigkeiten einbrachte. Sie wurde 1544 in den Felsen gesprengt und ist sechzehn Meter tief. Sie sollte, unabhängig vom Grundwasser, die Wasserversorgung der Festung sichern. Die riesige Zisterne erfüllte aber die in sie gesetzten Erwartungen nicht, worauf die Regierung so erbittert war, daß sie das Vermögen der Nachkommen dell'Allios beschlagnahmte, als die Zisterne 1570 umgebaut werden mußte. Der 1563 verstorbene Domenico dell'Allio mußte diese Schmach nicht mehr erleben. Im Jahr 1897 wurde die Zisterne mit einer schmiedeeisernen Brunnenhaube geschmückt, die heute noch zu sehen ist.
Am äußersten Rand des Plateaus, gegen Norden hin, steht der imponierende Hackher-Löwe, der daran erinnert, daß im Jahr 1809 der tapfere Major Hackher den Schloßberg erfolgreich gegen die Franzosen verteidigte. Schon früher, in den Jahren 1797 und 1805, waren die Franzosen nach Graz gekommen, ohne sich aber zu einer Belagerung zu entschließen. 1809 rückten sie dann mit 12.000 Mann gegen Graz vor und besetzten die Murvorstadt. Mehrmals forderten sie Major Hackher auf, den Schloßberg zu übergeben. Von den Bürgern verlangten sie Sturmleitern und Steigeisen, Krampen und Schaufeln, um den Schloßberg erstürmen zu können. An drei Stellen, nämlich vor dem Paulustor, beim Meerscheinschlößl in der Mozartgasse und in der Graben-Vorstadt wurden Kanonen aufgestellt. Major Hackher lehnte die Kapitulation ab und antwortete: „Ich habe den Befehl erhalten, die Festung hartnäckig zu verteidigen, und werde diesen Befehl pünktlich befolgen." Daraufhin wurde am 13. Juni 1809, um 12 Uhr mittags, mit der Beschießung des Schloßbergs begonnen, die fast ohne Unterbrechung sieben Tage und Nächte andauerte. Vor allem in den Nächten versuchten die Franzosen mehrmals, die Festung zu erstürmen. Doch ohne Erfolg. Diesem tapferen Major Hackher zu Ehren wurde hundert Jahre später, 1909, der Hackher-Löwe

aufgestellt, ein Werk des Wiener Bildhauers Otto Jarl. Im Zweiten Weltkrieg wurde das Standbild eingeschmolzen, um Material für die Munitionsfertigung zu bekommen. Hierauf stand das Postament viele Jahre leer.

Seine heutige Gestalt verdankt der Löwe, ebenso wie das Grazer Rathaus, dem Ergebnis einer Volksbefragung. Nachdem von drei Bildhauern etwa zehn Vorschläge erarbeitet worden waren, entschied sich die Grazer Bevölkerung für die alte Form des Hackher-Löwen, der dann von Wilhelm Gösser gestaltet und im Jahr 1966 der Öffentlichkeit übergeben wurde.

Verläßt man das Plateau, kommt man wieder an den Kasematten vorbei, die man nunmehr von oben bewundern kann. Man schlendert zwischen dem Glockenturm und der Bergstation der Schloßbergbahn bergab, vorbei an der 1903 gepflanzten Kepler-Linde, und stößt auf den Eingang zum oberen Teil der Stall- oder Kanonenbastei, wo ein Mosaik an die Schwesterstädte von Graz erinnert.

Von der Bastei hat man einen schönen Blick, über den Uhrturm hinweg, auf die Stadt. In den Kellerräumen der Bastei befanden sich grauenvolle, lichtlose Verliese. Hier soll auch die „Eiserne Jungfrau" ihren Platz gehabt haben. Diese „Eiserne Jungfrau", ein Behälter mit langen Eisenspitzen im Inneren, stand angeblich am Ende eines schmalen Ganges über einem tiefen Abgrund, der durch eine Falltür verdeckt war. Hatte man den Delinquenten durch Einschließung in die „Eiserne Jungfrau" durchbohrt und getötet, so senkte sich beim Öffnen der Hinrichtungsmaschine die Falltür, und der Körper des Hingerichteten stürzte in die Tiefe. Eine Sage erzählt, daß diese Stallbastei mit der „Eisernen Jungfrau" vom kaiserlichen Münzmeister Balthasar von Eggenberg aufgestellt worden sei, der dann selbst eines der ersten Opfer der „Eisernen Jungfrau" geworden sein soll.

Kasematten, Glockenturm und ein Teil der Stallbastei dienten also in erster Linie als Gefängnis, und es waren prominente Gefangene, die man im Lauf der Jahrhunderte hier einkerkerte. So soll neben

Balthasar von Eggenberg auch Hans Erasmus Graf von Tattenbach hier festgehalten worden sein, bevor er enthauptet wurde. Zu den prominenten Gefangenen gehörte auch Adam Graf Lamberg, der im Jahr 1702 hierherkam, weil er eine Prinzessin entführt hatte. Im Jahr 1703 wurde ein Graf Zriny wegen politischer Umtriebe inhaftiert. Sogar ein kaiserlicher Feldmarschall war für zwei Jahre auf dem Schloßberg Gefangener, nämlich Friedrich Heinrich Reichsgraf von Seckendorf.

Verläßt man die Bastei, auf der früher vier Kanonen standen, die abgefeuert wurden, wenn irgendwo in der Stadt Feuer ausbrach, sieht man zur Linken das sogenannte Kanonenhäuschen, in dem heute Wohnungen untergebracht sind. Jetzt sollte man gleich rechts den schmalen Gehweg benützen, der an einem niedrigen, breiten Steinsessel vorbeiführt, von dem erzählt wird, daß auf ihm Bischof Graf Nadashdy im Jahr 1796 sein Leben aushauchte. Dieser Mann verbrachte vierzig Jahre als Staatsgefangener im zweiten Stock des Glockenturmes. Nach seiner Freilassung hatte er nur noch die Kraft, sich bis zu dem steinernen Sessel zu schleppen, wo er starb.

Von diesem Sessel aus kann man, an einer Pergola vorbei, zu einem offenen hölzernen Lusthaus gelangen. Ganz in der Nähe ist in der Bastei die Urne des Dichters Rudolf Hans Bartsch eingemauert.

Weiter bergabwärts gehend gelangt man auf einen Platz am Fuß der mächtigen, vierzig Meter hohen und zum Großteil verwachsenen Kanonenbastei mit ihren schrägen Stützmauern. Wendet man den Blick ein wenig nach links, sieht man den eigenartig geformten neugotischen Rauchfang des sogenannten Starcke-Häuschens, das nach dem Dresdner Hofschauspieler Gustav Starcke benannt wurde, der hier seine Sommerferien zu verbringen pflegte. Das Haus wird aber auch „Winzerhäuschen“ genannt: der Grazer Rechtsanwalt Dr. Hödl erwarb 1818 diesen Teil des Schloßbergs, ließ den ehemaligen Pulverturm umbauen und legte auf der sonnigen Westseite Weingärten an. Er war es auch, der den merkwürdigen neugotischen Rauchfang errichtete.

Direkt davor befindet sich der Türkenbrunnen, der seinen Namen der Sage verdankt, daß er von türkischen Kriegsgefangenen unter Mitwirkung eines Elefanten ausgehoben wurde. In Wirklichkeit wurde der Brunnen unter Leitung Domenico dell'Allios in den Jahren 1554 bis 1558 von deutschen Bergleuten gegraben. Der Schacht geriet besonders tief, weil man erst in vierundneunzig Meter Tiefe auf Wasser stieß, was bedeutet, daß der Brunnenschacht bis unter den Murspiegel reicht. Von 1841 bis 1934 befand sich über der Zisterne eine große gotische Brunnenhaube, die vom jetzigen steinernen Brunnenkranz abgelöst wurde. Besonderer Anziehungspunkt für die sonnenhungrigen Grazer sind die Bänke rund um den Türkenbrunnen.

Auf dem Weg zurück zum Uhrturm zweigt dann der Kriegssteig ab. Dieser Kriegssteig besteht aus zahllosen Stufen, bei jeder Biegung eröffnet sich eine neue Perspektive des Grazer Dächermeeres. Früher einmal wurde der Steig auch Russensteig genannt, weil er von russischen Kriegsgefangenen in den Jahren 1914 bis 1916 errichtet worden sein soll. In der offiziellen Version heißt es allerdings, daß diese Monstertreppe über die Felsabstürze der Westseite des Schloßbergs von Pionieren des k. k. Infanterieregiments 27 nach den Plänen des Architekten Ludwig Muhri angelegt und am 1. Juni 1918 von Bürgermeister Adolf Fizia ihrer Bestimmung übergeben wurde.

Der Kriegs- oder Russensteig führt hinunter auf den Schloßbergplatz, dem gegenüber das Palais Attems und die Ursulinenkirche liegen. Wanderer, die einen gemächlicheren Weg bevorzugen, wählen den Abstieg auf der Stadtparkseite oder auf der Seite der Wickenburggasse, wo sich auch der Schloßbergstollen mit der einzigen atomsicheren Grottenbahn der Welt befindet, an der vor allem die Kinder ihre Freude haben. Um diesen Abstieg zu erreichen, muß man vom Uhrturm in Richtung Franzosenkreuz zurückgehen, wo von der Welden-Straße ein eben verlaufender Weg abzweigt, der zum Denkmal des Freiherrn von Welden führt. Hier stand einmal das sogenannte Schweizer-Haus, das 1845 nach

einigen finanziellen Schwierigkeiten als Gaststätte eröffnet und bald zu einem beliebten Treffpunkt des eleganten Graz wurde. Im Mai 1945 haben Plünderer das Schweizerhaus niedergebrannt. Nun kann man entweder die breite Fahrstraße in die Wickenburggasse oder den gewundenen Fußweg wählen, der zum Platz der Landesturnhalle auf der Stadtparkseite führt.
Wie immer man aber auch den Schloßberg besteigt und auf welchem Weg man ihn verläßt, man wird sich seinen Reizen nicht verschließen können.

Grüne Lunge Stadtpark

Ein Besuch von Graz ohne Spaziergang durch den Stadtpark, der zu den größten geschlossenen Parkanlagen Europas zählt, wäre unvollständig. Das Alter des im englischen Stil angelegten Parks ist nicht leicht zu ergründen. Die eigentliche Basis für die Anlage wurde nämlich schon in der zweiten Hälfte des 16. Jahrhunderts geschaffen, als man daranging, an Stelle der alten gotischen Befestigungen moderne Wehranlagen zu errichten. Damals umzog man die Stadt mit einem hohen, sternenförmigen Mauergürtel, dem ein sechs Meter breiter und ebenso tiefer Wassergraben vorgelagert war. Zur Flankierung der Mauer wurden sechs Basteien errichtet. Vor dieser Befestigungsanlage wurde ein breites Glacis angelegt, um dem Feind die Chance zu nehmen, sich ungesehen der Stadt zu nähern. Viele Häuser und Gartenanlagen fielen der Errichtung dieses Glacis zum Opfer. Wie rigoros man vorging, beweist die Tatsache, daß selbst ein schöner Garten Erzherzog Karls weichen mußte. Auf einem Teil dieser Glacis-Gründe, die sich von der Radetzkybrücke bis zum Paulustor erstreckten, wurde der Stadtpark angelegt. Der größte Teil der Glacisgründe, nämlich jene zwischen dem Paulustor und dem Burgtor, befand sich im Besitz der Finanzprokuratur und war dem Militär als Exerzierplatz überlassen. Der kleinere Teil zwischen dem Burgtor, der heutigen Montclair-Allee und dem Wetterhäuschen befand sich ebenso wie Wall und Graben im Besitz der steirischen Stände. Er diente friedlichen Zwecken. So zum Beispiel als Platz für Schau- und Schießbuden und Viehmärkte. Als Kaiser Josef im Jahr 1784 Graz zur offenen Stadt erklärte, ließen die steirischen Stände durch den Landesbaudirektor Ritter von Formentini auf dem Wall vom Paulustor bis zum Eisernen Tor die sogenannte Sternallee aus Kastanienbäumen errichten, die heute noch als Dammallee besteht.

Zu Ende des Jahres 1867 erfuhr der damalige Bürgermeister von Graz, Moritz Ritter von Franck, daß das Finanzministerium die Absicht habe, die Glacisgründe parzellieren und verbauen zu lassen. Der Exerzierplatz sollte außerhalb der Stadt angelegt werden. Sofort reifte in ihm der Entschluß, die Glacisgründe durch die Stadtgemeinde zu erwerben und auf ihnen einen Park für die Grazer Bevölkerung anzulegen. Es erfolgten die ersten Fühlungnahmen, und die Militärs waren durchaus nicht abgeneigt, ihren bisherigen Exerzierplatz gegen einen Platz vor der Stadt einzutauschen. Jedenfalls wurde in einer Note vom 18. Februar 1868 die Bereitwilligkeit des k. k. Militärkommandos ausgedrückt, der Stadtgemeinde die Glacisgründe im Tausch gegen eine Schießstätte in der Nähe der Stadt zu überlassen. Dem stimmte der Gemeinderat am 25. Februar 1868 zu.

Nun galt es, außerhalb der Stadt ein entsprechendes Grundstück für den Tausch zu finden und anderseits die Wiener Zentralstellen für den Tausch zu gewinnen. Franck hatte in Wien einen Freund, Anton Graf Auersperg, an den er sich mit der Bitte wandte, den Finanzminister dem Vorhaben geneigt zu machen. Auersperg schrieb Franck am 24. April 1868, daß er bereits mit einem Sektionschef des Finanzministeriums gesprochen habe. Danach scheine in Wien noch niemand an einen solchen Tausch gedacht zu haben. Das Finanzministerium stehe dem Projekt jedenfalls nicht sehr freundlich gegenüber. Mit Finanzminister Prest habe er noch nicht sprechen können. „Aber“, schrieb Auersperg, „auch er wird seinem Schicksal nicht entgehen. Übrigens habe ich die hier anwesenden Stadtgenossen Kaiserfeld, Gleispach usw. angesungen, auch ihrerseits zur Förderung einer so guten Sache das Möglichste zu tun.“

In Graz wurden inzwischen alle Vorsorgen getroffen, um im Fall einer positiven Entscheidung des Finanzministeriums zügig handeln zu können. Am 8. Mai 1868 beschloß der Gemeinderat, dem

Militär in der Umgebung der Stadt einen geeigneten Platz zu überantworten, dafür sollte die Finanzverwaltung der Stadtgemeinde für ewige Zeiten die Glacisgründe unverbaut übergeben. Ein paar Monate später, im Oktober, informierte das Militärkommando den Grazer Bürgermeister, daß das Finanzministerium dem Kriegsministerium mitgeteilt habe, die Übergabe der Glacisgründe an die Stadtgemeinde könne verfassungsrechtlich erfolgen.
Am 20. November 1868 erschien im Reichsgesetzblatt Nr. 150 das entscheidende Gesetz. Nimmt man diesen Tag als Geburtsdatum des Grazer Stadtparks, so wird dieser im Jahr der 850-Jahr-Feier der Stadt Graz, im Jahr 1977, genau 110 Jahre alt.
In dem Gesetz hieß es: „Die sogenannten Glacisgründe in Graz werden der Stadtgemeinde Graz gegen Beistellung eines für militärische Zwecke voll geeigneten Schießplatzes zur Anlage eines öffentlichen Parks übergeben. Auf demselben darf außer eines Kursalons [Wer hätte damals gedacht, daß daraus einmal das Forum Stadtpark, eines der Zentren der Avantgarde Österreichs, werden sollte!] ohne Zustimmung der Stadtgemeinde kein anderes Gebäude je errichtet werden."
Auch ein Schießplatz war bald gefunden, und zwar in der Nähe von Wetzelsdorf, der noch heute vom Militär benutzte Feliferhof. Die amtliche Mitteilung von der Bewilligung des Tausches erfolgte schließlich am 28. November 1868 durch die Finanzlandesdirektion Graz an die Stadtgemeinde. Ein paar Wochen später wurde ein Stationsbefehl erlassen, demzufolge die Servitutsrechte des Militärs an den Glacisgründen erloschen seien. Noch am selben Tag teilte Bürgermeister Franck den Abschluß der Verhandlungen im Grazer Gemeinderat mit.
In den ersten Wochen des Jahres 1869 wurde ein Grazer Verschönerungsverein gegründet, der genau fünfzig Jahre tätig war und im Jahre 1919 infolge der Geldentwertung seine Tätigkeit einstellen mußte. Der erste Obmann des Vereins war der Gründer des Stadtparks und Bürgermeister von Graz, Moritz Ritter von Franck. Im Frühjahr desselben Jahres wurden dann die Dammallee

und verschiedene kleinere Teile des Glacis, die den steirischen Ständen gehörten, der Stadtgemeinde geschenkt und in den Stadtpark einbezogen.

Daß es schon damals Meckerer gegeben hat, beweist die Tatsache, daß eine Grazer Tageszeitung gegen die Anlage des Parks Sturm lief und nur die Wiesenflächen erhalten wissen wollte. Vor allem befürchtete man, daß es bei Dunkelheit in den Gebüschen zu Unsittlichkeiten kommen könnte, von der Gefährdung der Sicherheit ganz zu schweigen. Die Zeitung forderte des weiteren, entlang der Glacisstraße einen Bretterzaun mit zwei Toren zu errichten, um das Betreten der Rasenflächen zu verhindern. Aber allen Anfeindungen zum Trotz begann der Verschönerungsverein schon im Jahr 1869 mit seiner Arbeit. 1874 wurde dann bei der Wiener Weltausstellung eine der Hauptzierden des Stadtparks, der Stadtparkbrunnen, angekauft, von dem im übrigen zwei ähnliche Exemplare auf dem Place de la Concorde in Paris stehen. Um die Verdienste Francks um den Stadtpark zu würdigen, widmete die Steiermärkische Sparkasse zu seinem 80. Geburtstag einen Betrag von 25.000 Gulden, aus dessen Zinsen der Stadtpark erhalten werden sollte. Doch schmolz im Lauf der Jahre die Stiftung immer mehr zusammen, bis im Jahr 1922 ganze drei Schilling übriggeblieben waren.

Unseren Spaziergang durch den Stadtpark beginnen wir bei der Dammallee (die streckenweise verschiedene andere Namen trägt), am Eisernen Tor, nicht ohne uns daran zu erinnern, daß früher der Grüngürtel um Graz hier keineswegs zu Ende war. Er zog sich vielmehr außerhalb der Stadtmauern bis zur Mur hin. Wo heute in der Neutorgasse die Hauptpost und das E-Werk stehen, lag der Joanneumsgarten, neben dem Neutor, das etwa bei der Einmündung der Albrechtsgasse stand, erstreckte sich der Merangarten, in dem sich ein beliebtes Restaurant befand.

Vom Eisernen Tor gehen wir zunächst das Rosarium entlang, unter dem sich heute eine Tiefgarage befindet. Erst im Jahr 1863 wurde hier der Stadtgraben eingeebnet; an seiner Stelle legte man den Karl-Ludwig-Ring, der heute Opernring heißt, und den Burgring an. Man erblickt eine nackte Dame mit einem Delphin, ein Werk des Bildhauers Pochlatko, und auf der anderen Seite der Straße die Thalia, die heute ein Café und Kino beherbergt. An dieser Stelle befand sich einmal, weil sie besonders gefährdet schien, ein sogenannter Ravelin, eine halbmondförmige Schanze zwischen zwei Basteien. 1830 wurde dann statt der Schanze vom Armenversorgungsverein ein hölzerner und später, in den Jahren 1859 und 1860, ein gemauerter Zirkus errichtet, der 1864 zu einem Theater, nämlich dem Thalia-Theater, umgebaut wurde. Dieses Thalia-Theater fungierte später als Stadttheater.

Folgen wir der Allee, so stehen wir bald vor der Nachfolgerin dieses Stadttheaters, vor der Grazer Oper, deren Hauptfassade dem Ring zugewendet ist. Dieses Haus, das zu den schönsten Theatern Europas gezählt werden darf, wurde im Jahr 1899 in der unwahrscheinlich kurzen Bauzeit von fünfeinhalb Monaten errichtet. Am Samstag, dem 16. September 1899, fand die Eröffnungsvorstellung statt, wobei nach der Ouvertüre, „Die Weihe des Hauses“ von Ludwig van Beethoven, Schillers „Wilhelm Tell“ gegeben wurde. Natürlich wurden aus diesem Anlaß viele Reden gehalten. Den Vogel schoß der Architekt und Erbauer des Hauses, Hellmer, ab, der die kürzeste Ansprache mit den Worten „Neues Haus – halt's aus!“ hielt. Es hat ausgehalten, trotz zweier Weltkriege, trotz Bombentreffer und vieler wirtschaftlicher Krisen. Zahlreiche glanzvolle Aufführungen sind seither über diese Bühne gegangen, große Dirigenten wie Richard Strauss, Ernst von Schuch, Carl Muck, Karl Böhm und Clemens Krauss sind hier am Pult gestanden. Die Grazer Oper hat aber auch immer Wert darauf gelegt, die Werke zeitgenössischer und einheimischer Künstler zu fördern. So gab es zahlreiche Uraufführungen, denen allerdings sehr oft der internationale Erfolg versagt blieb. Darunter befanden sich Weinbergers „Schwanda, der Dudelsackpfeifer“ (1929), Pfitzners „Das Herz“ (1932), Benjamin Brittens „Peter Grimes“ (1947), Waldemar Blochs „Stella“ (1951), „Käthchen von Heil-

bronn" (1958) und „Der Diener zweier Herren" (1963). Im Jahr 1968 erlebte das Haus die Uraufführung der Neufassung von Milhauds „Christoph Columbus" und 1970 die Uraufführung der Oper „Lederköpfe" von Weisshappl.
Der Oper schräg gegenüber, auf der anderen Seite des Ringes, steht versteckt in einem romantischen Parkwinkel das überlebensgroße, von Wilhelm Gösser geschaffene Denkmal Peter Roseggers. Der Dichter sieht genau auf den Anfang der Burggasse, wo er seinerzeit viele Jahre gewohnt hat.
Wir verlassen nun die Ringstraße und betreten gegenüber der linken Seitenfront der Oper über eine breite Steintreppe die eigentliche Dammallee mit ihren alten Gaslaternen und gemütlichen Bänken. Von hier aus sieht man hinüber zum Kaiser-Josef-Platz, dem größten Bauernmarkt Österreichs, zum Anfang der Glacisstraße. In den Bürgerhäusern Glacisstraße 61, 63 und 65 sind viele Prominente Europas ein und aus gegangen. Im Haus Glacisstraße 63 und auf den dahinterliegenden Gründen befand sich ab 1795 eine Salpeterfabrik. Der Besitzer dieser Saliterei, Johann Michael Geyer, erwarb im Jahr 1799 die Kohlengruben in Oberdorf bei Voitsberg und 1810 auch die Oberdorfer Glasfabrik, die bis zum Jahre 1883 im Familienbesitz blieben. Obwohl die Verbauung des Glacis rund um die Saliterei immer mehr zunahm und die Anrainer mit dem Betrieb nicht einverstanden waren, standen am Glacis noch im Jahr 1871 zweihundertdrei Pyramiden der Saliterplantage, wobei jede Pyramide eine Grundfläche von über zweiundzwanzig Meter und eine Höhe von über drei Meter aufwies. Anläßlich des Besuches von Kaiser Franz Joseph in Graz weiß die „Tagespost" in ihrem Gründungsjahr am 13. September 1856 zu berichten, daß am Abend des 11. September die ganze Stadt zu Ehren des Kaiserbesuches in Festbeleuchtung gehüllt war und daß besonders die lodernden Pechflammen hinter dem Geyerschen Haus am Glacis hervorstachen.
Aber auch die Häuser Glacisstraße 61 und 65 hatten interessante Bewohner. Im ersten Stock des Hauses Glacisstraße 61 wohnte in

den vierziger Jahren des vorigen Jahrhunderts der k. k. General der Kavallerie, Alexander Herzog von Württemberg, der Großvater der Queen Mary, Victoria Maria Augusta von Teck, mit seinen drei Kindern aus der morganatischen Ehe mit der ungarischen Gräfin Claudine von Rehedey-Hohenstein, nämlich Claudine von Teck, Franz Paul von Teck, dem Vater der Queen, und Amalia von Teck. Die Fürsten von Teck haben in England im Jahr 1917 den deutschen Titel abgelegt und Namen und Wappen der Cambridge angenommen. In diesem Haus, Glacisstraße 61, bekam der Herzog mit seinen Kindern unter anderem auch Zeichen- und Malunterricht von Conrad Kreutzer. Dies dürfte u. a. der Grund dafür sein, daß auf zwei Panoramaansichten Conrad Kreutzers die beiden Häuser Glacisstraße 61 und 63 besonders deutlich zu erkennen sind. Als sich Queen Mary einmal in Graz aufhielt, wohnte sie für einige Zeit bei ihrem Verwandten, dem Feldzeugmeister Herzog Wilhelm von Württemberg, ehemals Kommandant des k. k. Infanterieregiments 27, in diesem Haus am Glacis.

Im selben Haus verbrachten die Großeltern des Dichters Robert Musil ihre letzten Lebensjahre bei ihrer Tochter Hermine Geyer. Robert Musil, der seinen Großvater sehr verehrte und sich mit diesem oft verglich, besuchte seine Großeltern häufig.

Im dritten Stock des Hauses Glacisstraße 65 wohnte von 1898 bis 1917 der Komponist des „Evangelimann“, Wilhelm Kienzl. Der Komponist schrieb einmal über seinen Wohnsitz: „Und nahm mir im Zentrum der Stadt Graz eine hübsche, unmittelbar am Stadtpark gelegene Wohnung, aus deren Fenstern ich über lauter Baumwipfel hinweg das Plateau des im Mittelpunkt der Stadt gelegenen Schloßbergs mit dem dreihundertfünfzig Jahre alten Glockenturm Liesl und in weiterer Ferne die Höhenzüge der Kor- und Gleinalpe und den olympähnlichen Bergrücken des Schöckls erblicken konnte.“ Aus dieser Zeit stammt auch sein umfangreicher Briefwechsel mit seinem Freund Peter Rosegger, dessen Wohnung in der Burggasse er von der Glacisstraße aus sogar sehen konnte.

Ein Stück weiter macht die Dammallee einen scharfen Knick nach links. Bald darauf sehen wir rechts jenen Teil des Stadtparks, der seinerzeit den Vergnügungen und den Viehmärkten gewidmet war. Hier befindet sich seit 1878 ein Wetterhäuschen, in dem noch heute die Grazer die jeweilige Temperatur, den Luftdruck und die Luftfeuchtigkeit ablesen können. Dieses Wetterhäuschen wurde, zunächst turmförmig, im Jahr 1878 vom Stadtverschönerungsverein errichtet. Ein Chronist berichtet darüber: „Im Jahre 1878 machte der Verein der steirischen Landeshauptstadt das Wetterhäuschen mit seinen Thermometern und Barometern, mit seiner vierseitigen Uhr und seinen topographischen und statistischen Angaben zum Geschenk, und viele Jahrzehnte hindurch holten sich dort die Parkbesucher ihre Temperatur- und Wetterangaben und kombinierten sich ihre Wetterprognosen. In seiner geschmackvollen, ansprechenden Ausführung bildete das Wetterhäuschen eine gefällige Zierde unserer prächtigen städtischen Parkanlage, die sich ausgezeichnet in den grünen Rahmen seiner Umgebung einfügt.“ Inzwischen hat das Wetterhäuschen eine moderne, unserer Zeit angemessene Form erhalten.

Schräg hinter dem Wetterhäuschen steht verborgen in einer Thujennische das Denkmal Robert Hamerlings, der lange Jahre in Graz lebte und hier unter anderem das Versepos „Der König von Sion“, den Roman „Aspasia“ sowie einige Dramen schrieb. Das Denkmal wurde am 18. Mai 1904 in Anwesenheit Peter Roseggers, des treuesten Freundes von Robert Hamerling, enthüllt. Die Festansprache schloß Professor Dr. Kratter mit den Worten: „Mögen Sie Ihren Lohn finden in der Freude an dem schönen Werke, das Meister Kundmann als neue künstlerische Zierde für unsere Stadt geschaffen hat, uns zur Freude, sich selbst zur Ehre! Vollendet ist das Werk! So mag die Hülle fallen und zum ersten Male das helle Licht des Tages strahlen auf Robert Hamerlings erstes großes Denkmal, den in Stein gemeißelten Gedanken des Künstlers.“

Die Dammallee wird dann von einer großen Straßenkreuzung,

dem Burgstern, unterbrochen. Hier geht die von links vom Burgtor kommende Erzherzog-Johann-Allee in die Montclair-Allee über, die nach einer Schwesterstadt von Graz benannt ist und hinaus ins Leonhardviertel führt. Von hier aus erblicken wir ganz zur Linken die schmucklose Außenfront des Grazer Künstlerhauses, des Zentrums zahlreicher künstlerischer Aktivitäten der steirischen Landeshauptstadt. Zwischen den Bäumen der Erzherzog-Johann-Allee lugen Teile der Stadtkrone, so vor allem der Turm des Mausoleums und das Burgtor hervor. In dieser Gegend wurden noch in den zwanziger Jahren unseres Jahrhunderts täglich einige Ziegen aufgetrieben, von denen sich die Hausfrauen der Innenstadt ihre Milch holen konnten.

Überqueren wir den Burgstern, so setzt sich die Dammallee fort, die hier eigentlich kaum noch diesen Namen verdient. Unmittelbar zur Linken steht im Grünen die Büste des im November 1971 verstorbenen Landeshauptmannes Josef Krainer. Hier, in unmittelbarer Nähe seiner einstigen Wirkungsstätte, der Grazer Burg, hat man die von Alexander Silveri geschaffene Büste des großen Steirers aufgestellt. Jetzt sehen wir auch die Reste der Stadtmauer und des Schanzgrabens, über denen sich der Burggarten erhebt, in dem eine moderne Plastik des Grazer Bildhauers Wolfgang Skala steht. Sie symbolisiert einen Freiheitsadler und wurde zum Abschluß des österreichischen Staatsvertrags geschaffen. Kurz nach Aufstellung der Plastik im Jahr 1956 wurde der Adler von Gegnern der modernen Kunst mit Pech übergossen und mit weißen Daunenfedern überschüttet. Auf der Mauerkrone über dem Schanzgraben stehen verschiedene in Sandstein gehauene Statuen, unter ihnen jener steirische Panther, der einmal am Grazer Rathaus angebracht war.

Ist man der breiten Allee gefolgt, so kommt man zu einem kleinen runden Platz. Hier steht eine Büste Johann Wolfgang Amadeus Mozarts und wenige Schritte weiter eine kleine Bronzebüste von Robert Stolz.

Die links abbiegende Allee wird nunmehr ganz eng und dunkel.

Wir erblicken zur Linken, etwas tiefer gelegen, einen kleinen, von Fichten umstandenen Platz, auf dem hinter einem kleinen Teich die „Waldlilie“ steht, eine Statue, die Hans Brandstetter nach einer Gestalt aus Roseggers „Schriften des Waldschulmeisters“ geschaffen hat. Einige wenige Schritte weiter, ebenfalls zur Linken, folgt die Babybar, ein kleines Caféhaus, das gern besucht wird. In den zwanziger Jahren hatte hier ein Schweizer einen Milchstand, der sich bald eines guten Zuspruchs erfreute. Die Kuh, die die Milch lieferte, wurde täglich hierher getrieben und in einem Holzverschlag untergebracht. Vor den Augen der nach Milch lechzenden Stadtparkbesucher wurde die Kuh zum Gaudium der Umstehenden dann gemolken. Schaut man von dieser Stelle der Allee nach rechts, so sieht man zwischen den Bäumen das Denkmal des Gründers des Stadtparks, des Ritters Moritz von Franck, das vom Wiener Bildhauer Helmer geschaffen wurde.
Jetzt sind es nur noch wenige Schritte bis zum Haus Stadtpark Nr. 1, das heute das Forum Stadtpark beherbergt, ein Zentrum der künstlerischen Avantgarde. Früher war hier das Stadtparkcafé etabliert, vor dem noch in den Nachkriegsjahren eifrige Tänzerinnen und Tänzer an Sonntagnachmittagen die Beine schwangen. Von diesem Forum Stadtpark, das auf Initiative einiger Grazer Künstler, mit Günter Waldorf und Alois Hergouth an der Spitze, praktisch aus dem Nichts geschaffen wurde, sind zahlreiche Impulse ausgegangen, die die geistige Landschaft nicht nur in der Steiermark und in Österreich mitgeprägt haben. Aus diesem Haus, in dem auch Franz Nabl und Elias Canetti gerne Lesungen hielten, sind, um nur ein paar Namen zu nennen, Literaten wie Peter Handke, Wolfgang Bauer, Gerhard Roth und der heutige Forum-Präsident Alfred Kolleritsch hervorgegangen. Das Forum Stadtpark hat jedenfalls den deutschen Schriftsteller Johann Casper Riesbeck Lügen gestraft, der im Jahr 1783 in seinen „Briefen eines reisenden Franzosen über Deutschland“ an seinen Bruder in Paris neben jenen Äußerungen, die wir bereits im ersten Kapitel kennengelernt haben, über die Grazer folgendes geschrieben hat:

„Ich glaube aber, diese Nation wird immer durch diese Kapaunen, denen ich meinen Beifall nicht versagen kann und die als Leckerbissen häufig nach Wien und noch weiter verschickt werden, berühmter bleiben, als durch ihre literarischen Produkte.“ Welch ein Irrtum, kann man nur sagen. Denn daß sich der österreichische „Anti-Pen-Club“, wie er „liebevoll“ genannt wird, unter dem offiziellen Namen „Grazer Autorenversammlung“ hier niederließ, ist ebenfalls kein Zufall. Diese Entwicklung ist dem offenen Klima zu danken, das in Graz herrscht und das es möglich macht, immer neue geistige und künstlerische Kräfte zu entdecken und ihre Entfaltung zu fördern. Um dieses Klima hat sich vor allem der ehemalige Kulturreferent der Steiermärkischen Landesregierung und derzeitige Landtagspräsident Univ.-Prof. Dr. Hanns Koren verdient gemacht, der auch den Steirischen Herbst initiierte und zu dem wachsen ließ, was er heute ist.

Hier beim Forum Stadtpark empfiehlt es sich, die Dammallee für kurze Zeit zu verlassen und nach rechts abzubiegen. Ist man am Forum vorbeigegangen und hat einen kiesbestreuten Platz überquert, so steht man vor dem Stadtparkbrunnen, der früher Kaiser-Franz-Josef-Brunnen hieß und der vom Pariser Durenne für die Wiener Weltausstellung 1873, auf der er auch angekauft wurde, gegossen worden ist. Nach dem Stadtparkbrunnen sollte man den geraden Weg hinaus zum Glacis gehen, der zu allen Jahreszeiten, in denen es Blumen gibt, zu beiden Seiten von üppigen Blüten gesäumt wird, in denen auf der einen Seite die Statue der Styria und auf der anderen Seite die Statue der Austria von Hans Brandstetter stehen, die früher einmal die alte Hauptbrücke geziert haben.

Überquert man am Ende dieses Weges das Glacis, steht man am Anfang der Zinzendorfgasse, dem Startpunkt der seinerzeitigen Pferdetramway nach Maria Trost, die im Jahr 1898 von der elektrischen Kleinbahn Graz – Maria Trost abgelöst wurde. Diese Kleinbahn existierte bis zum Jahr 1939, als man den ersten Teil zwischen der Zinzendorfgasse und dem Hilmteich stillegte. Dann

drang mit der Normalspur der Grazer Tramway die Neuzeit Stück für Stück immer weiter gegen Maria Trost vor.
Von hier sind nur wenige Schritte nach links notwendig, und man steht urplötzlich am Eingang eines kleinen Gäßchens, das zu den Treppen hinauf zur Leechkirche führt. Dieses malerische Kirchlein wurde in seiner ursprünglichen Form schon im Jahr 1202 von Herzog Leopold zu Ehren der heiliggesprochenen Kaiserin Kunigunde auf einem kleinen Hügel als Kunigundenkapelle errichtet und im Jahr 1233 dem Deutschen Ritterorden übergeben, dem es heute noch gehört. In den Jahren 1275 bis 1292 wurde dann ein gotischer Neubau errichtet, nachdem die alte Kirche im Jahr 1250 zerstört worden war. Zwischen den beiden Türmen im Giebelfeld über dem Hauptportal thront eine Madonna mit Kind aus Stein, die aus der Zeit um 1275 stammt. Das Innere der einschiffigen Kirche mit Kreuzrippengewölben beherbergt einen Hochaltar aus der Zeit von 1780, mit einer Marienstatue aus dem späteren 15. Jahrhundert als Hauptstück. An den Wänden beim Hochaltar finden wir Fahnen und Totenschilde von Ordensrittern. Am linken Seitenaltar steht eine schöne barocke Vespergruppe. An der südlichen Außenwand der Kirche befinden sich verschiedene Erinnerungstafeln, unter ihnen eine an den steirischen Dichter Johann Ritter von Kalchberg.
Geht man rechts an der Kirche vorbei und die schmale Stiege hinunter in die Zinzendorfgasse, so kommt man am Haus des Deutschen Ritterordens vorbei, an dem ein im Jahr 1977 restaurierter Asylstein eingelassen ist, der so manchem Flüchtling aus dem Schloßbergverlies das Leben gerettet haben soll. Den

Zu den schönsten Renaissancebauten nördlich der Alpen zählt das Landhaus von Graz. Zu seinen prachtvollsten Teilen gehört der Arkadenhof. Unter der Kuppel neben dem Aufgang zur Landstube befindet sich die Landhauskapelle.

PARK·CAFE

Deutschordensrittern war die Befreiung von aller weltlichen Gerichtsbarkeit gewährt und das Recht des „Blutigen Pfennigs zuerkannt worden“. Nach diesem Recht erhielten sie für jeden in ihrem Bezirk Ermordeten für die Leichenschau 72 Pfennige.

Wir aber wollen von diesem Ausflug hinaus zum Glacis wieder zurückkehren in die Dammallee, zum Platz vor dem Forum Stadtpark, der von einer kleinen Mauer umgeben ist. Blickt man über diese Mauer, so sieht man etwas tiefer einen Verkehrs-Kindergarten, hinter dem noch die Reste der seinerzeitigen Bastei erhalten sind. Geht man vom Forum weiter durch die Dammallee, sieht man zur Rechten einen Musikpavillon, in dem an Sonntagnachmittagen Konzerte gegeben werden, und zur Linken die langgezogene Mauer, die das Gelände der Polizeidirektion gegen den Stadtpark hin abgrenzt. Dort, wo heute Polizeirekruten exerzieren und die Polizeimusikkapelle übt, ertönten seinerzeit die Schmerzensschreie der Kranken im Ersten Allgemeinen Krankenhaus des Landes. Etwas weiter rechts ist zwischen Fichten und Weidenbäumen in einem kleinen Rosarium die Büste Johann Keplers auszumachen, die der Bildhauer Alfred Pirker schuf. Bald darauf sehen wir, ebenfalls rechts von der Allee, eine Bronzebüste des berühmten steirischen Landeshistorikers Pirchegger.

Knapp vor dem Ende der Dammallee steht die überlebensgroße Statue des Staatsmannes Alexander Graf von Auersperg, der als Dichter das Pseudonym Anastasius Grün wählte. Sie wurde 1887 vom Wiener Karl Kundmann geschaffen, der auch die Statue Robert Hamerlings gestaltete.

Im Haus Parkring Nummer 4, dort, wo heute das Paßamt untergebracht ist, befand sich um die Jahrhundertwende eine

Links: Wo heute die Avantgarde im Forum Stadtpark ihre Heimstatt gefunden hat, befand sich bis weit nach Kriegsende das Park-Café, das dieses Foto von Eugen Hauber im Jahr 1946 zeigt. Erst 1958 verlor es die alte Form und wurde zum Forum Stadtpark umgestaltet.

Rechts: Eines der schönsten Beispiele romantischer Grazer Höfe in der Altstadt ist der des Krebsenkellers in der Sackstraße. Hier wird seit 1583 für das leibliche Wohl der Grazer und ihrer Gäste gesorgt.

Leichenhalle, und die neugierigen Spaziergänger, vor allem die Kinder, starrten in den Keller, in dem die offenen Särge in Reih und Glied standen. Mit schwarzen Pferden und Glaswagen nahmen von hier die Begräbniszüge zum Leonhardfriedhof ihren Ausgang.

Überquert man die vom Paulustor kommende Straße, so streckt sich ein weiterer Teil des Stadtparks hinunter bis zur Parkstraße und auf der linken Seite bis zum Fuß des Schloßbergs. In diesem Teil gibt es außer einer schönen Nepomukkapelle und dem Erinnerungsobelisken für den Turnvater Jahn kein Denkmal, keine Büste und keine Statue. Dafür aber gibt es, was der erholungsuchende Städter sucht: die in ihrer Natürlichkeit belassenen Wiesen, Sträucher und Bäume, die den Stadtpark zu dem machen, was er ist, zur „Grünen Lunge von Graz".

Schloß Eggenberg – das Schönbrunn von Graz

Wenn der Landeshauptmann der Steiermark einen besonders eindrucksvollen Empfang geben möchte, lädt er nach Schloß Eggenberg, dem Schönbrunn von Graz. Dann leuchtet das Schloß mit seinen prächtigen Fassaden und Türmen, eingefaßt von einem tiefen Graben und umfangen vom Grün eines gepflegten englischen Parks, der früher einmal in französischem Stil angelegt war, wie ein Juwel aus dem Dunkel der Nacht. Von außen mit Scheinwerfern angestrahlt, schimmert in der Höhe des zweiten Stockes wie ein warmer Goldreif die Reihe von Fenstern, hinter denen Tausende von Kerzen entzündet worden sind. Auch dem nüchternsten Zeitgenossen wird es in solchen Augenblicken nicht schwerfallen, die Vergangenheit vor seinem Auge erstehen zu lassen.

Eines der großen Ereignisse dieser Vergangenheit ist uns genau überliefert. Es ist die Beschreibung des „Beilagers", welches Kaiser Leopold I. im Jahr 1673 nach seiner Vermählung mit Erzherzogin Claudia Felicitas von Tirol im Schloß Eggenberg hielt. Wörtlich heißt es: „Herr Johann Christian, Fürst und Herr zu Eggenberg, empfing mit seiner Gattin das höchste Brautpaar samt der Erzherzoginmutter und dem ganzen Gefolge mit königlicher Pracht an den Schloßtoren. Die Mauern des großen Gartens waren mit den kostbarsten spanisch-niederländischen allegorisch gewebten Teppichen behangen, deren Stickwerk aus schwerem Gold und Silber bestand. Am Eingang waren zwischen achtundvierzig Kunstgemälden zwei hohe Spiegel gegenüberstehend aufgerichtet. Der Boden von da bis zum Schloßgebäude war mit Teppichen belegt. Das Schloß selbst glich einem funkelnden Smaragde, in dessen Mittelpunkt das goldene Chronographikon ‚Ave Claudia Imperatrix!‘ angebracht war, das noch jetzt zu sehen ist. Das Brautbett bildete ein kaiserliches Lagerzelt, von schwarzen gewundenen Säulen umgeben, woran von Gold- und Silberstoff verfertigte Tapeten hingen und worein sich diese Nacht Seine Majestät der Kaiser, der die vorige Nacht in der Burg geruhet hatte, selbst begaben. Nicht viel minder kostbar waren die Bettstätten und Geräte der Großherzogin von Florenz und anderer Hofpersonen. Am folgenden Morgen um neun Uhr empfingen beide Majestäten die Glückwünsche der steiermärkischen Stände und des alten Adels in einem mit Gold und Purpur behangenen Audienzsaale. Nach vollendeter Rede des Landmarschalls Georg Christian Grafen von Saurau wurden sie sämtlich zum Handkusse vorgelassen. Es zeichneten sich unter diesen durch ihren glänzenden Aufzug vorzüglich aus: Die Grafen und Herren von Stubenberg, Herberstein, Attems, Trauttmansdorff, Saurau, Mörsberg, Bräuner, Gleispach, Dietrichstein, Radmannsdorf, Purgstall; die Freiherren von Wilfersdorf, Lengheim, Teufenbach, Galler, Wurmbrand, Zehentner u. a. m. Am 15. geschah dann endlich die Vermählung in der hiezu zubereiteten Hofkirche St. Ägyden [dem heutigen Dom]. Nachdem sämtliche für die neue Kaiserin bestimmten Damen und sonstige Bedienung in Eggenberg eingetroffen waren, begann der aus mehr als neunzig sechsspännigen Kutschen bestehende Zug in die Stadt zu ziehen. Die hohe Braut saß in einem mit sechs Schimmeln bespannten offenen Wagen, dessen Räder mit Silber beschlagen und vergoldet waren. Die Kutscher mit feinem Sammet, die Pferde mit Gold und Silber bedeckt. Das Brautkleid der Kaiserin bestand aus feinem Goldstoff, mit Blumen, Perlen und Edelsteinen.“

Aber auch der Besuch Maria Theresias wird durch das Maria-Theresia-Zimmer in bleibender Erinnerung gehalten. Die große Kaiserin war im Jahr 1765 mit ihrer Familie Gast im Prunkbau der Eggenberger. Auf dem weiten Platz vor der Hauptfront des Schlosses, wo heute bei den Empfängen die Autos parken, wurde im Jahr 1777 das letzte steirische Turnier ausgetragen. Später sollte hier ein von Erzherzog Johann angeregtes großes Volksfest stattfinden, das es allerdings nur bis zur Generalprobe brachte. Erzherzog Johann wollte anläßlich des Zarenbesuches sein Volk dem russischen Herrscher vorstellen. In sein Tagebuch trug er ein: „Es war ein herrlich schönes Schauspiel: der Anblick der ganzen Nation, ihrer Erzeugnisse, ihrer Kleidung, Gebräuche, Gesänge, Musik usw." Aber leider kam es, wie gesagt, nur zur Generalprobe, weil der Staatsbesuch im letzten Augenblick wegen Krankheit des Zaren abgesagt werden mußte.

Bauherr des Schlosses war Hans Ulrich von Eggenberg, seit 1625 Statthalter von Innerösterreich, und noch heute streiten die Gelehrten, ob wohl Pietro de Pomis oder Laurenz van de Sype der Baumeister war. Vieles spricht dafür, daß das Urkonzept von Hans Ulrich von Eggenberg selbst stammte, der es unter dem Einfluß der spanisch-habsburgischen Alkazar-Bauten, wie z. B. des Escorial in Madrid, den er auf seiner Hochzeitsreise kennengelernt hatte, entwarf. Als Bauleiter fungierten mit ziemlicher Sicherheit van de Sype und der Italiener Pietro Valnegro, die bis zum Jahr 1656 den Rohbau fertigstellten. Der von Hans Ulrich von Eggenberg begonnene Bau wurde von seinem Sohn Johann Anton weitergeführt, aber erst sein Enkel Johann Seyfried konnte ihn in den sechziger Jahren des 17. Jahrhunderts vollenden.

In einer Beschreibung aus dem Jahr 1827 heißt es noch, daß man Eggenberg durch eine wohlerhaltene breite Pappel- und Kastanienallee erreichen könne, die aus der Murvorstadt bis hin zum Schloß durch blühende Gärten und wogende Saatfelder führte. Schon aus weiter Ferne gewährte das große, prächtige Gebäude, so heißt es, einen königlichen Anblick, und das ist auch heute noch der Fall. Vier breite, wohlgegliederte Flügel formen annähernd ein Quadrat, das im Inneren durch einen parallel zur Hauptfront verlaufenden Quertrakt getrennt wird. Durch die senkrecht hierzu angeordnete Schloßkapelle wird das gesamte Bauwerk in einen großen vorderen und zwei kleine rückwärtige Höfe geteilt. An den vier Ecken des Gebäudes streben klobige Türme in die Höhe, die

von Laternen gekrönt sind. Im Zentrum des großen Hofes, der an drei Seiten von weitbogigen Arkadengängen umgeben ist, befindet sich, etwa in der Mitte des Quertraktes, eine Brunnengrotte. Aus diesem Mitteltrakt steigt der Kuppelhelm eines fünften Turmes auf, an dem die Schloßuhr ihren Platz gefunden hat. Die dreigeschossigen Außenfronten zeigen genau 365 Fenster und zeichnen sich durch sparsame Gliederung wie durch strenge Einfachheit der Linienführung aus. Die Mitte der Hauptfront wird durch einen mit Pilastern und Säulen ausgestatteten Portalbau betont, der oben durch einen Balkon abgeschlossen ist. Über diesem Balkon befindet sich im zweiten Geschoß ein kleinerer Balkon, über dessen Tür das große, in Stein gehauene, von zwei geflügelten Genien gehaltene Fürstenwappen der Eggenberger mit drei Raben im Zentrum angebracht ist.
In den Räumlichkeiten des ersten Stockes ist seit 1953 das erste Jagdmuseum Österreichs untergebracht, das die „Jagd in der Kunst“ und praktisches Anschauungsmaterial so geschlossen und umfangreich darstellt, wie es kaum anderswo zu finden ist. Im übrigen wird dieses Jagdmuseum von einem Nachfahren Erzherzog Johanns, dem Grafen Philipp Meran, geleitet.
Bevor wir uns den sechsundzwanzig Prunkräumen im zweiten Geschoß zuwenden, wollen wir einen Blick in die ehemalige Kapelle des Barockschlosses werfen. Zu unserer Überraschung betreten wir einen gotischen Raum, über dessen genaue Entstehungszeit sich viele Experten den Kopf zerbrochen haben, ohne eine Lösung zu finden. Im 18. Jahrhundert wurde diese Kapelle durch eine wesentlich geräumigere ersetzt, die sich an der Rückseite des Schlosses zwischen die beiden kleinen Höfe einschiebt. Besonders bemerkenswert an dieser Kapelle, die heute gern als Hochzeitskapelle verwendet wird, sind am Hochaltar eine Kopie des Gnadenbildes „Maria Schnee“ und ein marmornes Grabmal der 1815 verstorbenen Gräfin Henriette Herberstein, das in der Werkstatt Canovas hergestellt wurde.
Doch nun hinauf in den zweiten Stock, in die Prunkräume, zu

denen ein Festsaal, der Theatersalon, ein grüner Salon, ein Speisesalon, ein Spielsalon, ein Tanzsalon, ein Jagdsalon, ein römisches Zimmer, ein Prunkschlafzimmer (in dem seinerzeit Maria Theresia nächtigte), das chinesische Kabinett, das japanische Kabinett, ein Damensalon, ein Herrensalon, ein gelber Salon, ein Hochzeitszimmer und ein Eggenbergerzimmer gehören. Der Kunsthistoriker Karl Friedl hat in einem Aufsatz im Jahr 1952 diese Prunkräume glänzend beschrieben: „Es ist ein sinnbetörender Rausch von Farben und Formen, der sich da dem schönheitsdurstigen Auge bietet, eine jubelnde Symphonie an Gemälden und Stukkos, von schön geschwungenen Öfen und glitzernden Lustern, an denen man sich nicht sattsehen kann. Die Innendekoration erreicht ihren Höhepunkt im zentral gelegenen prunkvollen Festsaal mit seiner bis ins Dachgebälk reichenden Wölbung, zu dem beiderseits der Einfahrtshalle Treppen emporführen. In seine Wände und die mit verschwenderischer Pracht stukkierte Decke sind Ölgemälde des Eggenberger Hofmalers Adam Weißenkirchner aus den Jahren 1684 und 1685 eingelassen. Der Denkweise ihrer Entstehungszeit entsprechend, bringen sie mythisch allegorische Gestalten sowie die Zeichen des Tierkreises mit der Familie des fürstlichen Auftraggebers in beziehungsvolle Verbindung."
In den übrigen Sälen und Gemächern zeigt sich eine interessante Zweiteilung. An den Decken herrscht die schwere Pracht des Barock vor, während bei der übrigen Einrichtung schon das leicht beschwingte Rokoko zur Geltung kommt. Besonders interessant sind die mit Leinwand bespannten Wände, auf denen Johann Baptist Anton Raunacher um 1760 die elegante Welt der damaligen Zeit einfing. Als spezielle Schmuckstücke gelten auch die beiden chinesischen Kabinette und das Porzellan-Zimmer. Die chinesischen Kabinette sind nach den feinkolorierten chinesischen Tuschzeichnungen benannt, die auf einem Untergrund von Papier und Seide die Wände bedecken. Im Porzellanzimmer sind bemalte Teller als Zierstücke in die Wandverkleidung eingesetzt. Die Räume, in denen Rokokoöfen mit zum Teil sehr reicher Vergol-

dung den Betrachter begeistern, werden durch die Empfänge und Feste, die das Land hier veranstaltet, in einem wohlverstandenen Sinne revitalisiert.
Aus jeder Ecke des prunkvollen Schlosses spricht noch heute die Bedeutung des Geschlechtes derer von Eggenberg, die es wie kein anderes Adelsgeschlecht der Steiermark zu Macht und Ansehen brachten. Noch in der Mitte des 15. Jahrhunderts waren sie fleißige Bürgers- und Handelsleute in Radkersburg und Graz. Ulrich Eggenberger betrieb als erster den Handel im großen und erwarb sich ein bedeutendes Vermögen. Aber dieses Vermögen wurde unter sechzehn Kindern aufgeteilt. Zwei seiner Söhne, Balthasar und Hans, verstanden es, ihr Erbe zu nutzen und zu mehren. Balthasar erwarb sich bald einen so hervorragenden Ruf, daß Kaiser Friedrich III. auf ihn aufmerksam wurde. Hans war nach Radkersburg übersiedelt und wurde zum Begründer der späteren Ehrenhausener Linie des Geschlechts, an die noch das Mausoleum in Ehrenhausen erinnert, das eines der berühmtesten Mitglieder dieses Familienzweiges, Ruprecht von Eggenberg, der bekannte Heerführer aus der Zeit der Türkenkriege, erbaute. Balthasar wurde vom Kaiser in den Adelsstand erhoben, es wurde ihm ein Wappen verliehen, auf welchem drei junge Raben eine goldene Krone gegen den Himmel tragen. Friedrich III. verlieh ihm auch den Titel „Unser lieber Getreuer“ und machte ihn zu seinem Münzmeister. Balthasar erwarb sich durch unerschütterliche Treue, durch Fleiß und Gerechtigkeitssinn sowie durch Wohltätigkeit allgemeine Achtung, so daß viele Grafen und Fürsten sowie die Reichsstädte Nürnberg und Frankfurt am Main sich um seine Gunst bewarben. Ungarns großer König Matthias Corvinus verlieh ihm 1467 den ungarischen Adel und setzte ihn an Rang und Würde den Magnaten seines Reiches gleich. Doch zuletzt wurde er offenbar ein Opfer seiner Güte. Seine Vermögenskräfte waren erschöpft, und er selber mußte um seine Entlassung ansuchen. Er soll in der Folge auf den Schloßberg gebracht worden sein, wo er im Jahr 1493 in der Eisernen Jungfrau, die er

selber dort aufstellen ließ, hingerichtet wurde. Als der Kaiser bald darauf starb, gab sein Nachfolger Maximilian den Kindern Balthasars für die Summen, die der Kaiser dem Eggenberger noch schuldete, das Gut- und Bergrecht am Graben zur Entschädigung. Balthasar hat in Graz neben den Diensten, die er dem Staat erwies, viele gute Werke getan. So trug er zum Bau des Franziskanerklosters bei, den Dominikanerinnen, die das Kloster zu St. Leonhard verlassen mußten, gab er ein schönes Haus in Graz, und den Dominikanermönchen beim Heiligen Blut in Graz schenkte er einen Weingarten und Wiesen am Rosenberg. Balthasar, der das alte Eggenberger Schloß bei Algersdorf errichten ließ, hatte zwei Söhne, Wolfgang und Christoph. Wolfgangs Sohn war der berühmte Seyfried, der, obwohl er ein Anhänger Luthers war, von Kaiser Ferdinand II. geehrt und einmal auch um ein Darlehen zur Fortführung des Türkenkriegs gebeten wurde. J. A. Kumar erzählt in seinem Buch „Mahlerische Streifzüge in den Umgebungen der Hauptstadt Gräz“ (1815), daß sich der Kaiser bei dieser Gelegenheit in das Stammhaus Seyfrieds begeben habe. Obwohl Seyfried selbst in Geldschwierigkeiten war, half er dem Kaiser: Nach kaum drei Stunden eilten die Eggenberger Untertanen in den Schloßhof und streckten dem Kaiser zu seiner größten Verwunderung 100.000 Gulden vor. Dieser Seyfried war es auch, der später alle Kirchen, die von seinen Vorfahren gebaut oder dotiert worden waren, mit lutherischen Pastoren besetzte. Ein alter blinder Mann namens Balthasar erhielt in seinem Garten in Graz, dort, wo jetzt der Paradeishof steht, die Möglichkeit, Luthers Grundsätze zu verteidigen.

Seyfrieds Onkel, Christoph von Eggenberg, heiratete reich. Helene Fuggerin, die Witwe Ruprechts von Herberstein, war seine Auserwählte. Durch diese Heirat vermehrte er sein Vermögen derart, daß er im Jahr 1543 die Herrschaft Ehrenhausen kaufen und sich „Zu Ehrenhausen“ nennen konnte. Er hatte drei Söhne, Rupert, Bartholomäus und Johann Christoph, die im Dezember 1598 gemeinsam mit ihrem Vetter Johann Ulrich von Kaiser

Rudolf II. in den Freiherrenstand erhoben wurden. Ruprecht brachte es vor allem zu kriegerischem Ruhm. Er war zuerst Schloßhauptmann in Gräz, dann General der bayrischen Artillerie, und wurde 1586 Oberst in spanischen Diensten. Als er siebzehn Jahre später nach Innerösterreich zurückkehrte, erhielt er 1593 das Oberkommando gegen die Türken, wurde kaiserlicher Rat und Minister und 1596 Zeugmeister in Wien sowie Generaldirektor der Artillerie. In Graz nahm er als Stellvertreter Erzherzog Ferdinands die Huldigung der steiermärkischen Stände entgegen. 1598 wurde er zum Kommandanten von Wien ernannt.
Sein Vetter Hans Ulrich, Freiherr von Eggenberg zu Ehrenhausen, ein Sohn Seyfrieds, der im Jahr 1586 geboren wurde, machte die steilste Karriere in der Geschichte der Eggenberger. Von Ruprecht protegiert, wurde er kaiserlicher Hauptmann in den Niederlanden, wo er sich Gunst und Gnade des Monarchen erwarb. Dann kam er an den Hof nach Graz und wurde erzherzoglicher Mundschenk. Als Ferdinand schließlich den Kaiserthron bestieg, ernannte er Hans Ulrich von Eggenberg zu seinem Kammerpräsidenten, dann zum Obersthofmeister der Erzherzogin Maria Anna, endlich zum kaiserlichen Gesandten in Spanien und nach seiner Rückkehr zum Statthalter der innerösterreichischen Länder und der Seeküsten mit fast unumschränkter Vollmacht. 1621 wurde Hans Ulrich von Eggenberg Landeshauptmann der Steiermark und ein Jahr später Erblandmundschenk von Krain und der Windischen Mark. Gleichzeitig erhielt er den Orden des Goldenen Vlieses. Am 31. August 1623 wurde er auf dem Reichstag zu Regensburg mitsamt seinen Nachkommen vom Freiherrenstand unmittelbar in den Reichsfürstenstand erhoben und erhielt Sitz und Stimme im fürstlichen Reichskollegium. Nachdem er 1624 den wichtigen Vergleich zwischen Kaiser Ferdinand und den Erzherzogen Karl und Leopold über Tirol und die vorderösterreichischen Erbländer vermittelt hatte, wurde er der erste Vertraute des Kaisers und erlangte 1625 das Oberst-Erb-und-Marschallamt ob und unter der Enns. Am 27. Juni 1628 wurde er mit den dazugehörigen

Herrschaften Senftenberg und Oberwaldsee belehnt. Im selben Jahr erhielt er die zu einem Herzogtum erhobene Stadt Krumau mit 311 Schlössern und Ortschaften. Dieser Hans Ulrich, der zu den vertrautesten und liebsten Ministern Ferdinands II. gehörte und den ein Chronist sogar „das Herz des Kaisers" nannte, wußte aber auch zu leben. Als er beispielsweise seinen Posten als kaiserlicher Botschafter am päpstlichen Hof antrat, zog er mit einem von sechs arabischen Hengsten bespannten Wagen, umgeben von einem in Gold strotzenden Gefolge, in Rom ein. Alle Pferde, so wird berichtet, waren mit silbernen Hufeisen beschlagen, und Geld wurde von allen Seiten unter das Volk geworfen. Später, als ihn ein schweres Leiden ans Bett fesselte, kam Kaiser Ferdinand II. wiederholt persönlich zu ihm und erwies ihm „viel Familiärität", wie ein Zeitgenosse berichtete. Er speiste mit der Kaiserin im Haus des Eggenbergers und hielt mehrmals die geheimen Staatskonsultationen vor seinem Bett ab. 1634, im selben Jahr, in dem Wallenstein ermordet wurde, stand Kaiser Ferdinand an der Bahre seines liebsten Ministers, auf dessen Scharfsinn er nun, wo er ihn mehr denn je benötigte, verzichten mußte.
Auf Hans Ulrich, der unter anderem auch das Spital der Barmherzigen Brüder und Kirche und Kloster der Minoriten in Graz gestiftet hatte, folgten seine beiden Söhne Johann Anton und Johann Christian. Johann Anton, der den Bau des Schlosses in Eggenberg fortsetzte und es ebenfalls zu hohen Würden brachte, heiratete 1639 die Prinzessin Anna Maria, eine Tochter des Markgrafen Christian von Bayreuth und der Herzogin Maria von Preußen. Sie schenkte ihm zwei Söhne, Johann Christian und Johann Seyfried. Johann Christian war der Eggenberger, der ebenfalls ins Reichsfürstenkollegium aufgenommen wurde und uns bereits zu Beginn dieses Kapitels begegnet ist: er war es, der Kaiser Leopold und seine Gemahlin in Eggenberg empfing. Johann Christian war mit Maria Ernestine, Prinzessin von Schwarzenberg, vermählt und hatte keine Kinder. Als er 1710 starb und bei den Minoriten in Graz beigesetzt wurde, folgte ihm in der

Regierung des Fürstentums sein jüngerer Bruder Johann Seyfried, der ebenfalls kaiserlicher Geheimrat und Kämmerer sowie Landeshauptmann in Krain wurde.
Johann Seyfried, der 1713 im 70. Lebensjahr auf seiner Herrschaft Waldstein in der Nähe von Graz starb, hatte schon bei Lebzeiten seinem einzigen Sohn Johann Anton Josef einen Teil seiner Würden abgetreten. Johann Anton Josef folgte ihm auch als Familienchef nach. Sein Titel war im vollen Wortlaut: „Des Heiligen Römischen Reiches Fürst und Herr zu Eggenberg, Herzog zu Krumau, gefürsteter Graf zu Gradiska, Graf zu Adelsberg, Herr zu Aquiläa, zu Pettau, Ehrenhausen, Radkersburg, Straß, Liebenau, Plankenwarth, Waldstein, Thal, Gösting, Stübing, Wildon, Herbersdorf, Rohitsch, Weitersdorf, Alban, Habsberg, Kaltenbrunn, Kleinhäusl, Kroisenegg, Lams, Leutsch, Nußdorf, Schneeberg, Stegberg, Weisenfels, Friedstein, Feldes, Stichelberg, Senftenberg und Oberwaldsee, Oberster Erblandkämmerer in der Steiermark, Oberster Erbmarschall in Österreich ob und unter der Enns, Oberster Erbmundschenk und Landeshauptmann im Herzogtume Krain und der Windischen Mark, Wirklicher Geheimrat und Kämmerer". Er hinterließ zwei Töchter und einen Sohn, Johann Christian, der, 1704 geboren, noch unmündig war, als sein Vater starb. Johann Christian überlebte seinen Vater nur um ein Jahr und starb am 23. Februar 1717 als der Letzte seines Stammes.
Die Familie der Eggenberger wurde in der Steiermark von den Herbersteins beerbt, als die ältere Schwester des letzten Eggenbergers, Maria Anna Eleonore, den Grafen Johann Leopold von Herberstein heiratete. In Böhmen waren die Fürsten Schwarzenberg die Erben.
Im Jahr 1939 erwarb das Land Steiermark Schloß Eggenberg von der Familie Herberstein und machte damit alle Bürger dieses Landes zu den Erben der Eggenberger. In den Jahren 1947 bis 1953 wurde das Schloß restauriert, sämtliche Kriegsschäden wurden beseitigt. Ein Juwel der Barockbaukunst blieb erhalten.

Der Franzos' ist in der Stadt

Nun wollen wir nach St. Leonhard hinaus wandern, wo 1809 besonders erbitterte Kämpfe mit den Franzosen stattfanden.
Beginnen wir am Anfang der Leonhardstraße, bei dem Haus Nummer 3, in dessen erstem Stock ein gegeißelter Christus zu sehen ist. In diesem Haus hatte bis in die dreißiger Jahre unseres Jahrhunderts der Schuhmachermeister Matthias Reich seine Werkstätte. Im Jahr 1924 erschien die Gräfin Meran bei ihm und erzählte von der mißlichen Lage der im Exil lebenden Habsburger-Familie, unter anderem auch davon, daß die Kinder keine guten Schuhe hätten. Daraufhin fertigte der Meister kurzerhand acht Paar Schuhe für die Kinder des letzten österreichischen Kaisers an und übersandte sie an die Exkaiserin. Zum Dank erhielt er ein Bild, das die Kaiserkinder darstellte, mit der Widmung „Mit warmem Dank – Zita"; das Bild wird noch heute im Familienarchiv als wertvoller Schatz gehütet.
Von diesem Haus braucht man nur wenige Schritte weiterzugehen, um die Kreuzung Leonhardstraße–Maiffredygasse–Brandhofgasse zu erreichen. Rechts an der Ecke zur Maiffredygasse, im Haus Leonhardstraße 6, befindet sich die alteingesessene Apotheke „Zum guten Hirten", an deren Außenfront in der Maiffredygasse in einer großen Nische eine sehr schöne Kreuzigungsgruppe aufgestellt ist, für deren Pflege die Apothekerfamilie Eichler sorgt. Genau gegenüber befindet sich das große und markante Gebäude des Parkhotels mit einem romantischen Biedermeiergarten, das zu den ersten Häusern von Graz gehört und früher „Zur goldenen Birn" hieß. Zu den Prominenten, die hier abstiegen, zählte auch Adolf Hitler. Auf der anderen Straßenseite, am Ende eines Parks, hat Erzherzog Johann seine Grazer Heimstätte, das Palais

Meran, errichtet. Den Plan zur Errichtung dieses Gebäudes hatte der Erzherzog offenbar schon im Jahr 1828 gefaßt, denn schon damals kaufte er zwei Häuser in der Leonhardstraße um den Preis von 14.000 Gulden und schuf durch weitere Ankäufe zusätzlichen Platz. Später wurden noch Liegenschaften zwischen der Glacisstraße, der Maiffredygasse und der Zinzendorfgasse, darunter der in Graz sehr beliebte „Breunerhof" erworben. Dieser Breunerhof gehörte dem Steiermärkischen Landstand Josef Claudius Ritter von Pittoni, dem Gründer jenes Stadtteiles, der zwischen der Zinzendorfgasse und der Leonhardstraße liegt.
In den Jahren 1841 bis 1843 ließ Erzherzog Johann das Palais nach den Plänen des Baumeisters Georg Hauberrisser d. Ä. errichten, dem mit dem Palais Meran eines der schönsten Gebäude von Graz gelang. Der weitläufige Park um das Haus wurde nach und nach vergrößert und verschönert, aber schon im Jahr 1844 gegen die Lichtenfelsgasse hin durch eine Parkmauer abgeschlossen. Erzherzog Johann lebte bis zu seinem Tod in diesem Haus. Im Jahr 1855 wurde der Besitz in ein Fideikommiß umgewandelt, dessen Nutznießung sein Sohn Franz Graf Meran bis zu seinem Tod im Jahr 1891 innehatte. Sein Nachfolger, Johann Graf Meran, trat im Jahr 1939 alle Rechte an die Reichsfinanzverwaltung ab, die in dem Gebäude das Oberfinanzpräsidium unterbrachte. Heute ist in dem Palais, zu dem noch immer der schöne Park gehört, die Hochschule für Musik und darstellende Kunst untergebracht.
Folgt man der Leonhardstraße nun wieder auf der Seite des Parkhotels, so erreicht man knapp vor der Kreuzung mit der Schumanngasse und der Gartengasse ein einstöckiges, vorspringendes Haus. Es beherbergt eine Gaststätte mit dem Namen „Girardikeller". Und diese Benennung hat ihren guten Grund. Hier wurde im Jahr 1850 der Volksschauspieler Girardi geboren, in diesem Haus verbrachte er auch seine Kinder- und Lehrlingsjahre als angehender Schlosser.
Nach der Überquerung der Merangasse liegt auf der linken Seite das Palais Herberstein, das sich heute im Besitz der STEWEAG

befindet, die im ehemaligen Park des Palais ihr neues Verwaltungsgebäude errichtet hat. Die Repräsentationsräume des Palais sind noch erhalten und werden für Empfänge und andere Veranstaltungen verwendet. Ein paar Häuser weiter folgt ein niedriges Gebäude, in dem sich die Geschäftsräume der Hafnerei Lipp befinden, deren seinerzeitiger Inhaber, Ing. Carl Lipp, zu den bedeutenden Persönlichkeiten der steirischen Landespolitik in den fünfziger und sechziger Jahren unseres Jahrhunderts gehörte. Er war Vizepräsident der steirischen Handelskammer und ein persönlicher Freund von Bundeskanzler Julius Raab und Landeshauptmann Josef Krainer. Als Gäste in diesem Haus lebten im übrigen lange Zeit die Familienmitglieder des Malers Adolf Pirsch, von dem später noch die Rede sein wird. Genau gegenüber steht das große neue Kloster der Ursulinen mit Kirche und Schulen.

Knapp vor dem Ende der Leonhardstraße befindet sich auf der rechten Seite die Odilien-Blindenanstalt und das zum Ambiente der Leonhardkirche und des Pfarrhofes großartig passende alte Schulhaus, in dem der Komponist des Dachsteinliedes, Ludwig Karl Seydler, geboren wurde. An ihn erinnert ein Relief von Hans Brandstetter an der Außenseite des Hauses. Am Leonhardplatz steht das Haus des „Schanzlwirts", das schon vor 1717 durch Quellen nachweisbar ist, wobei aber nicht feststeht, ob das Haus unverändert erhalten geblieben ist. Es dürfte sich um das Kirchenwirtshaus des ursprünglichen Dorfes „St. Leonhard außer Grätz" handeln.

Das dominierende Gebäude am Leonhardplatz ist aber eindeutig die von einer hohen Mauer umgebene Leonhardkirche mit ihrem barocken Zwiebelturm, die in einem lieblichen kleinen Park liegt, der früher einmal ein Friedhof gewesen ist. Dieses Gotteshaus wird im Jahr 1361 das erste Mal genannt, im Jahr 1532 haben es die Türken zerstört. Dann kam Philipp Reuner, der Bischof von Lavant, der die Kirche 1535 wieder errichten ließ. 1618 wurde die Erhöhung des Kirchturms durchgeführt, und 1747 entstand die barocke Fassade. Das ehemalige Altarbild, das von einem unbe-

kannten Meister gestaltet wurde und das St. Leonhard unter einer Darstellung von Maria Schutz zeigt, hängt heute nach der Modernisierung und Erweiterung der Kirche ganz links hinten im gotischen Kirchenraum. Die schwersten Zeiten hatte das Gotteshaus in den Junitagen des Jahres 1809 zu bestehen, als die Franzosen Graz und den Schloßberg belagerten. Hier im Leonhardviertel fanden nämlich neben den Angriffen auf den Schloßberg die Hauptkämpfe mit den französischen Soldaten statt.
Der ehemalige Dechant von Stainz, Karl Neuhold, der hier einmal Kaplan war, hat darüber geschrieben: „Wenn wir den mit einer halbhohen Mauer gegen die Straße hin abgeschlossenen Kirchhof von St. Leonhard betreten, sehen wir vor dem Eingang zur Kirche eine Statue der schmerzhaften Mutter Gottes, eine alte fromme Stiftung, an der nur dem scharfen Beobachter auffällt, daß anstatt des sonst bei solchen Darstellungen üblichen Schwertes ein Säbel in der Brust der Gottesmutter steckt. Man weiß, daß an dieser Stelle ein französischer Offizier von einer Musketenkugel niedergestreckt worden war. Der damalige Schullehrer Seydler, der sich ebenso wie die übrige Bevölkerung von St. Leonhard im Samariterdienst während der Kämpfe hervorgetan hatte, brachte den Verwundeten in das nahegelegene Schulhaus, wo er unter sorgsamer Pflege schließlich genas. Aus Dankbarkeit tauschte dann dieser französische Offizier das alte Holzschwert gegen seinen Säbel aus. Dies ist die einzige heute noch erhaltene sichtbare Erinnerung an die Kämpfe, die sich in St. Leonhard und seiner Umgebung, insbesondere auf dem Ruckerlberg am 26. Juni 1809 abspielten. Sie waren eigentlich, abgesehen von den sieben vergeb-

Links: Zu den Juwelen von Graz zählt Schloß Eggenberg, in dem heute noch die großen Empfänge des Landes stattfinden, mit seinem riesigen englischen Park.

Rechts: Die beiden Zentralfiguren der Krone der Herrengasse sind der Dachreiter des Landhauses mit dem Steirischen Panther und der Turm der Stadtpfarrkirche.

PHILIPS

lichen Stürmen der Franzosen gegen die von Major Hackher mit einem kleinen Häuflein im Kriegshandwerk ungeübter Soldaten heldenhaft verteidigte Festung des Grazer Schloßberges, die einzigen ernsteren Gefechte in der Mittelsteiermark und hätten, wenn der damalige österreichische Heerführer, Graf Ignaz Gyulai, Banus von Kroatien, aus seiner mehr als vorsichtigen Taktik herausgegangen und die gegebenen Verhältnisse richtig ausgenützt hätte, vielleicht eine entscheidende Wirkung auf den allgemeinen Gang der Ereignisse gehabt, weil dadurch die französischen Generäle Marmont und Broussier an ihrem Marsch gegen Wien, den sie nach diesem Gefecht bei St. Leonhard ungehindert antreten konnten, verhindert worden wären und die dort stehende Hauptarmee nicht zu verstärken und zu unterstützen vermocht hätten. Die Gelegenheit war außerordentlich günstig. General Broussier hatte sich wieder in der Nähe von Graz eingenistet, um auf den von Kärnten herrückenden Marschall Marmont zu warten, der sich aber verspätete, weil er selbst auf die Division Montrichard warten zu müssen glaubte. Broussiers Heeresmacht war viel kleiner als die augenblicklich bei Graz versammelten Truppen, die allerdings erst am 25. Juni abends nach sehr anstrengenden Märschen ausgehungert und übermüdet in Graz eingetroffen waren, während der Feind noch in Lieboch stand. Da die Franzosen in diesem Falle immer außerhalb der Festungskanonenwirkung Gösting zu gewinnen und dann über die Weinzödlbrücke, den Graben und Rosenberg gegen die Stadt vorzurücken pflegten, wurde noch in der Nacht der Graben und der Rosenberg, allerdings unzulänglich, von österreichischen Vorposten besetzt.

Einer der schönsten Blicke auf den Uhrturm von Graz vom Pavillon unweit des Fußes der Kanonenbastei aus. Links unter dem Uhrturm sieht man Teile des Rathauses und ganz links das Dach des Landhauses.

Die Sicherungs- und Aufklärungsmaßnahmen waren aber so mangelhaft, daß die Bewegungen des Feindes, der seit Nachmittag auf dem Marsche gegen das südliche Grazer Feld begriffen war, unbekannt blieben. Broussier vermutete die Hauptmacht Gyulais dort; eine kleinere Abteilung unter dem Kommando Gambinis schickte er nach Gösting usw. mit der Aufgabe, den Rosenberg und die Vorstädte Graben und St. Leonhard zu besetzen.

Die Vertreibung der österreichischen Posten auf dem Rosenberg und am Graben gelang ohne viel Mühe. Aber die Schießerei hatte die auf dem Glacis lagernden Truppen aufgescheucht, die gerade zurecht kamen, als die Franzosen sich anschickten, St. Leonhard zu besetzen. Gambin wurde von mehreren Seiten angepackt, und die Situation wurde für die Franzosen kritisch, weil auch der Rückzug verlegt war. Mit bravouröser Tapferkeit griffen sie darauf die Übermacht der Österreicher an und schlugen sich auf den Ruckerlberg durch, von wo aus ihnen die Besetzung der St. Leonhard-Vorstadt gelang, nachdem sie Major Munich mit 300 Mann abgeschnitten und gefangengenommen hatten; diese wurden dann in die St. Leonhard-Kirche eingesperrt, wo sie den ganzen nächsten Tag das Toben des Kampfes mitanhören mußten, ohne zu wissen und zu erfahren, was eigentlich außen vorging. Gambin hatte in dieser Vorstadt und am Ruckerlberg festen Fuß gefaßt und sich in allen Häusern und Gärten eingenistet. Sie schlugen auf diese Weise alle Angriffe der österreichischen, unter dem Befehl und der Führung des Generals Josef Munkáczy stehenden Truppen ab. Dieser tapfere Offizier wurde dadurch, daß ihm das Pferd zusammengeschossen und er verletzt wurde, gefechtsunfähig; an seine Stelle trat GM. Graf Gavasini, der die Truppen zunächst gegen die Stadt zurückzog, um den Feind nicht an die Glacis herankommen zu lassen, weil die Verluste schon groß waren und vom Oberkommandierenden keine Verstärkung eintraf. Gyulai maß den Kämpfen bei St. Leonhard keine Bedeutung bei. Gambin mit seinem verhältnismäßig kleinen Häuflein Kämpfer drängte nicht nach, sondern beschränkte sich darauf, seine Stellungen zu verbessern. Nur dem Umstande, daß Broussier, der am Morgen bei Kalsdorf lagerte, dem unerklärlicherweise ausbleibenden Marschall Marmont wieder nach Westen entgegenzog, ist es zu danken, daß er in Gambins Kämpfe nicht einzugreifen Gelegenheit fand. Er traf Marmont in Lieboch, noch immer wartend, und kehrte dann ohne die erhoffte Verstärkung wieder ins Grazer Feld zurück, beunruhigt durch den von dort her hörbaren Gefechtslärm, den er auf einen Zusammenstoß zwischen Gambin und Gyulais Hauptmacht zurückführte.

In St. Leonhard und auf dem Ruckerlberg hatte mit Tagesgrauen das Gefecht wieder seine Fortsetzung gefunden. Dichter Pulverrauch lag über der Vorstadt. Am hartnäckigsten tobte der Kampf an der nördlichen Abdachung des Ruckerlberges und am Schanzelgrunde zu St. Leonhard, schwächte sich gegen den Rosenberg zu ab und zog sich bis in die Gegend des Rainerkogels hin. Gambin hielt hartnäckig die Höhe des Ruckerlberges, den die Kirche von St. Leonhard umgebenden Friedhof, der von alters her mit einer ziemlich starken Mauer umgeben ist, und das Schanzl, während er auf der heute mit dem Krankenhaus verbauten kleinen Anhöhe seine zwei Dreipfünder-Kanonen aufgestellt hatte. Die Franzosen wehrten sich mit dem Mut der Verzweiflung gegen die immer wieder anstürmenden Österreicher, denen freilich die günstigen Deckungen, die Verstecke in den Häusern und unter den Dächern fehlten, aus denen der Feind von allen Seiten her auf sie schoß. Da die Franzosen keinen Munitionsnachschub hatten, mußten sie sich mit Waffen und Munition der gefallenen und verwundeten Österreicher behelfen. Der Kampf tobte immerfort unentschieden hin und her. Erst gegen Mittag erhielten die Österreicher von St. Peter her Verstärkungen unter Führung der Majore Grafen Erdödy und Chwosdanovic, sowie Hauptmann Witmann. Aber es war die höchste Zeit, da zu dieser Zeit auch Broussier bereits dem bedrängten Gambin zu Hilfe eilte. Er ließ, wieder von Gösting aus, wo er mit der Hauptmacht stehenblieb, drei Bataillone unter Oberst Nagle über den Rosenberg gegen St. Leonhard vorrücken,

denen zwei Bataillone als Reserve folgten, um die ersteren vor Rückenangriffen zu schützen.
Inzwischen war der Kampf in und bei St. Leonhard heftiger geworden. Einige österreichische Offiziere hatten sich freiwillig zur Leitung eines Sturmangriffes gegen den Ruckerlberg erboten und gingen nach einem klug durchdachten Plane vor. In Plänkerketten aufgelöst, gefolgt von Reserven, begannen sie den Überfall gerade in dem Augenblicke, als Oberst Nagle sich die Verbindung mit der Gruppe Gambin erzwungen hatte. Doch gelang es dem vorerwähnten Angriff im Verein mit dem gegen St. Leonhard vorrückenden Oberst Bardarini von Kieselstein, der die neuen französischen Ankömmlinge in Schach hielt, den Feind aus seinen Stellungen auf dem Ruckerlberg zu werfen. Aber die Verstärkung und insbesonders der reichliche Munitionsersatz vervielfachten die Angriffswut der Franzosen, durch die sie wieder in den Besitz der verlorenen Stellungen kamen. Bardarini vertrieb sie bald darauf wieder daraus. Aber da drohte dem linken Flügel der Österreicher Gefahr. Hinter der mittleren Anhöhe stand ein feindliches Bataillon in Reserve und wollte gegen die Höhe vorrücken. Mit den letzten Reserven verhinderte Bardarini erfolgreich diesen Angriff. Einen kleinen Teil seiner Truppen unter Oberleutnant Martinkovitsch hatte er unten herum gegen St. Leonhard vorrücken lassen, um die von dorther drohende Umklammerung zu verhüten. Denn aus dem Leechwalde brachen drei frische französische Bataillone gegen St. Leonhard hervor, fanden aber den hartnäckigsten Widerstand des Bataillons Franz Karl, so daß sie nicht vorwärts kommen konnten.
Inzwischen war der in der Stadt weilende Heerführer doch von seiner Ansicht, daß es sich in St. Leonhard nur um unbedeutende Scharmützel handle, abgekommen. Zum mindesten sollte FML. Baron Knesevic einen Hauptangriff unternehmen, um die Franzosen endgültig aus der Vorstadt St. Leonhard zu werfen, und auf den Höhen ungefähr beim Venustempel wurden einige Geschütze aufgefahren, von wo aus das Vorgehen der Franzosen wirksam

unter Feuer genommen werden konnte. Bevor es aber zu diesem Hauptangriff kam, hatten zwei Männer, die keine Soldaten, sondern, das Gegenteil davon, angehende Geistliche waren, die bedeutendste strategische Tat durchgeführt, die sich entscheidend auf die Kämpfe in St. Leonhard auswirkte.

Vormittags hatte der Theologiestudent Richard Knabl vom Dache des Gymnasiums in der Hofgasse aus sowohl die Kämpfe im Osten als auch das Vorbrechen Broussiers bei Straßgang beobachtet. Im Priesterhaus besprach er mit seinem Kollegen Mathias Anzel die Beobachtungen und die daraus vermutbaren Komplikationen. Anzel, der im Jahre 1800 in Italien als Feuerwerker gedient hatte, übernahm die Mission, eine Umgehung des Ruckerlberges in der Weise anzuregen, daß sie in den Rücken der zwei französischen Geschütze bei St. Leonhard kommen mußten. Von Spaziergängen hatten die beiden Theologen genaue Kenntnis der Gegend, auf die sie den kühnen Plan aufbauten. Tatsächlich gelang es Anzel, ins Hauptquartier zu kommen und den Plan so überzeugend darzulegen, daß FML. Knesevic den Hauptmann im Generalquartiermeisterstabe Johann von Lakos als zweiten Führer und eine von GM. Kalnassy befehligte Umgehungskolonne von zwei Bataillonen mit dem Theologen mitschickte. Von Sparbersbach wandten sie sich zunächst in der Richtung nach Lustbühel, überquerten das Ragnitztal und die Ries ungefähr zwischen Fuchs- und Ladenwirt und drangen durch das Stiftingtal bis zum Gasthaus ‚Zum Schwarzen Hund' vor, wo sie sich gerade im Rücken der feindlichen Artillerie befanden. Der Überfall gelang, obwohl die überraschten Kanoniere noch versuchten, die Geschütze gegen den anstürmenden Feind zu wenden. Diesen Augenblick nützten auch die Ruckerlberger zu einem Sturm ins Tal aus. Dem mächtigen Angriff des Bataillons St. Julien gelang es, einen Teil der französischen Kampflinie gegen die Ries abzudrängen, der andere Teil mußte dem Regiment Simbschen weichen. Die beiden Kanonen wurden erobert, die Bedienungsmannschaft fiel oder wurde gefangengenommen. Von drei Seiten wurde der Kampf fortgesetzt, und bald gelang es den Österreichern, die Leonhardstraße zu überschreiten, bei welcher Gelegenheit man auf das Geschrei der in der St.-Leonhard-Kirche eingesperrten 300 Österreicher aufmerksam wurde und sie durch Sprengen der Kirchentüre befreite. Die Franzosen konnten sich nicht mehr halten – sie mußten durch den Leechwald zurück, verfolgt von der Brigade Kalnassy, die ihnen noch mancherlei Schaden zufügte. Langsam bröckelte das Gefecht ab. Broussier, gestützt auf den Rosenberg, zog sich in breiter Front durch den Leechwald sowie über Maria Grün und Maria Trost zurück. Im Andritztale sammelte er seine Truppen, während die Österreicher noch abends auch den Rosenberg vom Feinde räumen und besetzen konnten. In St. Leonhard selbst war der Kampf aber noch nicht zu Ende. Denn da hatten sich noch etwa vierzig versprengte Franzosen in einem Haus verrammelt und schossen aus den Fenstern und Dachluken, bis das Haus gestürmt wurde und die Feinde niedergemacht waren. Die letzten Schüsse verhallten gegen zehn Uhr abends."

Über denselben Tag und die darauffolgenden Tage bis zum 1. Juli berichtet die Gräfin Caroline Des Enfants d'Avernas, geborene Wilczek, deren Mann ebenfalls in die Kämpfe verwickelt war, in ihren Tagebuchaufzeichnungen:

„*26. Juni.* Nachdem wir mehr als tausend Verwundete, ohne die Toten zu zählen, verloren hatten, gelang es abends, die Franzosen ganz zu vertreiben. Sie hatten auch starke Verluste. Alle Spitäler sind überfüllt. Man sieht, wie sie sich durch die Gassen schleppen oder getragen werden. Die Bürger verteilen Erfrischungen, Brot und Wein, auch Verbandzeug und Leinen in die Spitäler. Mein Mann war um zehn Uhr losgezogen, konnte aber nicht durch ein Tor und hatte sich sehr exponiert, da er den gefährlichsten Weg nehmen mußte. Diese Meldung brachte mich in die größte Sorge, bis mich Dominique beruhigen konnte und mir sagen konnte, daß er ohne Unfall durchgekommen war. Abends war ich bei Attems, wo ich die Nachricht hörte, daß der General Marmont mit zweitausend Mann gefangengenommen wurde. Zurück machte ich einen kleinen Umweg durch die Stadt, der Lärm ebbte ab, die Nacht war ruhig. Abends kam die Nachricht, daß der österreichische General Amende mit seinem Corps in Dresden eingezogen ist und mit Begeisterung empfangen wurde.

27. Juni. Gestern erhielt man weder Milch noch Brot, auch heute nur wenig Milch. Zu Mittag zog General Broussier ein, etwas später Marmont. Gestern war der ärgste Kampf in Leonhard. Der Posten wurde siebenmal genommen und wieder verloren. Abends war ein Feuer. St. Peter wurde geplündert. Man hört nicht auf, von der Festung zu schießen.

28. Juni. Heute erhielt ich zwei Briefe von meinem lieben Adrian. In Neuschloß ist alles ruhig. Erfreulicherweise hat Gräfin Burgstall ihren Mann freibekommen. Die Österreicher haben sich gegen Ungarn zurückgezogen. Ferdinand Attems, Commandant einer Escadron im Regiment Frimont, ist nach langer Krankheit gestorben. Dreißig Jahre alt.

29. Juni. Die junge Gräfin Dietrichstein war in großer Gefahr. Eine Kugel schlug durchs Fenster auf ihren gewöhnlichen Sitzplatz, einen Moment nachdem sie sich erhoben hatte. Das Haus der Gräfin Palffy ist eine Ruine. Sechs Stunden hatte die Beschießung gedauert. Hackher ist zum Colonel ernannt worden und hat den Maria-Theresia-Orden erhalten.

30. Juni. Die Post nach Wien ist unterbrochen. Man sagt, Wien sei befreit, Napoleon ziehe sich zurück. Die mit uns verbündeten Russen seien in Wien, Ulm und Nürnberg bei unseren Truppen. Nach einer Version soll Erzherzog Johann vor vierzehn Tagen geschlagen worden sein und die Franzosen in Raab sein, nach einer anderen hat Erzherzog Johann den Vice-König Eugen mit seiner Armee vernichtet.

1. Juli. General Marmont war gestern früh abgezogen und ist heute wiedergekommen. Der General Broussier ist dagegen mit seinem Corps nach Bruck. Mein lieber Adrian ist heute gekommen, um mich nach Neuschloß zu bringen, weil alles ruhig ist. Aber beunruhigende Gründe hielten ihn davon ab."

Die Bevölkerung von Graz schlug sich tapfer, Männer und Frauen taten in aufopfernder Weise ihre Pflicht bei der Verteidigung des Schloßbergs genauso wie in den Außenbezirken, mit der Waffe in der Hand oder in der Sorge um die Verwundeten und den Verpflegungsnachschub. Ihre Verdienste sollten in der Geschichte der Stadt weiterleben. Neun von ihnen wurden vom Kaiser durch Goldene Ehrenmedaillen besonders ausgezeichnet. Der Bürgermeister von Graz erhielt die kaiserliche Ratswürde verliehen, Kreishauptmann Anton Freiherr von Spiegelfeld wurde mit dem Kleinkreuz des Leopoldordens ausgezeichnet. Für besondere Pflichttreue und tätige Hilfe erhielten auch Auszeichnungen: Vizepräsident des Guberniums Gottlieb Bernhard Freiherr von Hingenau; Landeshauptmann Ferdinand Graf Attems; Fürstbischof von Seckau Johann VI.; Friedrich Graf von Waldstein und Wartenberg; Bürgermeister Franz Wiesenauer; die Magistratsräte Reicher, Poetner, Mihelitsch; Kreishauptmann Elias Freiherr von Spiegelfeld; die Verordneten der Stände Ignaz Graf Attems, Kajetan Graf Wildenstein, Andreas Ritter von Jakomini; Kommandant des Bürgerkorps Oberst Kaspar Dobler; der ständische Bauinspektor Heinrich von Formentini; der ständische Bankal- und Bankozettelkassier Andreas Schrapöck, der ständische Bankozettelkontrollor Josef Winkler; die ständischen Kanoniere Anton Schmiermaul, Josef und Michael Schuchter, Matthias Höger, Franz Reichel; die Alumnen Richard Knabl und Matthias Anzel; der Gastwirt „Zur Pastete“ Michael Sprengg; der wackere Rauchfangkehrermeister Franz Peinlich senior, der während der Schloßbergbestürmung die Feuerlöscharbeiten mit seinem Sohne und sieben Gesellen außerordentlich umsichtig leitete und größere Brände verhütete.

Auf dem Hügel gegenüber der Leonhardkirche, auf dem die Franzosen ihre Kanonen aufstellten, steht heute das Landeskrankenhaus, das mit seinen dreitausend Betten und dreitausend Beschäftigten zu den größten öffentlichen Krankenanstalten Europas zählt. Im Gefolge des Baus dieses Landeskrankenhauses, den man zu Ende des vergangenen Jahrhunderts begonnen und um 1910 beendet hat, gab es unzählige Schwierigkeiten, die ein solches Ausmaß annahmen, daß sich zwei Jahre vor der Fertigstellung des Krankenhauses der Bauleiter auf der Baustelle erschoß. Ursprünglich, also vor den nachfolgenden Veränderungen und Erweiterungen, stellte sich das Krankenhaus als ein geschlossener, sehr schön gestalteter Jugendstilkomplex dar. Dem Landeskrankenhaus gegenüber, etwas tiefer gelegen, befindet sich der Leonhardfriedhof, der Prominentenfriedhof von Graz. Hier haben viele Große der alten Monarchie ihre letzte Ruhestätte gefunden, so zum Beispiel Wilhelm Freiherr von Tegetthoff, Feldzeugmeister Benedek, Admiral Franz Freiherr von Minutillo, Generalmajor Michael Freiherr von Lütgendorf, der ehemalige Bürgermeister von Graz und Schöpfer des Stadtparks, Moritz Ritter von Franck, der Dichter Robert Hamerling, die morganatische Gemahlin des Königs von Bulgarien, Gräfin Hartenau, geborene Loisinger, die Familie des Schubert-Freundes Anselm Hüttenbrenner, und schließlich Vater und Sohn Seydler, Schuldirektor von St. Leonhard bzw. Komponist der steirischen Landeshymne „Hoch vom Dachstein an".

Doch von der Stätte des Todes wieder zurück ins Leben. Dem Friedhofausgang genau gegenüber befindet sich ein Gebäude, auf dem noch die Aufschrift „Linienamt St. Leonhard" erhalten ist. Diese Aufschrift erinnert uns daran, daß die sechs inneren Stadtbezirke von Graz bis zum Jahr 1938 durch eine „Linie", eine Art Zollgrenze, von den damals selbständigen Vororten getrennt waren. An allen größeren Einfahrtsstraßen befanden sich, wie der Chronist zu berichten weiß, solche Linienämter, so auch in St. Peter, bei der Maut in Andritz, bei der Maut in Eggenberg und Wetzelsdorf. In diesen Ämtern machten uniformierte Beamte Tag und Nacht Dienst und hoben für alle Waren, die „verzehrungssteuerpflichtig" waren und in die Stadt gebracht werden sollten, einen Obolus ein. Die Gebräuche waren damals sehr streng. Die „Mautschanis", wie die Beamten im Volksmund genannt wurden,

kontrollierten jeden, Fußgänger, Radfahrer, Fuhrwerker und Straßenbahnfahrgast, ob Eier, Milch, Butter oder Fleisch „zu verzollen“ waren. Aber die „Mautschanis“ machten nicht nur in den Linienämtern Dienst, sie patroullierten auch zwischen den einzelnen Grenzstellen, um etwaige „Schmuggler“ zu ertappen. Erst die Stadterweiterung im Jahr 1938 brachte ein Ende dieses Restbestandes des mittelalterlichen Mautwesens. Die Mauthäuser, in denen die Linienämter untergebracht waren, wurden anderweitig verwendet.
Parallel zur Leonhardstraße führt auch die schnurgerade Elisabethstraße zum Landeskrankenhaus. Diese Straße entstand im Jahr 1841. Im Haus Nummer 5 starb der Dichter Anastasius Grün. Wenige Meter weiter, auf der anderen Seite, im Haus Nummer 14, verbrachte der Volksdichter und Schauspieler Johann Nestroy seinen Lebensabend. Hier finden wir auch das umstrittene Hochhaus, das im Volksmund den Namen „Elisabethhochhaus“ bekommen hat. Die an der Ecke zur Lichtenfelsgasse liegenden Riesenhäuser bilden das sogenannte „Meransche Zinspalais“, das Franz Graf Meran im Jahr 1873 erbauen ließ und das zu seiner Zeit das größte private Wohngebäude der Stadt Graz war. In der Nähe ist in einem ehemaligen Palais das Kulturhaus der Stadt untergebracht. Nach der Merangasse geht die Elisabethstraße in eine Platanenallee über, die von Villen und kleineren Gärten gesäumt wird. Kurz nach dem Beginn der Platanenallee weitet sich der Straßenzug zu einem parkartigen Platz, dem Tegetthoffplatz, in dessen Zentrum ein großes Monument des Siegers von Lissa steht.

Der schönste Blick . . .

Graz besteht nicht nur aus der Inneren Stadt, der wir bisher unsere Betrachtung vorzugsweise gewidmet haben, sondern auch aus anderen, sehr bemerkenswerten Bezirken und einer reizvollen Umgebung. Um einen teilweisen Überblick darüber zu gewinnen, wandern wir noch einmal auf den Schloßberg. Vom Uhrturm schweift hier der Blick nach Süden und Westen, wobei wir uns an Friedrich Hebbel erinnern, der im Jahr 1847 über seine Eindrücke schrieb: „Eine Aussicht wie die von dem herunter glaube ich in meinem Leben noch nicht gehabt zu haben. Gottlob, daß die Zeit der Vestungen vorüber ist, daß die Stapelplätze der Kanonen und der Bombenkessel sich zu Gärten verwandeln. Wer könnte auf dem Papier der Unendlichkeit von Wäldern und Tälern, von Flüssen und Strömen, die sich auf der Höhe vor dem entzückten Blick ausbreiten, etwas abgewinnen!"

Sehen wir in Richtung Westen, so sind es vor allem zwei Kirchen, die den Blick festhalten: gleich jenseits der Mur die zweitürmige Minoritenkirche „Maria Hilf", und etwas südlicher, zum Südtirolerplatz, die Kirche der Barmherzigen Brüder. An der Außenseite der Mariahilferkirche erinnert eine schlichte Gedenktafel daran, daß Papst Pius VI. am 20. März 1782 diese Marienkirche besuchte.

Der Bau von Kloster und Kirche erfolgte in den Jahren 1607 bis 1611 durch Pietro de Pomis, wobei Hans Ulrich von Eggenberg als großzügiger Finanzier auftrat. Die zunächst nach venezianischen Vorbildern gestaltete Fassade der Kirche wurde im Jahr 1742 umgebaut und hat jetzt eine spätbarocke Gestalt, mit zwei Zwiebeltürmen und einer St.-Michael-Gruppe am Giebel. Im Kirchenraum selbst fällt vor allem am spätbarocken Hochaltar das

von Pomis gemalte Gnadenbild „Maria Hilf“ auf; in einem Kapellenanbau sind die Sarkophage der Eggenberger aufgestellt. Der ausgedehnte Klosterbau hat zwei schöne Höfe, die Schatzkammerkapelle im Erdgeschoß des Westflügels und im zweiten Hof das frühere Sommerrefektorium, einen großen Saalbau mit einer zusammenfassenden Gliederung der Außenseite, der 1690 von Seyfried von Eggenberg in Auftrag gegeben wurde und den Sebastian Carlon erbaut hat. Zum Nordende des Saales führt eine Prunkstiege, wo heute das moderne, unter der Leitung eines Geistlichen stehende Kulturzentrum der Minoriten Ausstellungen veranstaltet. Im Saal befindet sich ein Deckenfresko „Maria und die neun Chöre der Engel“, das 1702 von A. Maderni gemalt wurde.
Links von der Kirche „Maria Hilf“ sehen wir den barocken Zwiebelturm der Kirche der Barmherzigen Brüder in der Annenstraße. Diese Kirche, der ein Kloster und Spital angeschlossen sind, wurde im Jahr 1615 von den Erzherzogen Ferdinand und Maximilian Ernst gegründet. Ihre heutige Form verdankt sie dem Baumeister Georg Stengg, den wir schon als Erbauer des Turmes der Stadtpfarrkirche in der Herrengasse kennengelernt haben und der seine Arbeiten in den Jahren 1735 bis 1769 durchführte. Im Jahr 1777 war auch der Erweiterungsbau des Klosters abgeschlossen. Das Barockbild „Mariä Verkündigung“, das aus Rom kam und ebenso wie Plastiken des Bildhauers Schokotnigg den Hauptaltar schmückte, fiel Ende 1977 einem Brand zum Opfer. Das durch den Brand ebenfalls gefährdete „Abendmahl“ des „Kremser Schmidt“ wanderte zurück ins Refektorium des Klosters, wo es sich schon bis 1960 befunden hatte. Die Kirche der Barmherzigen Brüder, die auch über eine spätbarocke Kanzel verfügt, war die Kirche der Grazer Garnison, die stets 5000 bis 8000 Mann stark war. Es befindet sich im Inneren eine Gedenktafel an das 2. Bosnische Infanterieregiment, das in Graz stationiert war.
Kaum bekannt ist, daß das Bild am Seitenaltar, das den heiligen Johann von Gott darstellt, von einem Grazer im Auftrag der Barmherzigen Brüder gemalt wurde. Bei dem Maler handelt es sich

um den am 4. Juli 1858 in Graz geborenen Adolf Pirsch, der zu den großen Prominentenmalern des ausgehenden 19. Jahrhunderts zählte. Er war einer der bekanntesten und gesuchtesten Porträtisten seiner Zeit. So malte er beispielsweise Kaiser Franz Joseph (das Bild befindet sich im Besitz der Steiermärkischen Landesregierung), den deutschen Kaiser Wilhelm II., Königin Carola von Sachsen, den Thronfolger Franz Ferdinand, den Wiener Bürgermeister Dr. Lueger, die Grafen Wurmbrand, Meran, Herberstein, Attems, Hartenau und zahllose andere Prominente. Am häufigsten hat Pirsch wohl Papst Leo XIII. gemalt, der ihn schließlich für viele Jahre in den Vatikan verpflichtete. Durch Leo XIII. hat Adolf Pirsch auch Enrico Caruso kennengelernt, der ihn überreden wollte, das Malen aufzugeben und Sänger zu werden. Adolf Pirsch, der nach seinem Aufenthalt im Vatikan lange Zeit in Holland lebte, kam im übrigen auf eine sehr originelle Weise zu seiner Karriere als Maler. Als nämlich sein Vater, ein sehr gestrenger Herr, dem elfjährigen malbesessenen Jungen alle Zeichen- und Malutensilien wegnahm, wandte sich der kleine Adolf in einem verzweifelten Brief an Kaiser Franz Joseph, mit der Bitte, ihm doch zu helfen. Kurze Zeit später wurde Vater Pirsch zur Polizei gerufen, wo man ihm ein Schreiben Seiner Majestät sowie hundert Gulden mit dem Auftrag aushändigte, seinem Sohn mit diesem Geld alle notwendigen Malutensilien zu besorgen. Als Adolf Pirsch etwa vierzig Jahre später den Kaiser porträtierte, ließ Franz Joseph aus dem Hofarchiv den Brief kommen, den ihm der kleine Adolf vor so vielen Jahren geschrieben hatte und an den sich der inzwischen berühmt gewordene Maler nicht mehr erinnern konnte. Pirsch kehrte schließlich im Jahr 1928 in seine Vaterstadt Graz zurück und starb am 28. April 1929 im Grazer Landeskrankenhaus.

Kaum jemand weiß auch, daß im Turm der Kirche der Barmherzigen Brüder die Schiffsglocke des Zweitausend-Tonnen-Schlachtschiffes „SMS Tegetthoff" zur Erinnerung an den Sieger von Lissa hängt. Die Glocke wurde 1918 von der „Tegetthoff" abmontiert und von den Italienern in Verwahrung genommen. Im Jahr 1942 wurde sie dem schweren Kreuzer „Prinz Eugen" übergeben, und im Jahr 1945 durch Fregattenkapitän Schmalenbach nach Kiel in Sicherheit gebracht. Dort blieb sie bis zum Jahr 1973 in der Marineschule, bis sie schließlich in Graz als „Ehrenmal der Marine" einen ehrenvollen Platz finden konnte.

Folgt man der Annenstraße weiter, kommt man vor der Kreuzung beim „Roseggerhaus" zu einem Geschäft für Fleisch- und Wurstwaren. Hier wurden seinerzeit die ersten Fahrräder verkauft. Über dem Laden spannte sich ein großes Sonnensegel, auf dem in schwarzen Lettern zu lesen war: „Benedikt Albl – Graziosa Fahrradfabrik." Diese Fabrik stellte die ersten Räder im Land her. Benedikt Albl war 1847 in Treibach-Althofen in Kärnten als Sohn eines Bergingenieurs geboren worden, er kam dann als junger Mann nach Wien und erlernte das Mechanikerhandwerk. Im Jahr 1875 ließ er sich mit seiner Frau, einer gebürtigen Schwanbergerin, in Graz nieder. In der Folge betrieb er gemeinsam mit anderen Grazer Geschäftsleuten den Verkauf und die Reparatur von Nähmaschinen und der damals gebräuchlichen Hochräder, bis er in England die ersten Niederräder sah. Bald war sein Entschluß gefaßt, solche Räder auch in Graz zu produzieren. Im Jahr 1888 ersuchte er den „löblichen Stadtrath", ihm die Berechtigung zur Ausübung des „freien Mechanikergewerbes" zu erteilen. Gleichzeitig mußte er um die Erlaubnis ansuchen, einen „Dampfmotor" mit drei Pferdekräften aufstellen zu dürfen, um die notwendigen Arbeiten durchführen zu können. Nach längerem Hin und Her bekam er die Genehmigung und übersiedelte mit seinem Betrieb in das Haus Lendplatz Nr. 15. Nach weiteren Schwierigkeiten mit den Behörden erlangte er im Jahr 1889 endlich die amtliche Bestätigung, daß sein Bauwerk „in allen seinen Theilen" vollendet sei. Seine unter dem Namen „Meteor" erzeugten Fahrräder erhielten 1890 den Silbernen Staatspreis. Im Jahr 1892 errichtete er hinter seinem Grundstück in einer Holzhalle eine „Fahrschule". Zu dieser Zeit war bei Albl auch ein gewisser Johann Puch beschäftigt, doch scheint die Zusammenarbeit zwischen den beiden nicht besonders gut gewesen zu sein, denn Albl ließ Puch ziehen, nachdem sich dieser verpflichtet hatte, zwei Jahre kein ähnliches Unternehmen selbständig zu betreiben. Johann Puch ging daraufhin nach Deutschland, um sich dort weiterzubilden. Außerdem fand er in dem Industriellen Koselovski einen kapitalkräftigen Kompagnon, mit dem er später nach Graz zurückkehrte und im Süden der Stadt, in einer ehemaligen Mühle, eine eigene Fahrradfabrikation begann. Der erste Schritt zur Errichtung der Grazer Puchwerke war getan.

Das „Roseggerhaus" war früher einmal eine Kaserne, die man in Graz die „Wanzenburg" nannte. Jeden Abend um 21 Uhr sammelte sich hier eine Menschenmenge, die – um die Ecke in der Elisabethinergasse, die damals noch eine Kastanienallee war, warteten die Fiaker auf ihre Kundschaft – den Zapfenstreich hören wollte.

Dann steigt die Annenstraße leicht an und führt vorbei am Annenhofkino, dem ersten Kino von Graz, bis zum Hauptbahnhof und Beginn des Eggenbergergürtels. Auf der linken Seite der Straße steht ein Haus, in dem heute eine Möbelfirma untergebracht ist und das früher einmal den angesehenen Stiasny-Verlag beherbergte, der viel für die Pflege österreichischer Literatur getan hat. In dem Haus des Verlages war zuvor eine landwirtschaftliche Untersuchungsanstalt untergebracht, die Erzherzog Johann gegründet hatte, um der steirischen Landwirtschaft neue Impulse zu verleihen.

Gegenüber befanden sich die berühmten Annensäle, die bis zu ihrer Zerstörung während eines Bombenangriffs eines der größten Vergnügungs- und Unterhaltungszentren von Graz gewesen waren.

Blickt man über den Bahnhof hinweg, so sieht man am Horizont eine Hügelkette, die im Norden mit dem Plabutsch mit seinem Fürstenstand beginnt und sich dann im Geis- und Kollerberg und dem Ölberg fortsetzt, um schließlich im Puchkogel gegen St. Martin hin auszuklingen. Auf einer Anhöhe dieser Hügelkette, die Graz gegen Westen hin bekränzt, hinter dem Ölberg, steht die kleine Kirche St. Johann und Paul, die wie eine Pfeilspitze in den Himmel ragt. Dieses Kirchlein wird im Jahr 1542 das erstemal urkundlich erwähnt und hieß damals St. Johann am Kögelein. Eine alte Sage weiß zu berichten, daß an dieser Stelle eine bayrische Herzogin während der Jagd Zwillinge gebar, die der Pfarrer von Straßgang auf die Namen Johann und Paul taufte. Zur Erinnerung daran ließ die Herzogin die Kirche errichten. Was immer an dieser Sage wahr sein mag, das Kirchlein wurde zu Ende des 16. Jahrhunderts auf Veranlassung der Erzherzogin Maria, der Gemahlin Erzherzog Karls II. von Innerösterreich vergrößert und ausgebaut. Der Abt von Admont, dem der Grund gehörte, ließ die Erweiterungsarbeiten nach den Wünschen der Erzherzogin durchführen, und am 26. Juni 1594 konnte die neue Kirche von Bischof Martin Brenner von Seckau geweiht werden. Der Zeremonie wohnte das erzherzogliche Paar mit seinen Kindern und dem ganzen Gefolge bei. Seit jenen Tagen ist das Kirchlein St. Johann und Paul eine Stätte stiller Andacht, von der aus der Blick über die steirische Landeshauptstadt in das oststeirische Hügelland schweift. Man sieht die runde Kuppe des Weizberges ebenso wie im Süden den Wildonerberg und den Ort Straßgang mit dem Schloß und der Kirche von St. Martin, wo sich heute ein Zentrum des landwirtschaftlichen Fortbildungswesens befindet.

Auch um dieses St. Martin rankt sich eine abenteuerliche Geschichte. Im Jahr 1120 war Markgraf Gunter von Hohenwart der Besitzer von St. Martin und der gesamten Umgebung. Als Abt Wolfholt von Admont in der Nähe der Benediktineransiedlung ein Frauenkloster errichten wollte, warf ihm der Markgraf eindeutige Absichten vor. Der empörte Abt verlangte nun, sich einer Feuerprobe unterziehen zu dürfen. Seinem Verlangen wurde stattgegeben. Unversehrt ging er über die glühenden Kohlen, und seine Unschuld galt als bewiesen.

Kehren wir aber nun zu unserem Ausgangspunkt auf den Schloßberg zurück und lassen wir den Blick von der Kirche der Minoriten noch etwas weiter nach rechts schweifen, die Mariahilferstraße entlang, bis hinauf zum Lendplatz, dessen Verbauung noch heute einen halbwegs ländlichen Charakter aufweist und auf dem täglich ein kleiner Bauernmarkt stattfindet.

Die zentralen Punkte des Lendplatzes, auf dem die alteingesessene Drogerie „Zum Wurzelsepp" und die Gaststätte „Zum weißen Rössl" noch immer Anziehungspunkte nicht nur der ländlichen Bevölkerung sind, stellen auf der einen Seite, nächst der Einmündung in die Volksgartenstraße, eine Pestsäule aus dem Jahr 1680 und als Kontrapunkt auf der anderen Seite des Platzes das moderne Gebäude des Landesfeuerwehrkommandos an der Ecke zur Keplerstraße dar, die nach links etwas bergan wiederum zum Hauptbahnhof führt.

Folgt man der Keplerstraße nach rechts, kommt man zur Keplerbrücke, die früher, ebenso wie die Hauptbrücke, eine Kettenbrücke gewesen war. Auf der Mur haben übrigens früher einmal sogar Dampfer verkehrt. Im Jahr 1889 ereignete sich eine Schiffskatastrophe, als der Passagierdampfer „Styria" gegen den Mittelpfeiler der Hauptbrücke fuhr. Sechs Menschen, darunter zwei Kinder, kamen trotz verzweifelter Rettungsversuche dabei um.

Vor hundert Jahren, so weiß ein Chronist zu berichten, wurden auch viele Güter auf dem Fluß befördert. Fleißige Flößer, die hartnäckig an ihrem Beruf festhielten, fuhren Tag für Tag ihre Fracht murabwärts. Aus dem Jahr 1877 gibt es noch eine „Kundmachung des k. k. Statthalters in der Steiermark betreffend die Vorschrift für den Betrieb der Plätten und Floßfahrt auf dem Murflusse". Diesen Bestimmungen zufolge waren die Schiffer für die Sicherheit ihrer Fahrzeuge verantwortlich. Verstießen sie dagegen, so mußten sie entweder der Bezirkshauptmannschaft oder in Graz dem Stadtrat angezeigt werden. Das „Anlanden" war nach den Vorschriften außer bei „Seenot" nur an den behördlich genehmigten Landungsplätzen erlaubt. Außer in Graz am Floßlend gab es solche Landeplätze in Judenburg, Zeltweg, Knittelfeld,

Leoben, Bruck, Pernegg, Frohnleiten, Stübing, Wildon, Ehrenhausen, Spielfeld, Mureck und Radkersburg. Aber mit den erlaubten Anlegeplätzen war es noch nicht getan. Die Flößer mußten auch die Zeit ihrer zu erwartenden Ankunft bekanntgeben. Die Behörde verlangte von ihnen also sozusagen das Einhalten eines Fahrplanes.

Der wichtigste „Hafen“ für Plätten und Flöße war Graz. Schon in der Zeit vor der Verlautbarung der erwähnten Kundmachung aus dem Jahr 1877 hieß es vom Anlandeplatz an der „unteren Lend“, daß hier „die nützlichen Werkzeuge und vaterländischen Produkte zu Tausenden verpackt und nach Ungarn und weiterhin verfrachtet wurden“. Die Waren für die Einschiffung in Triest, so weiß der ehemalige Landesamtspräsident Hofrat Dr. Werner Morokutti zu berichten, der sich eingehend mit der „Hafenstadt“ Graz beschäftigt hat, wurden dagegen auf der Reichsstraße transportiert, deren guter Zustand berühmt war und die Graz am Griesplatz berührte. Dr. Morokutti wies auch darauf hin, daß im Grazer Hafen, der 1877 gut beleuchtet gewesen sein soll, obwohl Nachtfahrten mit Flößen und Plätten verboten waren, die Vorschriften der Fahrordnung besonders streng gehandhabt wurden. Bei mäßigem Wasserstand, bei Treibeis, Sturm und Nebel bestand absolutes Fahrverbot. Genaue Kontrollen erfolgten auch bezüglich der Zahl der Besatzungsmitglieder, wobei die Größe und der Tiefgang der Plätte bzw. des Floßes zu berücksichtigen waren. Auf der Plätte durften grundsätzlich sechs bis acht, auf dem Floß um zwei Personen mehr mitfahren. Alle Mitfahrer mußten, so hieß es, „kräftige und verläßliche Individuen“ sein. Alle Fahrzeuge bzw. deren Mannschaften waren bei Not zu gegenseitiger Hilfeleistung verpflichtet. Mit der Verbesserung der Verkehrsmöglichkeit zu Lande und im Hinblick auf den Zustand des Flusses wurde die Floßfahrt auf der Mur schließlich immer mehr eingeschränkt, bis eines schönen Tages auch im Grazer Hafen die Lichter endgültig erloschen.

Ein Blick nach links führt uns, am grünen Zwiebelturm der

Franziskanerkirche vorbei, hinüber ins Griesviertel, wo das neue Hochhaus der Post aufragt. Am Griesplatz selbst, der das Zentrum dieses Stadtbezirkes bildet, steht, vom Straßenverkehr umtost, ein Erinnerungszeichen an die Pestkatastrophen in Form einer Ecce-Homo-Säule. Die Säule, die im Jahr 1953 auf ihren jetzigen Standort gebracht wurde, wird dem Vater des großen Fischer von Erlach zugeschrieben.

In der Nähe des Griesplatzes befindet sich das mächtige Haus Brückenkopfgasse 7, über das die Grazer Schriftstellerin Erika Kleinschuster in ihrem Roman „Ein Präuhaus zu Grätz" Interessantes zu berichten weiß. In der ersten Hälfte des 18. Jahrhunderts war es Brau- und Wohnhaus Martin Wimmers, der zu den angesehensten Bürgern der Stadt zählte. Er und der Besitzer des Brauhauses „Zum wilden Mann" in der Schmiedgasse, das wir bereits kennengelernt haben, waren die größten Brauherren der an Brauereien reichen Stadt Graz. Um 1800 entwickelte sich sein Brauhaus zum vornehmsten und größten Gasthof in Graz, der unter dem Namen „Der Schmelzlerische Gasthof an der neuen Brücke" weithin bekannt war. Zahlreiche prominente Gäste stiegen hier ab, so z. B. Carolina, Königin beider Sizilien und Tochter Maria Theresias, mit Kindern und zahlreichem Gefolge. Kurze Zeit später folgte ihr eine der schönsten Frauen ihrer Zeit, Lady Hamilton, die hier mit ihrem Gatten, Sir William Hamilton, und Lord Nelson logierte.

Ein Kleinod an der Westseite des Griesplatzes ist die kleine, in den Jahren 1722 und 1723 von der Welschen Konfraternität des heiligen Franz de Paula errichtete Welsche Kirche, deren Bau von den in Graz lebenden und hier reich gewordenen italienischen Baumeistern, Kaufleuten, Künstlern und Handwerkern finanziert wurde. Gepredigt wurde in der Kirche, an deren Stelle schon lange vorher ein bescheidenes Kloster der „Minime" gestanden war, nur in italienischer Sprache. An der Decke des Kirchenschiffes finden sich schöne Fresken, das Hauptbild zeigt die Aufnahme des heiligen Franz in den Himmel.

Nimmt man vom Griesplatz den Weg in Richtung Süden, kommt man in die Karlau, die heute eine Männerstrafanstalt aufweist. Zu Beginn der Karlauer Straße im Gebäude der heutigen Wachstube Karlau war einst die staatliche Hengstenzuchtanstalt untergebracht. In der Gegend der Tändelwiese wohnten bis zu ihrer Vertreibung durch Maximilian I. im Jahr 1496 die Juden, die hier eine Stadt mit eigener Gerichtsbarkeit und Verwaltung besaßen. Nach ihrer Vertreibung verödete das Gebiet, und es entstand fast ein Urwald, bis sich Erzherzog Karl von Innerösterreich entschloß, innerhalb des großen Jagdgebietes ein Schloß zu erbauen, in dem er mit seiner Familie vor allem die heißen Sommermonate verbrachte. Auf den angeschlossenen Tiergarten weisen heute noch mehrere Straßen- und Gassennamen, wie Reiherstadelgasse, Fasangartengasse, Tiergartenweg usw., hin.

Wendet man nun seinen Blick nach Süden, so sieht man über den Hauptplatz, die Herrengasse und die Jakominivorstadt hinunter in die Conrad-von-Hötzendorf-Straße, eine breit angelegte Chaussee, die vorbei am Ostbahnhof, dem seinerzeitigen Staatsbahnhof, nach Liebenau führt. Zweimal im Jahr, in der ersten Maiwoche und in der ersten Oktoberwoche, stauen sich hier die Fahrzeuge, wenn die Südost-Messe stattfindet. 400.000 Besucher kommen im Frühjahr und Herbst von nah und fern, allein 100.000 aus Jugoslawien, nicht nur um zu schauen, sondern auch um einzukaufen.

Die Grazer Messe blickt auf eine große Tradition zurück. Ihre „Ahnen“ waren sicherlich die zahlreichen Grazer Märkte, die durch kaiserliche Erlässe urkundlich bestätigt sind. Aber auch die 1841 veranstaltete „innerösterreichische Gewerbs-Producten-Ausstellung“, zu der Kaiser Ferdinand I. persönlich erschien, und die 1870 erstmals durchgeführte große „Industrie- und Landwirtschaftsausstellung“, auf der über 1600 Aussteller aus allen Ländern der Monarchie ihre gewerblichen, zum Teil aber bereits industriellen Erzeugnisse präsentierten, müssen in diesem Zusammenhang genannt werden. Kaiser Franz Joseph war Ehrengast dieser

Monsterschau, die laut einem zeitgenössischen Bericht „alle bisherigen Rekorde schlug". Durch den Erfolg beflügelt, beschlossen die Veranstalter, die Ausstellung auch im Jahr 1880 durchzuführen und dafür ein eigenes Gebäude zu errichten. Die Geburtsstunde der alten „Industriehalle", die 1945 den Bomben zum Opfer fiel, hatte geschlagen. Man zählte damals 231.000 zahlende Besucher, im Jahr 1890 waren es dann noch mehr. Die fortschrittlichen Unternehmer der Stadt beschlossen schließlich, solche Messen regelmäßig und in kürzeren Abständen abzuhalten. Im Jahr 1906 war es dann soweit. Grazer Wirtschaftstreibende, ausnahmslos Funktionäre und Mitglieder der damaligen Handelskammer, gründeten mit Unterstützung der höchsten Landesstellen den Verein „Grazer Herbstmesse"; am 29. September 1906 wurde die erste Grazer Herbstmesse feierlich eröffnet. Der Erfolg war überwältigend. Im Jahr 1908, bei der sogenannten „Kaiser-Messe" wurde ein neuer Rekord aufgestellt. Zum ersten Mal kamen über 400.000 Besucher. Nach dem Ersten Weltkrieg setzte sich im Jahr 1921 die begonnene Entwicklung fort, bis die Bomben des Zweiten Weltkrieges das Messegelände in ein Trümmerfeld verwandelten. Doch Zähigkeit und Fleiß der Bevölkerung sowie die Anstrengungen der Wirtschaft machten es möglich, daß bereits am 9. Oktober 1948 die erste Grazer Messe nach dem Zweiten Weltkrieg feierlich eröffnet werden konnte. Sie wurde trotz der schwierigen wirtschaftlichen Lage mit 652 Ausstellern ein voller Erfolg. Das veranlaßte die Mitglieder der Messegenossenschaft, die Messe in Zukunft zweimal im Jahr abzuhalten, und zwar im Frühjahr und Herbst. So fand 1949 die erste Frühjahrsmesse statt. Seit damals hat die Grazer Messe eine stete und solide Aufwärtsentwicklung genommen, indem man mit Erfolg versuchte, sich den neuen Gegebenheiten eines veränderten und immer größer werdenden Marktes und den veränderten Konsumgewohnheiten der Menschen anzupassen.

In der Nähe des Messegeländes sieht man zur Rechten die St.-Josefs-Kirche, die jüngste Pfarrkirche von Graz, und zur

Linken die neu erbaute Kirche des Dominikanerklosters St. Anna am Münzgraben. Dieses Kloster wurde 1665 als Ansiedlung der Augustinerbarfüßer eingerichtet, sein Grundstein wurde 1673 aus Anlaß der Hochzeit Kaiser Leopolds I. mit Claudia Felicitas von Tirol gelegt. Das Kloster wurde 1682 und die Kirche 1689 bzw. 1702 vollendet. Der erste Prior dieses Klosters war Abraham à Santa Clara.

Nach mehrfachem Besitzwechsel ging das Kloster im Jahr 1857 in den Besitz der Dominikaner über, die Kloster und Kirche noch heute leiten.

Über diese bedeutende Klostergründung im Münzgrabenviertel schrieb der bekannte und erst kürzlich verstorbene Grazer Stadthistoriker Robert Baravalle, der sich vor allem mit der Schlösser- und Burgenforschung in der Steiermark beschäftigte, u. a.: „Als Ferdinands II. Gegenreformation den protestantischen Adel aus der Steiermark vertrieben und die landesfürstliche Gewalt die Selbständigkeit der Stände bis zur politischen Unbedeutsamkeit verringert hatte, sah der Adel allein im Dienste des Landesfürsten die Möglichkeit zur Erhaltung seiner Stellung. Da aber besonders Klostergründungen bei Hofe sehr beliebt waren, so entschloß sich auch der Landeshauptmann von Steiermark, Max Graf von Herberstein, im Jahre 1655 die barfüßigen Augustiner von seinem Besitz Herberstein, wo das Kloster 1654 errichtet worden war, nach Graz zu ziehen und sie in dem von ihm erkauften Ferdinandeumsgut bei der Kirche St. Leonhard unterzubringen. Aber die Bürgerschaft von Graz wehrte sich energisch gegen die überhandnehmenden Bettelorden, die mit ihren Almosenbegehren eine kaum erträgliche Belastung darstellten, und so wurde erst im Jahre 1666 die Gründung des Klosters gegen den ausdrücklichen Revers bewilligt, daß die Bewohner von Graz nicht durch das Almosensammeln behelligt werden. Im Jahre 1668 wurde ein Haus und Garten in der Vorstadt Münzgraben angekauft und hier am 12. Oktober 1673 in Gegenwart des Kaisers Leopold I. mit großem Gepränge der Grundstein zum neuen Kloster gelegt. In diesem wurden drei aus dem Anlasse geschlagene Denkmünzen eingefügt. Der Bau ging langsam vonstatten. Erst 1682 war das Kloster, 1689 die Kirche vollendet. Von Interesse ist, daß in diesem Kloster von 1680 bis 1683 der bekannte Prediger Abraham a Santa Clara lebte und hier auch sein vielleicht lebensfrischestes Schriftstück ‚Auf, auf, Ihr Christen!' verfaßte. Angeblich soll die aufopfernde Pflege der Pestkranken im Jahre 1680 durch die Augustinermönche die Grazer Bürger bewogen haben, ihnen den Revers des Sammelverbotes zurückzustellen. Die Kirche selbst, ein schlichter Barockbau, wurde erst am 10. Mai 1705 eingeweiht. Das Hochaltarbild, die heilige Anna vorstellend, ist ein Werk des berühmten Malers Adam Weißenkirchner. Im Jahre 1784 wurde im Zuge der josefinischen Kirchenreform hier eine Pfarre errichtet. Ein Vierteljahrhundert hernach, im Jahre 1808, mußten die Augustiner den Dominikanern weichen. Sie kehrten in jenes Kloster zurück, aus dem sie eineinhalb Jahrhunderte vorher gekommen waren, nach dem idyllischen St. Johann ob Herberstein, wo der steirische Zweig des Ordens ausstarb. Die Dominikaner hatten schon im Jahre 1586 ihr erstes Grazer Kloster bei der heutigen Stadtpfarrkirche räumen müssen, um dem von den Jesuiten von der Domkirche vertriebenen Stadtpfarrer Platz zu machen. Jetzt nahmen sie, von der Pfarre St. Andrä kommend, von der Münzgrabenpfarre Besitz. Auch nicht für lange. Der im Jahre 1773 aufgehobene Jesuitenorden trat 1814 neuerlich ins Leben und wurde seit 1820 auch in Österreich wieder zugelassen. Am 22. November 1828 setzten sich die Jesuiten wieder in der Steiermark fest, vorerst im Piaristenkloster in Gleisdorf. Bald hernach sind sie schon wieder in Graz, und am 19. Januar 1832 verdrängen sie die Dominikaner vom Münzgrabenkloster. Am 15. März 1848 stürmte das Volk das Kloster der Jesuiten. Die erschreckten Patres räumten die vollbesetzte Tafel, an der sich die Eindringlinge gütlich taten, und flüchteten. Nach dem energischen Einschreiten des Dr. Pattai und des Kaffeesieders Hock gelang es, die Menge von einer Verfolgung der Jesuiten abzuhalten. Am 6. April 1848 war kein

Jesuit mehr in Graz. Im Herbst des Jahres 1848 wurde das Kloster vorübergehend als Militärspital verwendet und stand dann bis zum Jahr 1857 leer, bis es wieder die in der Bevölkerung beliebten Dominikaner bezogen, die es auch, wie bereits erwähnt, bis heute innehaben. Im Zweiten Weltkrieg wurde die alte barocke Kirche St. Anna am Münzgraben von den Bomben total zerstört und nach dem Krieg in modernem Stile wieder aufgebaut und der heiligen Maria von Fatima geweiht."

Vom Uhrturm sehen wir über das Mausoleum die Kuppel der Oper und die Technische Hochschule hinaus auf den roten spitzen Turm der Herz-Jesu-Kirche. Die Kirche wurde in den achtziger Jahren des 19. Jahrhunderts von Georg Hauberrisser jun. erbaut, der auch die Pläne zum neugotischen Münchner Rathaus am Marienplatz schuf. In den Turmknopf der Kirche ist eine Urkunde eingeschlossen, die folgenden Text hat: „Am 24. Juni im Jahre des Herrn 1881 wurde der Grundstein zu dieser Kirche gelegt, welche zu Ehren des heiligsten Herzen Jesu und des allerreinsten Herzen der heiligen Jungfrau Maria, sowie zur Verherrlichung des heiligen Josef, des glorreichen Schutzpatrons der katholischen Kirche, und zum Troste der im Fegefeuer befindlichen Seelen wohl erbaut werden sollte. Reichlich flossen aus allen Teilen der Diözese die Beiträge ein, und so schritt unter Gottes Schutz der Bau der Kirche und des Turmes nach beinahe sieben Jahren so weit fort, daß das Turmkreuz nach feierlicher Weihe desselben aufgesetzt werden konnte. Die Kreuzaufsetzung aber wurde vollzogen im Jahre des Herrn 1887, am 20. August, unter der Regierung Papst Leos XIII. und Kaiser Franz Josephs I. von Österreich, als Dr. Johannes Zwerger Fürstbischof von Seckau, Guido Freiherr Kübeck von Kübau, Statthalter von Steiermark, Gundacker Graf Wurmbrand, desselben Herzogtums Landeshauptmann und Dr. Ferdinand Portugall, Bürgermeister der Stadt Graz war. Den Bauplan dieser Kirche entwarf Georg Hauberrisser, königlich-bayrischer Architekt, aus Graz gebürtig. Den Bau leitete der Architekt Robert Mikovics, unter der Obhut der zu diesem Zweck vom christlichen

Kunstverein der Diözese Seckau eigens eingesetzten Section, deren Präsident Dr. Johann Winterer, Dekan des Domkapitels, war. Maurermeister war Johann Guido Wolf, die Steinmetzarbeiten lieferten die Brüder Ernest und Franz Grein. Den Dachstuhl des Turmes endlich stellte Karl Ohmeier auf. Im übrigen werden Turm und Kirche dem Schutz des heiligsten Herzen Jesu anempfohlen, und wie dieses Kreuz alle Kirchen der Stadt überragt und alle Häuser beherrscht, darstellend das Bild der unendlichen Liebe des Herrn Jesu, so möge die süßeste Herrschaft eben dieser Liebe über Stadt und Diöcese mehr und mehr befestigt werden. Gott aber, der Allmächtige, der da gepriesen und dem Dank gesagt ist, möge allen und jedem vergelten, der aus Liebe zum göttlichen Herzen Jesu in was immer für einer Weise den Bau dieses herrlichen Tempels und Turmes bisher unterstützt haben und noch unterstützen werden. Amen."

Das Gotteshaus ist im Stil der Frühgotik erbaut, das Baumaterial für Mauern, Wände und Gewölbe bestand aus fest gebrannten roten Ziegeln. Die Kirche, deren Turmhöhe 109,60 m beträgt, hat drei Portale und einen Hochaltar, dessen Entwurf von Hauberrisser selbst stammt. Auf der Epistelseite der Kirche befinden sich ein Marienaltar, ein St.-Aloisius-Altar, ein St.-Johann-von-Nepomuk-Altar und ein St.-Anton-von-Padua-Altar, die allesamt ebenfalls von Hauberrisser selber entworfen wurden und deren künstlerischer Schmuck zu einem Großteil von Hans Brandstetter stammt. Auf der Evangelienseite befinden sich ein St.-Josef-Altar, ein Franz-Xaver-Altar, ein St.-Barbara-Altar, ein St.-Anna-Altar und ein Kreuzaltar, die ebenfalls von Hauberrisser entworfen und von Hans Brandstetter künstlerisch gestaltet worden sind. Außerdem verfügt die Herz-Jesu-Kirche über ein beachtliches Geläute aus sechs Glocken, die zwischen 3804 kg und 481 kg wiegen. Die Unterkirche liegt 1,75 m unter dem Erdboden. Auch der Altar dieser Unterkirche wurde von Hauberrisser entworfen, zwei Reliefs von Hans Brandstetter stellen die Zuteilung der Früchte des heiligen Meßopfers an die armen Seelen dar. Die Fresken in den Kapellen, die in der Oberkirche das mittlere Schiff links und rechts begleiten, stammen zu einem Großteil von Karger und Goldfeld.

Drei besondere Stätten der Andacht

Die Zahl der Sakralbauten und Plätze der Kontemplation in Graz ist groß. Drei unter ihnen, im Osten beziehungsweise im Norden der Stadt gelegen, verdienen aber eine besondere Erwähnung. Da ist zunächst auf dem Weg nach Maria Trost, dort, wo die Heinrichstraße in die Maria Troster Straße übergeht, die Abzweigung zur seinerzeitigen Klause Maria Grün, deren Kirche noch heute ein gern besuchter Wallfahrtsort ist und deren liebreizende Umgebung Napoleons Bruder Louis Bonaparte zu dichterischen Ergüssen hinriß.

Die Entstehungsgeschichte dieser Klause ist es wert, aufgezeichnet zu werden. In der Mitte des 17. Jahrhunderts soll ein Fremder mit dem Namen Fritz, der im Dienst des Malteserordens stand, durch Graz gekommen und hier schwer erkrankt sein. Er logierte im damaligen Gasthaus „Zum Hasen“ in der Schmiedgasse und wurde von der Tochter des Wirtes so sorgfältig gepflegt, daß er ihr versprach, sie nach seiner Genesung zu heiraten, wenn er vom Orden die Erlaubnis dazu erhielte. Der Orden gab die Erlaubnis, und Fritz hielt sein Versprechen. Seine Frau starb fünfzehn Jahre später, und er verehelichte sich wieder mit einer Grazer Bürgerstochter. Als seine zweite Frau in die Wochen kam und drei Tage hindurch große Schmerzen litt, gelobte Fritz, wenn seine Frau glücklich und gesund würde, zur Ehre der Mutter Gottes eine Kirche zu bauen. Als ihm ein gesunder Knabe geboren wurde, bestimmte Fritz jenen Platz zur Erbauung der Kirche, wo das Knäblein zuerst einen Stein hinwerfen würde. Und dieser Stein fiel im Jahr 1665 just neben die Zelle des frommen Klausners zu Maria Grün. Der Hauptaltar wurde genau an jener Stelle errichtet, die der kleine Junge mit dem Stein getroffen hatte.

Nach der Abzweigung nach Maria Grün windet sich die Maria Troster Straße durch eine liebliche Hügellandschaft hin bis zur Wallfahrtskirche Maria Trost. Dieser Wallfahrtsort hat eine wechselvolle Geschichte.

Im 12. Jahrhundert sollen aus dem Heiligen Land heimgekehrte Kreuzfahrer ein Stückchen des Heiligen Kreuzes mitgebracht und zur allgemeinen Verehrung in einer Kapelle ausgesetzt haben. Damals nannte man diesen Ort „Zum heiligen Kreuze", und später, als immer mehr Wallfahrer aus allen Teilen der Steiermark hierher kamen, „Heiliges Kreuz zum Landestrost". Schließlich wurde eine Pfarre errichtet, bis im Jahr 1480 die Ungarn und Tataren sowohl das Kirchlein als auch alle Häuser der Umgebung zerstörten. Im Jahr 1666 brachte Hans Maximilian Freiherr von Wilfersdorf eine Marienstatue aus der Kirche zu Rein nach Maria Trost und baute eine kleine Kapelle. Sein Vorhaben, eine Kirche an dieser Stelle zu errichten, konnte er nicht mehr verwirklichen, der Tod raffte ihn dahin. Besitz und Kapelle gingen dann durch verschiedene private Hände, bis sie schließlich im Jahr 1689 der Archivar der innerösterreichischen Regierung, Franz Caspar Canduzzi, Edler von Heldenfeld, erwarb, der sich im Jahr 1708 entschloß, eine große Kirche und ein Kloster zu bauen. 1740 legte der Fürstbischof von Seckau, Graf Josef von Lamberg, den Grundstein, sechs Jahre später war die Kirche vollendet. Sie erhielt zunächst den Namen „Heilige Maria zum Landestrost", woraus die heutige Benennung „Maria Trost" abgeleitet wurde. Seit damals ist die prunkvolle zweitürmige Wallfahrtskirche, die an der Decke und an den oberen Seitenwänden prachtvolle Fresken von Ritter von Mölk aufweist, Anziehungspunkt für zahlreiche Wallfahrer aus der Steiermark, aber auch aus Ungarn und Jugoslawien.

Am Nordende von Graz, optisch zu Füßen der Burgruine Gösting – Überrest jener Burg, die seit dem 11. Jahrhundert die Murenge gegen das Oberland hin beherrschte –, liegt an den Gestaden der Mur, bis vor wenigen Jahren auch durch eine Fähre erreichbar, der Grazer Kalvarienberg. Ihn soll der Sage nach ebenso wie den

Schloßberg der Teufel aus seinem Sack verloren haben. Der alte Prozessionsweg zum Kalvarienberg, der sich hier unmittelbar von der Mur erhebt, wird gesäumt von sieben Wegsäulen, welche die sieben Schmerzen Mariens darstellen. Die Hauptkirche am Fuß des Berges wurde 1654 erbaut und bildet einen rechteckigen Saal mit einem Ölberg als Rückwand des Hauptaltars. Im Jahr 1723 wurde die Kirche durch einen prunkvollen Vorbau mit der heiligen Stiege und mit dem Turm weiter ausgestattet. Von der Kirche führt der Kreuzweg mit allen Stationen hinauf auf das Plateau des Kalvarienberges, wo eine wunderschöne Kreuzigungsgruppe zu sehen ist. Der Christus-Körper, aus Kupfer getrieben und vergoldet, hat erst 1847 hier seinen Platz gefunden. Er war früher auf der oberen Murbrücke aufgestellt gewesen. Von der Plattform des Kalvarienberges aus hat man einen wunderschönen Blick auf Graz, diesmal von Norden her auf den Reinerkogel und auf den Schloßberg, von dem unser Rundblick über Graz seinen Ausgang genommen hat.

Alma Mater Carola Francisca und das Universitätsviertel

Geht man die Harrachgasse entlang, stößt man etwa in der Mitte zwischen der Leechkirche und der Universität auf die Villefortgasse. Hier steht an der Ecke das riesige Miethaus Villefortgasse Nr. 15. Graf Attems hatte im Jahr 1800 den berühmten Wiener Ringstraßenarchitekten Theophil Hansen beauftragt, hier ein Haus im Stil der Wiener Zinshauspaläste zu errichten. Er tat dies offenbar in der Erwartung, daß sich das Universitätsviertel zu einem riesigen Wohnviertel entwickeln würde. Diese Rechnung ist allerdings, wie die vielen niederen Häuser in dieser Gegend beweisen, nicht aufgegangen.

Nun sind es nur noch wenige Schritte durch die Harrachgasse, vorbei am neuen Gebäude der Anatomie, bis man vor der Karl-Franzens-Universität steht, deren Hauptgebäude in den Jahren 1890 bis 1894 nach den Plänen von Rezzori im Stil der italienischen Hochrenaissance erbaut wurde. Das Hauptgebäude, welches das Zentrum der ausgedehnten Universitätsanlagen bildet, ist an der Stirnfront mit plastischem Schmuck von Hans Brandstetter ausgestattet, der unter anderem die Statuen des Stifters der Universität, Karls II., und des Erneuerers, Kaiser Franz II., gestaltet hat. Im Festsaal, der zum Teil nach Entwürfen Ferdinand Pambergers eingerichtet wurde, sticht besonders ein Marmorstandbild Kaiser Franz Josephs I. hervor, das ebenfalls von Hans Brandstetter stammt. Die Büsten jener Grazer Professoren, die mit dem Nobelpreis ausgezeichnet wurden, sind zum Teil vor dem Festsaal der Universität im ersten Stock des Hauptgebäudes aufgestellt. Die große Zahl der Nobelpreisträger beweist nicht zuletzt den hohen wissenschaftlichen Rang der Grazer Universi-

tät: Fritz Pregl erhielt im Jahr 1923 den Nobelpreis für Chemie, seine Leistungen beeinflussen noch heute wesentlich die moderne Biochemie und die Nahrungsmittelchemie. Im Jahr 1927 war es Julius Wagner Ritter von Jauregg, dem der Nobelpreis für Physiologie und Medizin verliehen wurde. Er erhielt ihn „für seine Entdeckung der therapeutischen Bedeutung der Malariaimpfung bei der Behandlung von progressiver Paralyse". Der nächste Nobelpreisträger, der in Graz wirkte, war Erwin Schrödinger. Er erhielt die Auszeichnung im Jahr 1933 gemeinsam mit dem Engländer Paul Dirac für die Entwicklung neuer fruchtbarer Formen der Atomtheorie. Viktor Franz Hess erhielt 1936 für seine Entdeckung der kosmischen Strahlung den Nobelpreis für Physik, im Jahr 1936 wurde Otto Loewi mit dem Nobelpreis für Medizin ausgezeichnet. Und schließlich darf man auch Karl von Frisch zu den Grazer Nobelpreisträgern zählen, der 1973 für seine Arbeiten aus dem Bereich der vergleichenden Physiologie und der Verhaltensforschung den Nobelpreis für Medizin erhielt.
Aber nicht nur diese Nobelpreisträger, sondern eine große Anzahl bedeutender Gelehrter der verschiedensten Fachrichtungen haben zu allen Zeiten dazu beigetragen, den Ruf der Grazer Universität in aller Welt zu verbreiten. Sichtbarer Ausdruck und Beweis dafür ist nicht zuletzt die Tatsache, daß heute Tausende ausländische Studenten aus aller Herren Länder an der Grazer Universität studieren.
In der Nähe der Universität, in der Schubertstraße, die früher einmal den sinnigen Namen „Seufzerallee" führte, liegt ein großer, gepflegter Park, in dessen Mitte der sogenannte Markhof steht. Er ist das einzige Gebäude in Graz, das von Eduard van der Nüll und August Siccard von Siccardsburg, die auch die Wiener Hofoper bauten, errichtet wurde. Das Nebengebäude, das sogenannte Stöckl, stammt von Georg Hauberrisser d. Ä. Bauherr des Markhofes war der Krieglacher Gewerke Carl von Prevenhueber, der auch der Gründer der Lokomotivfabrik in Wiener Neustadt war und aus einer der ältesten Familien des steirischen „Eisenadels"

stammte. Im Jahr 1850 ging das Haus in den Besitz der Familie des Freiherrn von Mandell über, bis es 1883 von Frau Emilie Reininghaus, geborene Mautner-Markhof, erworben wurde, der das Gebäude auch seinen Namen verdankt.

Ebenfalls in der Schubertstraße finden sich die botanischen Gärten der Universität mit einem bemerkenswerten Palmenhaus und einer hochinteressanten Flora. Und schließlich stößt man direkt auf eines der beliebtesten Ausflugsziele der Grazer, auf den Hilmteich und das dazugehörige Café. Es war im Jahr 1858, als sich prominente Grazer Bürger zusammentaten, um hier aus einem Ziegelteich und dessen Umgebung eine Erholungslandschaft für die Grazer Bevölkerung zu schaffen.

Vom Hilmteich sind es nur wenige hundert Schritte durch den Leechwald bis zur Hilmwarte, die 1888 aus Ziegeln erbaut wurde. Diese Aussichtswarte, die wegen ihrer Baufälligkeit schon lange nicht mehr benützt wird, soll nunmehr zu einer Sternwarte umgebaut werden. Sie ist gleichzeitig der Ausgangspunkt des romantischen und viel benützten Wanderweges nach Maria Trost, der den Namen Roseggerweg trägt.

In Universitätsnähe, in der Mozartgasse, steht auch das Meerscheinschlössl, ein sehr schönes Barockpalais, das in seiner heutigen Gestalt etwa zu Beginn des 18. Jahrhunderts errichtet wurde. Schon im 16. Jahrhundert war das Meerscheinschloß Palais des päpstlichen Nuntius zu Graz. Die Grazer Nuntiatur besaß zur Zeit des päpstlichen Nuntius Malaspina unter Erzherzog Karl für Rom besondere Bedeutung. Im Jahre 1811 wurde im Meerscheinschlössl die 6. Symphonie von Ludwig van Beethoven, die „Pastorale“, uraufgeführt.

Geheime Hauptstadt der Kultur

Graz ist nicht nur eine schöne Stadt mit vielen alten Kulturdenkmälern, es hat auch ein eigenes Klima – und das nicht nur auf das Wetter bezogen. In der steirischen Landeshauptstadt herrscht eine geistige Atmosphäre, die schon immer kulturelle Leistungen in besonderem Maß begünstigte. Univ.-Prof. Dr. Hanns Koren, der ehemalige Kulturreferent der Steiermärkischen Landesregierung, schildert dieses Phänomen in einem Aufsatz aus dem Jahr 1968:
„Vom Rang und Wert, den wir unserer Landeshauptstadt in dem historisch-kulturellen Koordinatensystem zumessen, ist die unverwechselbare Aufgabe zu verstehen, die Graz auferlegt ist, und ist die Leistung und Würde des geistigen Lebens, der Wissenschaft und Kunst, das ist der Bildung dieser Stadt, zu betrachten. Unbestritten sind die Eigenart und der Eigensinn des Landes Steiermark: sie sind aus der Lage an der Grenze und dem Schicksal dieses Raumes erwachsen. Es gibt eine politisch-gesellschaftliche Funktion, mit ihr wesentlich und notwendig verbunden ist die Bildungsaufgabe, die jedes gewachsene Land in der dem Eigenleben entsprechenden Formulierung zu verwirklichen hat. Das spricht sich aus im Antlitz der Stadt, im Bild ihrer Bauten und Straßen, in diesem sichtbaren Spiegel der Kultur, unter dem sich das entsprechende geistige Leben: Wissenschaft und Kunst, Glaube und Gemeinschaft, entfaltet. Der alte Teil der Grazer Burg mit den Zeichen AEIOU und der als Sehenswürdigkeit gerühmten Doppelstiege gegenüber der breiten Seitensicht des gotischen Domes zeugt vom Glanz einer imperialen Epoche, die mit der kurzen Residenz Friedrichs III. in der steirischen Landeshauptstadt zusammenhängt. Identisch ist die historisch-politische Aufgabe und die ihr adäquate kulturelle und künstlerische Verwirkli-

chung, mit der die Landeshauptstadt nach der Übernahme des innerösterreichischen Ordnungsgedankens ihre bis heute sichtbare Ausstattung erhielt. Dazu gehören die Mauern und Bastionen des Schloßberges, der als Hauptfestung des großen Verteidigungssystems der windischen und kroatischen Grenzen ausgebaut wurde und in einem Turm 1587 die große Türkenglocke aufnahm, die heute noch dreimal am Tage mit 101 Schlägen ihren Mahnruf verkündet, der längst als liebvertrauter Klang eines alten Heimatliedes vernommen wird; es gehört dazu der Carlstrakt der alten Burg, in dem sich Hofintrigen und Domestikenklatsch wie anderswo auch mit Haupt- und Staatsaktionen im Ringelreihen abgewechselt haben, in deren Sälen freilich auch ein Johannes de Cleve und ein Orlando di Lasso ihre Musiken zelebriert, wo sich der fast verschwenderische Kunstsinn einer bayrischen Prinzessin in Schmuck und Bildwerken nicht genug tun konnte und in deren Mauern immerhin auch ein Landesfürst in ergreifender Einsamkeit den großen Glaubens- und Gewissenskampf der Zeit in seiner Brust ausgetragen hat. Das ist die Burg, in der heute der Landeshauptmann der Steiermark seinen Amtssitz hat.
Wir schauen hinüber in das Innere des Kaiserdomes, der mit dem noblen Barock seines Hochaltars und dem Prunk der Jesuitenkanzel den Beginn einer neuen kämpferischen und siegesfrohen Zeit verkündet. Daneben hat Bernhard Fischer von Erlach am Mausoleum für den steirischen Ferdinand mitgebaut, und jenseits der Schlucht der Bürgergasse steht die alte Universität, heute das Priesterseminar der Diözese und das Landesarchiv unter seinen weitläufigen Dächern bergend. Unten in der Stadt über den Palazzi des Adels und der Patrizier ragt das schönste Haus des Landes heraus, das Landhaus, in dem heute wie ehedem die Verantwortung für Ordnung und Recht im Lande und – das bekräftigt als Bürge das Zeughaus – für die Unversehrtheit der Grenzen wohnt. Das alles aber nicht nur für den Raum, der mit den Grenzen des heutigen Bundeslandes umschrieben werden kann. Das alles für ein größeres Land, das vom Dachstein bis an die Adria reichte, in

dem neben den Deutschen in der Steiermark und in Kärnten die Slowenen in Krain und die Italiener um Görz und Aquilea unter der Jurisdiktion eines Regenten standen. Das alles für jene Ländereinheit, die unter dem Namen Innerösterreich in die Geschichte eingegangen, als geistige und sittliche Einheit aber nicht untergegangen ist. Zu lange haben sie zusammengewohnt – mirabile dictu: die Grenzer der großen Völkerschaften, die das Abendland konstituierten, der Romanen, der Germanen und der Slawen – in einer historischen Aufgabe, in einem geistigen Ringen und in einer wirtschaftlichen Gegenseitigkeit unter einer rechtlichen und politischen Verwaltung. In den Jahrhunderten, in denen sich das Konzept der Übergangszeit vom 16. zum 17. Jahrhundert gewandelt und für den oberflächlichen Blick aufgelöst hat, haben sich immerhin in dieser einmaligen und darum um so mehr verpflichtenden europäischen Situation ungezählte Wege wirtschaftlicher Zusammenarbeit angebahnt, ungezählte Fäden persönlicher Freundschaft und bis heute nachwirkende und immer wieder sich erneuernde der Blutsverwandtschaft angeknüpft. Und es ist keine ‚folkloristische Reminiszenz' und keine sentimentale Traditionspflege, wenn wir den Raum auch heute und gerade heute wieder als Verantwortungsraum ansprechen, in dem es zwar keine Vorrechte mehr gibt, wohl aber eine Mitverantwortung, die jeder tragen kann und tragen muß, für den die Sehnsucht nach dem Frieden unter den Völkern kein Schlagwort ist, sondern der erste moralische Auftrag, den unsere Generation mit aller Kraft und Leidenschaft aus den Erfahrungen dieses Jahrhunderts zu finden hätte. Wo anders hätten sie früher damit zu beginnen als dort, wo nur der Schutt und Wildwuchs der Mißverständnisse und Irrtümer von Generationen von den Wegen hinwegzuräumen sind. Aber von der Tradition des Landes sprechen wir noch, wenn wir diesen Traktat beschließen.

Nicht mehr in einer für unsere Vorstellungen würdevollen Entrükkung, die wir gleichwohl als maßspendend für den Rhythmus der Gegenwart festhalten wie die Form der Stadt, die in ihrem Stil das

17. Jahrhundert zunächst abgeschlossen hat – mit dem kraftvollen Fürstensitz der Eggenberger in wohlgemessener Distanz –, uns näher, aber nicht deswegen weniger respektiert, betrachten wir die Kulisse der Stadt, die sich, die Atmosphäre des 19. Jahrhunderts spiegelnd, weniger in großen Bauwerken als in neuen Stadtvierteln oder Straßenzügen aufgerichtet hat. Die Impulse zu dieser Entwicklung, die in manchen Bereichen als eine Renaissance der Stadt an der Mur gelten kann, kamen fast insgesamt aus dem Wirken des Mannes, dessen Standbild in einer wahren Sinnerfüllung den Hauptplatz der steirischen Landeshauptstadt beherrscht. Zu diesen Taten des steirischen Prinzen, an die hier vor allem zu denken ist, gehören die Gründung des Joanneums und damit der Technischen Hochschule, die Initiative zur Wiedererrichtung der Universität, seine vielfältigen Bemühungen um die Bildung, die im Leseverein und im Musikverein die ersten Fundamente für die heutige Landesbibliothek und die Akademie für Musik und darstellende Kunst begründeten. Es ist nicht von ungefähr, daß die großen Pläne, wie die Förderung der wissenschaftlichen Erforschung und die Reformbewegung der Landwirtschaftsgesellschaft, wieder den ganzen innerösterreichischen Raum einbezogen hatten und erst später sich im engeren Rahmen der kleineren Länder verwirklichten.
Die Villenviertel um den Hilmteich gegen den Ruckerlberg und Rosenberg hin begannen sich damals abzuzeichnen, und in den Stadtbezirken, die sich um den alten Kern belebten, entstand trotz der kunterbunten Stilsuche, die in geschlossenen Zeilen und in Einzelbauten immer ‚individueller' wurde, doch jene Atmosphäre einer auflebenden Stadt, wie sie Robert Hamerling in den ‚Stationen' seiner Lebenspilgerschaft und noch intensiver in den ‚Lehrjahren der Liebe' kongenial schilderte. Es spricht für die Vitalität dieser Zeit, daß in ihr als Kontrapunkt der liberalen Bürgerkultur der Genius Peter Roseggers zu leuchten begann."
Und es spricht nicht nur für die Vitalität dieser Zeit, sondern auch für die offene Gesinnung, die in Graz beheimatet war und die mit

geistiger Nährboden werden konnte für das große Werk Peter Roseggers, der, im Jahr 1913 durch eine politische Intrige um den Nobelpreis für Literatur gebracht, ein echter Volksdichter im Sinne eines Erziehers seines Volkes gewesen ist. Es geht an den Tatsachen vorbei, wenn ein Lexikon Rosegger als Volksschriftsteller einstuft, der mit seinen Werken in erster Linie unterhalten wollte. Der echte Liberale, der Dichter Peter Rosegger, der große Schilderer der steirischen Landschaft und ihrer Menschen war ein sehr kritischer und freier Geist. Das wird besonders deutlich in seiner Zeitschrift „Heimgarten“, in der er sich mit Problemen, die uns heute noch bewegen, wie z. B. mit der Landflucht, mit der Einsamkeit der Menschen in den großen Städten, mit der zunehmenden Bürokratisierung oder mit dem Schuldenmachen der öffentlichen Hand kritisch und hart auseinandersetzt. Und dieser Peter Rosegger, der, wie Hans von Dettelbach schrieb, mit seinem breitkrempigen Schlapphut zum Weichbild von Graz gehörte, war auch ein bewußter Deutscher und Nationaler im guten Sinne des Wortes. Er fand, Dettelbach zufolge, keinen Grund, der nationalen Idee wegen jemanden von seiner Liebe auszuschließen oder ihn zu bevorzugen. Wohl aber dürfte seine nationale Einstellung ein Grund dafür gewesen sein, daß er 1914 – wie durch eine Einsendung im Rahmen des Preisausschreibens „Graz, eine Stadt sucht ihre Geschichte“ bekannt wurde – die Ehrenmitgliedschaft der *Royal Society of Literature* in London ablehnte.

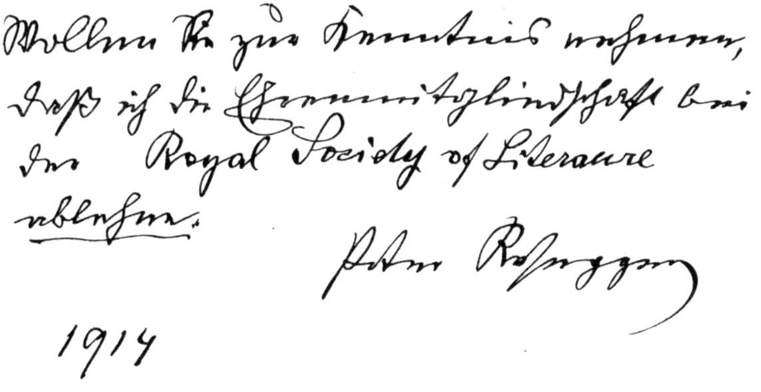
Wollen Sie zur Kenntnis nehmen, daß ich die Ehrenmitgliedschaft bei der Royal Society of Literature ablehnen.

Peter Rosegger

1914

Der freie Geist ist der Stadt Graz trotz oder gerade wegen ihrer Tradition bis heute erhalten geblieben; dieser Geist war es, der in Graz ein Forum Stadtpark, die Zeitschrift „manuskripte", ein TRIGON und einen Steirischen Herbst möglich gemacht hat, Institutionen, welche die steirische Metropole zur „geheimen Kulturhauptstadt Österreichs" werden ließen.
Ein besonderer Aufbruch auf dem Gebiet der Kunst war zu verzeichnen, als im Jahr 1958 eine Gruppe von Künstlern mit Emil Breisach, Alois Hergouth, Grete Scheuer und Günter Waldorf an der Spitze das „Forum Stadtpark" gründete, weil eine Gruppe von jungen Künstlern nicht im Künstlerhaus ausstellen durfte. Der Erfolg dieser Initiative ließ nicht lange auf sich warten: Das Forum Stadtpark wurde schon sehr bald ein Zentrum der Avantgarde, dessen Bedeutung weit über Graz und Österreich hinausging. Die Karriere vieler junger Autoren hat hier ihren Ausgang genommen. So meldete sich z. B. eines Tages nach einer Lesung von Herbert Eisenreich ein schüchterner junger Mann zu Wort, der noch an demselben Abend Forumsmitglied wurde. Dieser junge Mann zählt heute zu den bekanntesten zeitgenössischen Autoren: Peter Handke. Seine ersten Arbeiten gingen im Forum von Hand zu Hand, und bei einer Veranstaltung des Forums in Zürich wurden zum erstenmal Texte von ihm öffentlich gelesen. 1964 erfolgte gemeinsam mit dem heutigen Forum-Präsidenten Alfred Kolleritsch in Wien sein erstes öffentliches Auftreten. Handke bekennt sich auch heute noch zum Forum und schrieb einmal, daß er am liebsten in den „manuskripten" publiziere, deren einziger privater Förderer er ist. Gleich von Anfang an war auch Barbara Frischmuth dabei, die inzwischen ebenfalls zu internationalem Ruhm gekommen ist. Wolfgang Bauer, der vielleicht umstrittenste Forum-Autor, wäre als weiteres Beispiel zu nennen, aber auch Gert Jonke, der heute in Berlin lebt und im Jahr 1977 der erste Ingeborg-Bachmann-Preisträger wurde.
Das Forum Stadtpark bestand und besteht jedoch nicht nur aus Literaten. Auch Architekten, Maler, Filmer, Bildhauer und Musi-

ker haben dazu beigetragen, den Ruf von Graz als Stadt der Avantgarde zu begründen.
Einer der wesentlichsten Beiträge des Forums zur Literatur der Gegenwart sind zweifelsohne die „manuskripte", die sich, zunächst nur als Hauszeitschrift gedacht, inzwischen den Ruf der „angesehensten Literaturzeitschrift des deutschen Sprachraumes" *(Frankfurter Allgemeine Zeitung)* erworben haben. Über das Erfolgsrezept dieser Zeitschrift meinte ihr Herausgeber Alfred Kolleritsch: „Obwohl ich seit dem Beginn des Forum Stadtpark seine Literaturzeitschrift ‚manuskripte' redigiere und so ziemlich genau weiß, wieso das, was hier geschrieben wird, entstanden ist, fällt es mir schwer, eindeutig nachvollziehbare und überprüfbare Kausalitäten anzugeben. Eines ist sicher: Ohne das Forum Stadtpark, ohne die ‚manuskripte', würde man die relativ große Anzahl von Autoren, die in Graz zu schreiben begonnen haben und von hier aus ihre literarischen Wege gegangen sind und gehen, nicht auf Graz beziehen. Viele dieser Autoren haben länger in anderen Städten gewohnt, vor allem aber waren und sind alle ihre Verleger in anderen Städten, die meisten im Ausland. Da die ‚manuskripte' vielen von ihnen am Beginn ihrer Laufbahn als Schriftsteller die erste Veröffentlichung und damit die erste Konfrontation ermöglicht hatten, und da diese Konfrontation eine spontane, nicht honorierte Begegnung in einer Zeitschrift war, die ohne finanzielle Mittel sich einfach durch ihren Inhalt behaupten mußte, entwikkelte sich über jede Kumpanei hinaus eine Art Solidarität unter den Autoren; und diese Solidarität ist die Grundlage dafür, mit einer gewissen Berechtigung von einer ‚Grazer Gruppe' zu reden. Sosehr sich Autoren wie Bauer, Frischmuth, Handke, Falk, Hoffer, Hengstler, Gruber, Hüttenegger, Roth als Autoren unterscheiden, sosehr hielt sie die Überzeugung zusammen, daß die ‚manuskripte' irgendwie ihre Zeitschrift sind – ja daß diese Zeitschrift wegen ihrer Pluralität geeignet ist, eine über eine Clique hinausgehende Gesinnung zu repräsentieren. Die Gesinnung war gleichzeitig die Qualitätskontrolle – eine Kontrolle, die sich in

einer offenen literarischen Diskussion vollzog, in einem emotionsfreien Vergleich literarischer Produktionen. Ehe ein Literat durch die Mühle des Literaturbetriebes gehen mußte, ermöglichten es ihm die ‚manuskripte', von mehr Möglichkeiten Gebrauch zu machen, als sie vergleichsweise Verlage anbieten können. Da in den ‚manuskripten' aber nicht nur Grazer Autoren publizieren, sondern auch andere Schriftsteller des In- und Auslandes veröffentlichen, ergab dies gleichzeitig Rückkoppelungseffekte, die die Lernprozesse der Autoren unterstützten. Enge Beziehungen gab es zur ‚Wiener Gruppe', zur Stuttgarter Gruppe, zu den Schriftstellern der konkreten Poesie in Prag, zu den Autoren aus der Schweiz, der Bundesrepublik usw. Weil das Forum Stadtpark in der Lage war, viele dieser Autoren zu Lesungen und Diskussionen nach Graz einzuladen, kam es auch zu persönlichen Begegnungen, und weil das ohne offizielle Vermittlung ablief, entwickelte sich das Bewußtsein, daß diese Stadt diese Begegnungen braucht."

Die wohl umfassendste kulturelle Aktivität im Dienst der Gegenwartskunst und Avantgarde ist aber der Steirische Herbst, der im Jahr 1968 vom damaligen Landeshauptmann-Stellvertreter und Kulturreferenten Univ.-Prof. Dr. Hanns Koren ins Leben gerufen wurde. Koren sagte über Werden und Ziel dieses Avantgarde-Festivals einmal selbst: „Der Steirische Herbst, Titel und Inhalt und Absicht dieses Wortes, ist kein Politikum, ist kein krampfhafter Versuch, etwas unbedingt Neues oder Neuartiges in die Welt zu setzen, ist keine Erfindung, erklügelt oder erspekuliert, wohl aber etwas, das gefunden wurde, das schon in seiner Anlage und Möglichkeit da war, aber im Zusammenspiel mancher Kräfte und Einfälle in unseren Jahren und Tagen sichtbar geworden ist."

Ferner verweist Koren darauf, daß es der kulturpolitische Sinn und Zweck des Steirischen Herbstes sei, Rechenschaft über die besten möglichen kulturellen Leistungen zu geben, die im Lande selbst hervorgebracht werden können, und diese im Wettstreit den kulturellen Leistungen anderer Länder gegenüberzustellen. Die internationale Komponente erwachse dabei aus der besonderen

Berücksichtigung der Nachbarn im Süden und Südosten mit dem Ziel, diese Verständigung in Kunst und Wissenschaft auch in den Norden und Westen Europas ausstrahlen zu lassen.
Die deutsche Zeitung *Die Welt* charakterisierte den Steirischen Herbst mit folgenden Worten: „Alles wird in der Hauptstadt der Steiermark anders gemacht als anderswo. Nicht die schönen Schätze der Vergangenheit werden hier präsentiert. Man stellt sich der Gegenwart, schlägt Pfade in die Zukunft. Beschränkt sich nicht auf eine Kunstgattung, sondern ist bemüht, so universal wie möglich zu sein. Wendet sich nicht an Reise-Festivaliers, die sich am Starluxus delektieren, sondern an die intellektuelle und jugendliche Elite der Stadt und des Landes."
Und in der Tat sprengen, wie der Generalsekretär des Steirischen Herbstes seit seinem Anfang, Dr. Paul Kaufmann, meint, Reichweite und Gestaltung des Programms den üblichen Rahmen. Oper, Konzert, Schauspiel und Literatur haben hier ebenso ihren Platz wie die bildende Kunst, die Fotografie, der Film, Video, Tanz, die Diskussion und Symposien. Im Mittelpunkt steht der schöpferische, der gestaltende Mensch der Gegenwart, das junge Talent.
Der Steirische Herbst hat sich in den wenigen Jahren seines Bestandes einen festen Platz in der internationalen Kunstszene gesichert. Viele Veranstaltungen werden in den europäischen Rundfunkanstalten übertragen. Die internationale Presse widmet der kulturellen Manifestation im Südosten des deutschen Sprachraums ihre Aufmerksamkeit, und das Publikumsinteresse wächst von Jahr zu Jahr. Im Jahr 1976 haben bereits über 80.000 Menschen Veranstaltungen des Steirischen Herbstes besucht. Allerdings hat der Steirische Herbst nicht nur Zustimmung gefunden. Immer wieder werden seine Veranstaltungen wegen ihrer „Progressivität" kritisiert, und es kommt mitunter zu heftigen Auseinandersetzungen. Aber gerade aus dieser permanenten Konfrontation schöpft der Steirische Herbst seine Lebenskraft.
Prominente Künstler und Ensembles sind in den letzten Jahren im

Rahmen des Steirischen Herbstes aufgetreten. Orchester wie das polnische Rundfunkorchester Kattowitz, das BBC-Orchester, das Orchester des Südwestfunks Baden-Baden und das dänische Radio-Synfonieorchester; Werke von Komponisten wie Cage, Dallapicola, Haubenstock-Ramati, Krenek, Ligeti, Lutoslawski, Milhaud, Penderecki; Dirigenten wie Boulez, Bour, Caridis, Horvath und Melles; Werke von Autoren wie Bauer, Bernhard, Canetti, Handke, Horvath, Kohout, Pasolini, Roth und Sommer; bildende Künstler wie Avramidis, Lassnig, Leinfellner, Munari, Oberhuber, Pongratz, Pillhofer und Rainer seien stellvertretend für viele genannt.

Im Rahmen des Steirischen Herbstes findet auch eine Biennale statt, TRIGON, eine Ausstellung, an der Künstler aus Jugoslawien, Italien und Österreich, aus den Gebieten des ehemaligen Innerösterreich, teilnehmen. Dieses Innerösterreich soll auf diese Weise in seiner menschlichen und kulturellen Tradition nicht vergessen werden. Es ist eine durch ungezählte Bindungen der Freundschaften und Blutverwandschaften bis heute besiegelte Aufgabe und beständige Hoffnung: der Schöpfer von TRIGON, Hanns Koren, meint dazu: „Wir wissen sehr wohl: Unsere erste und einzige Aufgabe ist es, dem Geschehen in diesem unseren Lande zu dienen. Das gilt wie im wirtschaftlichen und sozialen Bereich, so auch für die Kultur und Bildung des Landes. In Erfüllung dieser Aufgabe geht es darum, alle inneren Eigenheiten dieses Landes, die Anlagen und Begabungen seiner Menschen, die Schätze seines Bodens, die verpflichtenden Traditionen seiner Geschichte in das Bewußtsein zu heben und im Bewußtsein zu halten. Wir wissen, daß uns die Erschließung des ganzen Kosmos nicht von der Verpflichtung entbinden wird, auf den wenigen Quadratmetern, die uns für unser Erdenleben zugemessen sind, mit den Fragen des Lebens und den Problemen der Zeit fertig zu werden. Aber diese wenigen Quadratmeter bleiben keine einschränkende Enge, wenn wir das Geschehen im Lande immer wieder in den Blutkreislauf des großen Weltzusammenhanges, der größeren menschlichen Zusammenhänge stellen, um unseren Standort zu bestimmen und unsere Standfestigkeit zu bewähren. Diesem Blick und diesem Schritt hinaus aus dem ‚Glück im Winkel‘, das es nicht mehr gibt, gilt eine der Absichten des TRIGON. Es wohnt ihm noch eine andere inne: Gibt es in der Kunst, in der Gegenwartskunst einen Geist, einen Willen, einen Aussagewillen, dann schwebt der Geist dieser Kunst, wie der Genius selbst, frei und erhaben über allen Grenzen und Mauern als verbindende Kraft, als eine der verbindenden Kräfte, zu denen sich zu bekennen, denen zu dienen und die dem Bestand der menschlichen Kultur zu erschließen letzter Sinn jeder Bemühung um Bildung und Sitte ist. Im inneren Kern des TRIGON ist der Name Innerösterreich eingeschlossen. Das alte Innerösterreich gehört als politisches Gebilde der Geschichte an – aber vielleicht ist es in dieser Stadt Graz und in diesem Land Steiermark doch erlaubt, eine ‚innerösterreichische Aufgabe‘ in einem anderen Sinne zu erfüllen: Als eine Aufgabe, die aus der innersten Berufung Österreichs gestellt wird: Dem gegenseitigen Verständnis und der Bereitwilligkeit, einander zu helfen, in einer aus Ressentiments und Mißverständnissen so schwer herausfindenden Welt zu dienen.“

Daß im geistigen Klima der Stadt Graz aber noch viele andere wertvolle und bedeutende kulturelle Initiativen Platz haben, beweisen die zahlreichen hochaktiven Kunstvereine wie der Werkbund, der Künstlerbund und die Sezession, um auf dem Sektor der bildenden Kunst nur einige zu nennen. Hierher gehören auch der Steirische Schriftsteller-Bund oder, auf dem Gebiet der Musik, der Musikverein für Steiermark, der im Jahr 1815 gegründet wurde. Dieser Musikverein, der zu seinen Ehrenmitgliedern so bedeutende Künstler wie Beethoven und Schubert, Anselm Hüttenbrenner, Antonio Salieri, Robert Fuchs, Wilhelm Kienzl und Siegmund Hausegger zählen konnte, erfüllt heute, nachdem durch viele Jahrzehnte die musikalische Bildung der Jugend und der Vereinsmitglieder einer der Hauptzwecke war, die entscheidende Aufgabe, das Musikleben der Stadt mit hervorragenden musikalischen Veranstaltungen, in deren Rahmen Künstler und Ensembles von internationalem Ruf nach Graz kommen, zu bereichern. Der Musikverein war es auch, der im Jahr 1820 den Sohn Wolfgang Amadeus Mozarts nach Graz brachte, der hier am 5. Juli ein Konzert gab, bei dem das Musikvereinsorchester mitwirkte. Der Verein übernahm damals die Kosten. Im Jahr 1827 veranstaltete der Verein ein Vokal- und Instrumentalkonzert im ständischen Schauspielhaus, bei dem Schubert auf dem Pianoforte sein Lied „Die Nacht bricht bald herein" begleitete. Da Schubert nur selten öffentlich auftrat, bestätigte seine Mitwirkung die Hochschätzung, die er seinen Grazer Freunden und dem Musikverein entgegenbrachte. Es war auch geplant, Beethoven nach Graz zu bringen, doch kam dieser Besuch nicht mehr zustande.

Die Spannweite des Bogens der kulturellen Aktivitäten in Graz ist groß. Man ist dem Neuen gegenüber aufgeschlossen und fördert es mehr als anderswo, aber man pflegt auch die Tradition und das kulturelle Erbe der Vergangenheit. So verbinden sich in der Gesinnung der Grazer Bürger Liberalität und Aufgeschlossenheit mit einem Traditionsdenken im besten Sinne des Wortes. Und diese Verbindung macht es möglich, daß Graz den Namen „geheime Hauptstadt der Kultur" erhalten hat.

Bibliographie

ANONYMUS: Skizze von Grätz. Graz 1792

ANONYMUS: Graz vor 60 Jahren. Graz 1885

ARBEITER, THOMAS CHR., und GADOLLA, FRANZ R. v.: Straßen, Gassen und Plätze der Landeshauptstadt Graz. Graz 1912

BARAVALLE, ROBERT: Hofbäckerei Edegger-Tax 1569 bis 1969. Graz 1969

BRAUNER, FRANZ A.: Was die Heimat erzählt: Graz und die nächste Umgebung. Graz 1966

DES ENFANTS D'AVERNAS, CAROLINE: Tagebuch aus dem Jahre 1809 (bearbeitet von Robert F. Hausmann)

FESTSCHRIFT: Die Landeshauptstadt Graz 1128–1928. Graz 1928

FESTSCHRIFT: 150 Jahre Joanneum 1811–1961. Graz 1961

FRIEDL, KARL: Die Fürsten Eggenberg und ihr Schloß. Graz (nicht datiert)

FORESTI, GIOVANNI: Der Lautenschläger von Graz. Graz 1904

GRÖGER, HEINRICH: Graz – Geschichte und Geschichten. Graz 1964

– Gräzer Panoptikum. Graz 1974

HOCHENEDER, COLETTE: Aufsätze in der „Südost-Tagespost"

HUTER, FRANZ: Handbuch der historischen Stätten Österreichs II. Graz 1966

ILWOF, FRANZ, und PETERS, KARL F.: Graz – Geschichte und Topographie der Stadt und ihrer Umgebung. Graz 1875

KAPPER, ANTON: Bauwerke und Straßen aus Alt-Graz. Graz 1903

KLEINSCHUSTER, ERIKA: Ein Präuhaus zu Grätz. Graz 1962

– Aufsätze

KOREN, HANNS: Aufsätze und Reden

– (Hsg.): Der Steiermärkische Landtag – seine historischen Grundlagen und seine heutige Gestalt. Graz 1973

Kostbarer Grazer Dom, Katalog zur Ausstellung im Grazer Stadtmuseum 1976

KRENN, PETER: Das steirische Landeszeughaus in Graz. Graz 1975

KRÖNER, ALFRED. Handbuch der historischen Stätten Österreichs. Stuttgart 1966

KUMAR, J. A.: Mahlerische Streifzüge in den Umgebungen der Hauptstadt Gräz. Graz 1815

LIST, RUDOLF: Oper und Operette in Graz. Graz 1966

LÖSCHNIGG, HANNS: Graz in Urteil und Schilderung alter Skribenten (herausgegeben von Anton Berger). Graz 1922

MOROKUTTI, WERNER: Aufsätze

MÜNZER, EDITH: Alt-Grazer Spaziergänge. Graz 1974

– Graz, Stadt mit grünem Herzen. Graz 1976

NEUHOLD, KARL: Unveröffentlichtes Manuskript
Österr. Gemeindezeitung vom 10. April 1954
POLSTERER, A. J.: Gräz und seine Umgebungen. Graz 1827
POPELKA, FRITZ: Geschichte der Stadt Graz, Band I und II. Graz 1960
SAMMER, HARALD: Wohnraum und Wohnen im Grazer Bürgerhaus in der Zeit vom 16. bis 18. Jahrhundert. Dissertation 1968
SCHIFERER, BEATRIX: Girardi – ein Wiener aus Graz. Wien – München 1975
SCHLOSSAR, ANTON: Innerösterreichisches Stadtleben vor 100 Jahren. Graz 1877
Schreibkalender der Stadt Graz von 1851 – 1866
SCHREINER, GUSTAV: Gräz. Graz 1847
SCHUSTER, LEOPOLD: Einteilung der Stadt Graz. Graz 1892
SEMETKOWSKI, WALTER: Graz – ein Führer für Einheimische und Fremde. Graz 1924
STEINER, KONRAD: Vom alten Graz. Graz 1951
Steirische Berichte Nr. 4 aus 1968
STEKL, KONRAD: Schuberts Aufenthalt 1827 in Graz. Aufsatz in den Mitteilungen des Steirischen Tonkünstlerbundes, Graz 1969
STRORIEDL, GUSTAV: Grazer Bilder. Graz 1887
THIEL, V.: Die landesfürstliche Burg und ihre Geschichte. Graz 1927
VAJDA, ELEK: Als der Stadtpark noch Exerzierplatz war. Graz 1967
VITSCHAR, HILDEGARD: Markt unter freiem Himmel in der Landeshauptstadt Graz. Dissertation 1970

Einsendungen zum Preisausschreiben der *Südost-Tagespost*, „Graz, eine Stadt sucht ihre Geschichte“: Boswell, Iris, Graz; Dr. Brandstetter, Bruno, Graz; Brauchard, Margarete, Graz; d'Avernas, Dr. Heinrich Graf, Lebring (Die Bearbeitung des Tagebuchs der Gräfin d'Avernas stammt von Robert F. Hausmann); Frießnig, Margarethe, Graz; Dr. Gottl, Ewald, Graz; Dr. Gottl, Herbert, Graz; Hanicz, Therese, Graz; Hofmann, Alfred, OStR, Graz; Kattinger, Ewald, Lieboch; Dipl.-Ing. Knöbl, Herbert, Graz; Kroller, Franz sen., Traiskirchen; Lamminger, Gottfried, Graz; Liebminger, Martha, Bruck/Mur; Lindbauer, Paul, Graz; Maschek, Josefine, Leoben; Nüssler, Anna, Graz; Prosser, Olga Isabella, Graz; Zmugg, Franz, Deutschlandsberg

Sachregister